Chasing Evil

追影子的人 1

看·见·你

[美]凯利·布兰特　著

陈磊　译

百花洲文艺出版社

BAIHUAZHOU LITERATURE AND ART PRESS

图书在版编目（CIP）数据

追影子的人.1，看见你/（美）凯利·布兰特著；陈磊译.－－南昌：百花洲文艺出版社，2017.8

ISBN 978-7-5500-2344-4

Ⅰ.①追… Ⅱ.①凯…②陈… Ⅲ.①长篇小说—美国—现代 Ⅳ.①I712.45

中国版本图书馆CIP数据核字（2017）第175328号

江西省版权局著作权合同登记号：14-2017-0354
Chasing Evil by Kylie Brant
Copyright © 2013，2015 by Kimberly Bahnsen
Simplified Chinese rights copyright © 2017 by Beijing HongTaiHengXin Culture
Communication Co., Ltd
Co., Ltd., arranged through AMAZON CONTENT SERVICES LLC
All rights reserved.

出 版 者 百花洲文艺出版社
社　　址 江西省南昌市红谷滩世贸路898号博能中心A座20楼　邮编：330038
电　　话 0791-86895108（发行热线）　0791-86894790（编辑热线）
网　　址 http://www.bhzwy.com
E - mail bhzwy0791@163.com

书　　名 追影子的人1：看见你
作　　者 （美）凯利·布兰特
译　　者 陈磊
出 版 人 姚雪雪
出 品 人 连慧
责任编辑 胡艳辉
策划编辑 李艳
封面设计 林丽
经　　销 全国新华书店
印　　刷 北京雁林吉兆印刷有限公司
开　　本 880mm×1230mm　1/32
印　　张 9
字　　数 180千字
版　　次 2017年9月第1版
印　　次 2017年9月第1次印刷
书　　号 ISBN 978-7-5500-2344-4
定　　价 36.00元

赣版权登字：05-2017-293

献给我所有的朋友，

以及在林肯中学的学生。

序 曲

埃德·洛比格尖声吹着口哨。在继续全速前进的同时，他完全没去理会那间巧克力色的实验室，以及那只之前曾让他寄予厚望的小狗，他本想将它训练成一条猎犬的。

"快点儿，掘金者——回来。掘金者！"可不管语气是哄骗还是命令，那蠢狗都没有回应。它回头蠢兮兮地看了埃德一眼，舌头耷拉着，好似是在嘲笑埃德为训练它所投入的精力，接着继续在长满青草的地块间跳来跳去，东闻闻西嗅嗅的样子像是身处狗狗天堂。

"该死的，要干这活儿，我的年纪已经太老了。"埃德低声抱怨。但是把皮带从那畜生的脖子上解开，可就是他的错了。他想着这里青草茂盛，是个好地方，可以练习练习之前一直在教狗狗的"过来"和"蹲下"的动作，可这该死的狗两个动作的成绩都是"不及格"。

埃德迅速地想了想他的猎犬邦妮，不过只是徒劳。那是他所拥有过的最棒的一条猎犬，甚至一直到去年，邦妮年满十岁时都是如此。但是那个冬天，这条母犬过得很艰难，埃德的痛苦程度也毫不逊色，关节炎让他俩都遭受了重创。虽然埃德还能自如地打猎，邦妮却做不到了。至于这只六个月大的小狗，它绝对是世界上最笨的畜生。

"掘金者。过来，小子。不行。想都别想……该死的！"埃德掉转路线，开始往墓地大门走去，希望能拦住那条狗。但是埃德却突然发现速度竟成了这条未成年蠢狗能压倒他宠爱的邦妮的唯一优势。

要超过那狗完全不可能，所以埃德掉头往小卡车走去。片刻之后，他驾着卡车缓缓穿过一直敞开着的橡树丘公墓的大门。他瞧见那狗猛地一下落在一棵阴凉的树下，想着追赶总算结束了。靠路边停好卡车后，他再次靠近那畜生，心里发誓从此以后要把训练限制在厨房中进行，直至掘金者有所进步为止。如果有那么一天的话。

"好了。现在悠着点儿。"他从口袋里摸出一个奖品，伸出来吸引狗狗的注意，"过来，小子。到这边来。"

但就在埃德正要抓住它的项圈的空档，那狗发现一只松鼠，于是跳起身去追赶，埃德失了手。狗狗在一棵树下跟丢了猎物，随即便转移了注意力。埃德气喘吁吁地赶过去，看到掘金者在做那件让它名扬天下的消遣。

"见鬼，停下！"

只见一座新坟上整齐地平铺着一层土，那对掘金者来说不啻于一份公开的邀请。那狗沉醉于这项活动所带来的纯粹乐趣中，奋力地刨着，泥土从它的爪子下飞溅出来。即便已经把狗逼得无路可逃，埃德仍不忘迅速地环顾四周。运气不好的话，可能会碰到莫莉·萨米特正好在附近，带着她那架讨人厌的照相机，照片会被印满《史莱特周报》的头版，题为"墓地大祸：宠物主人无视约束法①"。

埃德抓住掘金者的项圈，将它拖回小卡车。那狗扭动着奋力挣

---

① 指禁止未拴皮带的犬类出门的法令。

扎，但埃德抓得很牢。他打开副驾那边的车门，将狗提起来丢进去。接着跑回墓地，赶在还没有人经过发现之前，掩盖那条狗的抓刨所造成的祸事。

史莱特这两周都没有人去世，所以这座坟墓一定是艾达·斯威尼的。想到要向鳏夫梅尔·斯威尼解释他九十六岁的妻子最后的安息之地是如何被亵渎成这般田地的，埃德不由冒出一身冷汗。他双手撑地跪了下来，这姿势够让他患有关节炎的膝盖疼上一周的，接着他开始快速地将被搅动的泥土灌回墓穴。

有什么东西在阳光下闪闪发光，他停了片刻，凑近些去打量。接着他像是在模仿狗狗的动作一般，双手蜷成杯状，想刨得更深一些，泥土向他身后飞溅。

清晨的阳光像触手一样，斜斜穿过头顶树枝，洒在墓地上。

"哦！耶稣，玛利亚，约瑟夫啊。"这时他停下动作，慌乱逃开，不想却被绊了一下，一屁股坐在地上。他胃里翻腾起来，在史莱特快餐店吃的早餐几欲呕吐而出。

埋在那爱荷华州肥沃的表层黑土块中的，毫无疑问是一只人手！

"是杜蒙特治安官吗？"卡姆·普雷斯科特停在那位被他认出来的男人身旁，"我们是来自刑事犯罪侦查部（DCI）的探员卡梅伦·普雷斯科特和珍娜·特纳。"

爱荷华州斯托里县的这位治安官身形如鞭绳般瘦削，眼角辐射出深邃的鱼尾纹。他同探员握了握手："感谢您这么快就带着队员赶过来。一接到埃德·洛比格的报警电话，我就觉得此案该交给刑事犯罪侦查部处理。眼下我们县没有任何未侦破的人口失踪案，所以我推测这不是我们县的人。"

"受害者或许不是。"两位男士长长地对视一眼，"但有可能凶手是本地人。"

他们都将注意力转移到了案发地点，侦查队已经使用了电子人体嗅探设备，用来绘制挖掘点周围的参数。在接下来的六个小时里，鲍勃·杜蒙特花了大量时间和梅尔·斯威尼说好话，这次办案惊扰了他妻子的墓。严格说来，此举并非必要，因为就算怀疑了一起犯罪行为，DCI的办案权力也是有限的，对此，卡姆十分注意。在案件调查中与接触到的人树敌从来不会有什么好结果，但这往往却又是无可避免的。

卡姆瞥见一位老先生，他正坐在一位治安官警车敞开的后门里。他推测那应当是那位鳏夫。

"过程将持续数小时，治安官。"他根据经验判断需要这么多时间，"很快会有一位州法医过来，她会监督实地挖掘和提取工作。"在场有一位县法医，但值得怀疑的死者将由州里派人验尸。

"如果您不介意的话，我想再多待一会儿。"杜蒙特说，他朝卡姆之前注意到的那辆车点点头，"我答应过梅尔。"

治安官迟疑了片刻："这事有没有蹊跷，我还是交由您来判断，不过发现尸体的消息传得很快。之前我也听附近县里的两位治安官说过，过去的几个月里，夜里有人在他们县的某个墓地里捣乱。"

卡姆并非总能使用外交手腕想出解决问题的办法，于是他想了一会儿才回答道："我想乡下的墓地里，经常发生那种事吧。孩子们不懂得敬畏，夜里会溜出门，到处乱翻，想要吓唬彼此。"

杜蒙特揉揉粗糙的后颈，虽然还只是六月中旬，但那里的肤色已经晒成了和他脸上一样的深棕色。

"这倒是挺可信的，我们这儿也有盗窃。例如偷盗鲜花和墓地装饰之类的。不过，从布恩县治安官贝克特·麦克斯维尔的话里，也许你会发现一些蛛丝马迹。四月底的时候，他曾前往马德里①调查过一宗投诉案。有人报案称自家亲戚的墓地被人破坏了，于是他便前往调查，不过所获寥寥。据他说，墓地看起来确实像刚被刨过，泥土像是那周刚被翻过的样子，而此时，逝者已然下葬了近一个月了。"治安官瞥了他一眼，"不确定该做何解释，不过您应当知道。"

珍娜看了他一眼。卡姆的太阳穴传来一阵钝重的疼痛。此类乡村墓地往往是依靠义工或兼职看守来维护的，除了偶尔有人前来维护或扫墓之外，这些地方大多都荒废了。这些随时敞开着的大门便是这里缺乏安保措施的证明。

他的直觉告诉他这件案子正在变得扑朔迷离起来。

---

① 指美国爱荷华州的小城马德里。

第1章

  他食指尖沿着她纤美的脊椎一路追溯而下，体内似有一枚迫击炮弹轰然炸响。他的意识仍沉浸在她身上——她皮肤的纹理，她发丝的芬芳，她手指滑过的触感。她把脸扭在一边，因此他无法看到她的表情，但这样或许正合他意，因为他并不确定自己脸上流露的是怎样的神色。一定是一副乐呆了的样子，稍微带着点儿男人心满意足时的蠢笨劲。希望没有表现出正在他内心蔓延开来的不确定，那种感觉是他所不熟悉的，同时也令他不适。他低下头去亲吻她肩胛骨的曲线，沉醉地看着她微微颤动的样子。

  "感觉……像一个错误。"

  他定住了，那话语掠过他耳畔，让他感到难堪。搁在平时，他肯定会表示同意的。原本他绝不可能考虑和她上床，如果说他从不曾对她有过幻想，那也实属谎言。不过她并不是他所喜欢的类型。在感情问题上，他一向比较喜欢短暂而热烈的感情，正像此时他们之间的这段小插曲……激情正盛，他可不想这么快结束，这想法原本应该让他吓破胆的。

  他的手沿着她大腿向下滑，然后收回，手指擦过她汗湿的滚烫皮肤。

"有意思，"他轻轻啄一下她的肩头，"我却没有这样的感觉。"

"我是说……"他的手缓缓向上滑动，牙齿不算轻柔地搔刮着她的皮肤，她微微吸了口气，"如果我们的工作……那我们应该——"

"工作是工作。这事另当别论，就让我们顺其自然吧，晚点儿再去分辨这究竟算什么。"

"卡姆？"珍娜·特纳把头探进他的办公室说，"钱宁医生刚到。"

他猛然站起身，离开桌边。

"该死的，时间卡得刚刚好。"

她目光忽闪："你该试着表现得礼貌些。"她让到一旁，好让他出去。

"礼貌有什么好处？"

"我说真的。"珍娜跟在他身后，一同往爱荷华州刑事犯罪侦查部大楼的前部走去，她说话声很低，"有关本案的侦查人手，特派探员冈萨雷斯真的要向我们伸出援手了。竟然能得到经费批准，长期调用两名平民顾问，我记忆中这还是头一次。先是请来一位法医人类学家，现在又请来了钱宁医生。你自己也曾说过，钱宁医生是最佳人选。去年一月她所提供的犯罪侧写资料阻止了强奸犯的行动，帮助我们在八周内就将其追捕归案。"

"你就是从那时起，成为她粉丝团团长的吗？"卡姆拐上一条走廊，猛地停下脚步，害珍娜一头撞在他背上。正前方被刑事犯罪侦查部的仰慕者团团围住的，就是著名的索菲亚·钱宁医生，她看上去就像一位正接受奴仆觐见的金发女王。

很难说清她身上那种总让他难以按捺心绪的东西究竟是什么，或许是她那隐隐透露出的尊贵气息，良好教养所散发出的光辉；或许是她审视他时的潇洒方式，那样子就好似向他的思维中投射了一道光芒，正冷静地剖析着他的思想。上帝知道他从来都不喜欢精神病专家，但是她所引发的反响却不同于大多数专家，可能是由于她所表现出的泰然自若的姿态。那样子总叫他想要吓唬她，打破她一贯的娴静神色，露出更加真实的一面。

不过卡姆觉得，她并不是轻易就会被吓到的人。她研究生生涯的大多数时间里，都在跟随匡蒂科市行为科学部著名的犯罪心理侧写专家路易斯·弗莱恩实习。十五年来，她采访过监狱中最臭名昭著的连环杀人犯。这个女人远不止她表面看来的那样简单，远远不是。而他真希望自己能忘了这一点。

他等待着，直到侦查部其余工作人员看到他的出现逐渐停止讲话。钱宁不可能意识不到大家安静的原因，不过不等她转身，他就发话了："伙计们，抱歉要把医生叫走了，不过情有可原。你们明白的——工作不容耽误。"他虽这样说，语气中却并无歉意。

政府的工资单并不足够雇佣一名全职的法医心理学家，所以和绝大多数专家一样，钱宁也是根据需要签署工作合同。她同政府合作过多次，已经认识了这里的一些工作人员，不过这种奴仆表忠心般的卑屈场景还是让他感到讶异。

"能见到你们真好。在这里工作期间能看到大家，真是令人快慰。"

她亲切的话语声引得众人纷纷微笑。钱宁对其他人的影响，似乎和她带给卡姆的感受并不相同。但总的说来，这或许是件好事。

她踩着高跟鞋，优雅地转过身面对他。他每次见到她，总会感到五脏像是挨了重拳似的："从上周起就一直在恭候您的大驾。"说着他们便转身往他办公室的方向走，珍娜殿后。

"这话让我深感怀疑，毕竟我周一才结束特派探员冈萨雷斯那边的工作。"

"六具身份不明的尸体，有着类似的伤口，全部以同样的方式掩埋。外行都看得出来，该找你求援。"卡姆迈着大步走向自己的办公室，后来才有意识放慢步速以配合女人的步态，他还不习惯穿高跟鞋来这里上班的女人，"珍娜说你只需要完成几件事即可，可没想到花了三天工夫。"

"碰到个小问题，要另选一位心理学家接待我来此工作期间办公室的顾客。顺便说一句，珍娜，我喜欢你这个发型，是新做的吗？"

"老天。"

卡姆的这句小声抱怨，为他的肩膀招来那位红发探员的一记重拳。

"没错，谢谢。"珍娜回答说，"被这群不懂欣赏的白痴——眼前这位也不例外——围在中间，做发型也是白费，不过夏天我喜欢这个发型。"当卡姆转身直视她时，她就侧身离开了，"我想普雷斯科特探员会告诉你本案详情。"

卡姆迎上医生转过来的视线："如果不会太过叨扰的话，"他的语气客气到夸张。接着他走至她身前，打开自己办公室的房门，招呼她进去。不知道是不是他多心，当她在他之前进入那个狭小的屋子时显得有些不情愿，甚至放缓了速度。可能吧，他在他们身后关上了门。踩着她那样四英寸高的鞋跟，谁又能健步如飞呢？

但是当门咔哒一声轻轻合上，让她露出小鹿听到枪声般的惊吓之色时，他知道自己先前的感觉是对的，他的情绪于是黯淡下来。

他指着一张椅子，示意她坐下。不过她只将公文包放在椅子边，人却并未落座。取而代之的是，她的双手紧握放在身前，走到一面墙上张贴的工作图处。盯着看过几秒后，她踱步向办公室另一头走去，小心地与他隔开很远的距离，这样的紧张神色可不常见，索菲亚·伊丽丝·钱宁医生总是镇定自若，总是沉着冷静。至少在工作相关事项中是这样。

卡姆半靠在桌角上，双臂交叉抱在胸前，他等待着。如果说他对她的个性有一丝了解的话，那就是在这个女人做好准备之前，你无法催她做任何事，哪怕是谈话。

"虽然我确信你不想听，但我觉得还是有必要澄清一下。"

"这里空气已经很清新了啊。"[1]他拉长了调子说。

她从房间那头返身往回走，快速看了他一眼，目光极为犹豫："我们不能让……那次短暂的邂逅影响我们的工作关系。我们要在这次办案中密切合作，所以回想起来当时终止了那种关系还真是值得庆幸呢。"

他胸中之火慢慢点燃。事实上，那火星从两个多星期以前就已经点了起来，之后一直在酝酿闷烧。

"要说我不享受与你的那次邂逅，那是撒谎。"他停住话头，沉醉于她脸颊上涌起的色晕。他此前的人生中，从未遇见过有哪个女人会脸红。她一定是像某些优雅的人类祖先返祖的产物，显而易见的是，那类优雅之人在他的家族谱系中是缺席的，"但是我们短暂的关系并不会影响我们的合作。我之前就告诉过你，不会影响，我不是锱铢必较的人。"他咧嘴笑道，"不是我们终止了关系，而且也完全不是因为顾忌工作。是你把我一脚踢开了，那时我都还没接到这个案子。既然要澄清事实，那我们还是说清楚为好。"

他伸手拿起放在办公桌上的棒球，向空中抛起，在球下落途中将其利索地一把接住。他很珍视那球，是五年前里格利球场打出的一记左外野界外球，为了接住那球，他拉伤了肩膀，不过非常值得。

"我猜冈萨雷斯已经给过你本案的全部卷宗副本了？"

---

① 此处为双关，字面意思是清洁空气的意思，引申为澄清事实之意。

色晕又出现了，她脸颊上的红晕潮水般迅速涌起又消散，他立时觉得自己是个蠢货。让人惊愕的事情并不在于她叫停了两人之间太过短暂的暧昧关系，而在于那关系原本就从未开始过。除却这桩偶然案件之外，他们绝对没有任何交集。

打从上个月在米基家的户外露台上偶遇她——当时她看上去若有所思，不太清醒——以来，十二个漫漫长夜过去，此事并未对他有任何影响。

他张口想要道歉。他个性上有大大咧咧的粗糙棱角。事实上多年前在联邦特遣队秘密度过的那些漫长岁月里，正是这些特质帮助他坚持了下来。不过既然他已重返文明世界，回想起几十年来母亲对他的教导就变得更容易些了。然而不等他组织好道歉的语言，医生的反应就先一步阻止了他的行动。

"当然。在安排办公室事务期间，我一直在研究这个案子。"她神色恢复到专业人士的样貌，然后走到工作图旁，她将一根指甲涂成粉红色的手指精准地按在一枚红色大头钉上，那里标记的是最近一名受害者的发现地点，"你们最近一次有所发现是在米洛的墓地吗？"

不管怎么说，有关当前侦查情况的探讨，阻止了他们继续审视彼此间那算不上关系的关系。他稍稍松口气说："周一发现的，对。这次发现最终说服了助理部长，扩大对本案的额外资源投入。"而投入的资源中有一样就是索菲①本人，"我安排探员继续密切注意此地周围九十英里范围内每座城镇的讣告。如果你想激怒城镇居民，只需要带一组人马，拿上探地雷达和气相色谱仪，跟人们说要刨他们的祖坟就够了。这可是实实在在的人气较量。"

---

① 即索菲亚的昵称。

"你敦促继续侦查，寻找其他可能的受害者。"

他晃晃肩膀。如果不是斯托里县的治安警员向他透露消息，他原本不可能想到要这么做的，那样便永远不可能找到后续受害者，他只是碰巧撞了运气。大多数人都不曾意识到，在侦查过程中，此类撞运气的行为发挥作用的次数有多么频繁。

"对，我已经找到了许多受害者，但没查到他们的身份信息。而没有身份信息，就等于对凶手动机一无所知。而不知道动机——"

"我明白。"索菲将食指按在嘴唇上，他注意到这是她思考时会做的动作，"我开始做受害者分析了，但是没有关于受害者身份的更多信息，以及他们对凶手的意义，分析无法完成。你和法医谈过最新发现的那具尸体了吗？"

他摇头："这位女受害者看上去死亡时间不及其他五名长，腐烂程度没那么严重。面部特征大致保存完好，虽然已无法辨认。珍娜正在绘制法医素描。"珍娜是一名训练有素的法医素描师，探员们无论哪里有需要，都会动用她的才能，"如果法医允许，她和顾问法医人类学家也可以为其余受害者做面部重建。"但由于该工作必须将颅骨割裂，以取得剩余的每一块组织，一向固执己见的病理学家已经严令禁止了这一行为，至少在可预见的未来无法实施。

一丝喜悦的神色从索菲脸上闪过："法医人类学家？加文在这儿？如果能再见到他，那真是太好了。"

"真是令人愉快。"他冷淡地说。他试着设想，有什么与自己相关的情境能引发她做出类似回应，然而他想了想似乎并没有，这让他的心情如同跌落悬崖般失落。因为他并非会吃醋的男人，所以他便把胸中的烧热感归咎于上班途中狼吞虎咽吃下的那个早餐玉米煎饼。

"受害者身份识别现在进展怎样？"

他将棒球放回桌角的一只烟灰缸里："除了一些无关紧要的身份信息外，一筹莫展。我们正加足马力，用当前已获得的信息，搜索全州、全国及国际数据库。"他所谓的信息指的是发色、性别、身高、近似年龄和体重。这样一来，在全国范围内，每名受害者都有一长串可能的匹配身份，不过他们需要有个方法，来做积极验证，"我们也尝试过将受害者的DNA和指纹同DNA联合检索系统（CODIS）及自动指纹识别系统（AFIS）进行比对，但收获也为零。"这些结果只说明受害者没有犯罪历史，而且家庭成员也无人向任何失踪人口数据库提交过DNA比对数据。如若不然，那就是提交的样本还未录入。

"这可能意味着，这些都是高风险受害人，"索菲指出，"谁都不会错过的那种。那么你们在其他受害者身上发现的图案呢？我想这一次也出现了吧。"这时她才坐下来，交叉双腿的优雅动作吸引了他的视线。她身穿的套装是棉花糖的粉红色。很难相信眼前这个身着精致淡雅服饰的女人，会拥有那样敏锐、直观的思维，能为他们正追捕的变态者构建罪犯简况描绘。她所做的简况描绘从来就无法轻易读懂。其中满是各式各样的细节，一般像她这样的女人甚至根本就不可能知道，更不用说去分析了。他虽然意识到这种想法充满了性别歧视的色彩，但并不为此感到愧疚。

层次丰富——让这个女人如此有魅力的地方就在于此。刨除外表修饰的话，渐长的年龄已让他无法再欣赏浅薄和通透了。对那些特质，他更多的是怜悯。

"这一个也受过折磨。"他的手机震动起来。他从口袋里掏出来，看一眼屏幕，然后站起身，朝门口走去，"你运气不错。同我一起去停尸房吧，你可以亲自查看。"

"给你五分钟，看完就出去，除非你想观看下一场验尸。"

卡姆怒视面前个子娇小的女法医。但这位露西·贝纳利医生在身高上的短处，靠气势就能补回来。也许他对这位乌发美女曾产生过亲切感，但在贝纳利医生开口说话的一瞬间便已消失殆尽了。她的口才会让最能言善辩的人也相形见绌，魅力很快就会消失。

"是你打电话找我的，记得吗？至少先让我们进门吧。"

"我们？"贝纳利从金属工作台边抬起头，迅速转过身，"本来多一个人，这里就已经嫌人多了。你们最好都穿上手术袍……啊，是索菲亚，你好！他们把你给拖进来了？"

"明知故问。"卡姆咕哝一句，接着不耐烦地等待两个女人交换客套话。那位女法医在同其他女性交谈时，看着确实有了一半的人类气息。索菲对人就是有这样一种感染力。他曾见过她面访被监禁的杀人犯，结果她劝诱他们讲出的信息是执法人员都不曾得到的。人们会为她身上的某种东西所感染，DCI在许多案件中寻求她的帮助，就是为了利用她的这一特质。

他朝正懒洋洋地靠在一个不锈钢工作台上的加文·康纳利点点头。对于这位法医人类学家能在此案中与贝纳利法医近距离合作，卡姆并不羡慕。原因并非是康纳利为了这件事情心烦意乱——这位扎着马尾辫的顾问似乎并未受太大困扰，如果有影响的话，也似乎是更加开心了。

"我想她说的'多一个人'，"康纳利笑嘻嘻地说，"指的是我。不知怎么的，我的魅力和亲切总是无法赢得她的心。索菲亚，你还是一如既往的漂亮。同我回加利福尼亚吧，我们可以生活在罪恶中，尽情探索洛杉矶的腐朽堕落。"

"我要是答应了，你会以打破百米赛纪录的速度奔回加利福尼亚的。"

"那你快答应。"贝纳利朝那男人射出一记写满嫌恶的眼神,"他从不肯停止讲话,从不。"

好在贝纳利法医的愤怒转移了方向,指向了其他人,卡姆用手指拨弄着手里抓起的口罩。因为在停尸房有过太多次胃部翻搅的经验,他穿上手术服后从不会忘记戴口罩。但平素在这里闻到的那种足以压倒一切的气味现在却基本没出现,未加保护就埋入地里的尸体并不会带有腐烂的臭气,它们闻起来就像是曾被埋入其中的土壤的气味。他将口罩揣进手术袍的口袋,走到距离他最近的一张不锈钢工作台上,开始研究他们最新发现的简·多伊①。

"你意下如何啊,侦探?"贝纳利走至他身后,语气中埋着嘲弄。

卡姆掀开布单,仔细检查那赤裸的尸体:"她是在死后,或意识昏迷的情况下被埋葬的。"他举起尸体的一只手,"和对待其他尸体一样,那人也为这一位剪了指甲,但指尖上没有泥土,这就表明,受害女性不曾有过抓刨逃离的动作。"六位受害者被埋葬的深度都不超过十八英寸,只是被推到足够盖住墓穴中棺木拱顶的深度,然后重新盖土埋上。假使意识清醒,那她们每个人都有能力钻出来。

他凑得更近了些,以检查受害人的脖颈:"大多数地方的皮肤都原封未动,这让我相信,这一位刚被埋下不久。"尸体肤色已经变成一片斑驳的紫红色和棕色色块,因此难以分辨是否为淤痕,"需要做尸体解剖来确认她是被勒死的。"当然,搜寻眼睛中的点状皮下出血也无济于事,眼睛是最先会被虫子攻击的部位,"皮肤状态表明,昆虫侵蚀比原本设想的要少。这一位可能也被他拿杀虫剂泡过。"他看一眼贝纳利法医,"指甲看来尚未松动。"

"他可真让我自豪。"卡姆直起腰来,看到贝纳利拍着胸脯对索

---

① Jane Doe,指由于法律等原因不能公布真实姓名或姓名不详的女性。

菲说，"他所知道的全都是我教的。当然了，他知道得并不多。"

康纳利慢慢走到轮床边，加入卡姆的检视："这一位入土可能只有几天。该死的是，所有的罪犯都会看《犯罪现场》。"他表情满是惋惜，"他可能就是从这部电视剧中学到的点子，给尸体喷杀虫剂。就为了破坏我们能从虫子活动中提取到的信息。"

"极有可能。"索菲一副沉思的口吻，"当然，这位主角也足够聪明，连续谋杀六人还能逍遥法外。他懂得采取预防措施，为尸体剪了指甲，因为受害人有可能会抓伤他，从而在指甲中留下他的DNA信息。他还在埋葬前冲洗过尸体，我们可以再次推测，目的是为了避免上面留下任何他的DNA信息。没有精液——"她皱皱眉头，迅速看一眼贝纳利法医，后者轻轻摇头："所以这也符合他的逻辑，他试着减慢昆虫的活动迹象。但喷杀虫剂也可能只是为了他自己，为了能让他对死者的性侵犯更加愉悦，而且能使他在受害者死后很久仍然能够实施强暴，同时又能延迟昆虫的活动。"

加文听到这里露出想呕吐的表情："上帝啊，医生。"

贝纳利法医大步走到轮床旁，用手肘推着挤进两位男士之间："等着你们实验室伙计的报告吧，现在他们应该已经缩小了罪犯所用杀虫剂的范围，这可能会帮些忙。"

"最好是先检验土壤样本，"加文辩称，"尸体在腐烂时会释放出大约四百种不同的化学物质，而未经保护就下葬的尸体会将那些都释放进周围的土里，这将赋予我们最大的可能性，弄清每具尸体入土的时间。"

卡姆在脑海中记下检验土壤样本的提议，如有需要还要重新改变他之前命令的检验优先顺序。不弄清埋葬时间，他们就无法获知受害者死亡的时间。而如果有些尸体是在去年霜冻季节就下葬了，那它们的腐烂速度会更慢，这也将解释凶手在爱荷华这个寒冷的冬季，为什么会选择借用新掘的坟墓。但弄清这些受害者失踪的时间，可能是加速失踪人口搜查的最快方式。

索菲绕着轮床走了一圈，最后面朝他们站定，一边检视受害人，一边听贝纳利的发言。

"我首先查看的是，在早前连环受害者身上就发现过的伤痕。"露西在尸体手指上标出记号，"证据表明，受害者在死亡之前，曾受过长时间的身体和性折磨，最后是扼颈而死。尸检会证明，这位受害者舌骨折断，是否出于和其他受害者同样的原因。阴道和肛门有严重撕裂表明，死后曾有阴道和肛门性交。凶手还没有粗心到在她喉咙或胃里留下精液的程度，但是也许我们这次会交好运呢。这位受害者与本案中的其他受害人有关联，这一点不用太过质疑，不过不等到尸检结束，我也不敢下定结论。"

这番话并不让人惊讶。卡姆想不出，有哪一次贝纳利表达一个观点，不是用十套不同的理论事实来做支持的。

"那清洗尸体的肥皂呢？"

"皮肤上发现了相同的成分。"贝纳利看一眼墙上的挂钟回答，她显然已经不耐烦了，想把他们都赶走，"我知道实验室已经给了你们成分一致的验证报告。"

他点头。是"母亲的爱抚"，一款畅销的液体浴皂品牌，广告宣称该产品属性温和，足够供婴儿使用。其间的讽刺意味令人惊骇。

"那么受害者背部的烧伤呢？"

"搭把手，"贝纳利法医对卡姆说着，伸手从工作服口袋掏出一副乳胶手套摔在他胸口。他眉头一扬，他们在穿上手术袍走进这里之时，还从不曾在戴手套这件事上费心，因为如果他们触摸了任何东西，都会有被肢解的危险。

他绕过不锈钢工作台，戴上手套，然后伸手帮尸体翻过身来。

"小心点儿，"贝纳利语声尖利，"手像我一样放。我不想损坏任何皮肤。"

他小心翼翼地帮着她给尸体翻了面，将背部侧面曝露在外。他的目光迅速转移到尸体的左肩胛骨上，上面总计有十二条伤痕，是一些随意分散的烧伤，至少前五位受害者的伤痕被确定为烟头烫伤。

"伤痕数目不同，是吗？"索菲凑近些观察肩胛骨说道，"至少和照片上的相比，前几位受害者的烫伤没有形成一组图案。"

"也许他每强暴一次受害者，都会留下一个烧伤。或者每当受害者以某种方式冒犯了他，他便会这么做。"卡姆说。这叫人毛骨悚然的环境，看起来与索菲显得极不相称，就好像某人在地狱烟雾腾绕的外围，放下了一位美丽公主。

"好想法。"她移动脚步，在轮床尾部站定，抬起头开始静静检视尸体，"无论是怎样的理由，我们都可以确定，此举动机是因为凶手本人，而非受害者。这一举动满足了他心里的某种需要，他行动的原因在于精神疾病，或是童年经历。图案像是他签名的一部分。"

卡姆不自在地调整了姿势。这就是请索菲过来让他最为不适的原因。尽管他几十年前在联邦调查局（FBI）的行为科学部就曾从事过开拓性的工作，但至今他对于罪犯简况描绘仍保持着观望的态度。其中需要太多的猜测，而就思考方式来说，他是个用证据说话的人。

但就在这时，他看到了另外一些东西，他脑海中的思绪开始短路："老天呐！"

"哈，超级侦探，我还在想你到底要过多久才会看到那图案。"贝纳利将粗重的发辫荡过肩头，熟练地耸耸肩，露出自鸣得意的笑容，"我看到的时候也相当震惊。也许从这里你会得到一个有用的身份信息。"

兴奋感剧增，卡姆伸出一根戴着乳胶手套的手指，轻轻描摹一下那个文身。那图案似乎是卷绕在左脚踝背后，但因为皮肤大面积的变色导致其长度和宽度难以辨别。

"我需要对它进行精确的物理定位和测量。文的是什么？"他低头凑近观察，"是一束花，对吗？不可能指望在图案背后的某处，隐藏着一个名字吧。"这一识别记号所给予他们的，比性别、身高、体重和近似年龄要多得多。

肾上腺素在他血管里飙升。他知道他们终于取得了此案中第一个有真正意义的突破。

"领先你一步。"贝纳利法医再次将手伸进工作服口袋，掏出一张纸递给他。

卡姆先是看看纸片，然后看看贝纳利，眯缝起眼睛："这个信息你打电话时就可以告诉我的。"

"但那样做我就看不了你的笑话了啊。"

"我真怀疑自己是否能够请你为我做些事。"

他犹豫了一下，试图冲索菲亚使眼色。

他已经吸取教训，在露西·贝纳利医生面前，永远都不能把要求说得像是请求。要是表现得像请求的话，可能会搭进两张职业棒球联赛的门票，更有甚者，要搭进他在金尼克球场观看本赛季鹰眼队最盛大比赛的五十码线上的座位。下命令对那位医生来说效果会稍好。最糟的事情，就是让她占了上风。

但为时已晚。贝纳利法医看向索菲的眼神里闪过一丝熟悉的光芒："想要我帮忙吗？"

"可能需要再占用你一点儿时间，我知道你很忙，但是你的幻灯片演示文稿里有给受害者拍的所有照片，是吗？"

任何之前曾与贝纳利共事过的人都知道她有，这位法医对那样的东西有强迫症，这一点是出了名的。记录每具尸体挖掘的每个步骤的照片副本，再加上在这间实验室中所拍的照片，将会按顺序排列，每具尸体还附有解剖时的记录照片。在这个关头，卡姆试着避开麻烦："其余受害者都没有同样的印记，钱宁医生。正如你在拿到的卷宗中所见的那样。"

"当然没有。"她甚至没看他一眼，她的注意力还在那位娇小的法医身上，"不然露西肯定当即就发现了。卷宗中表明，有些尸体并非所有的皮肤都完好无损。但同时也记录下了发现的烧伤数量。我们怎么能知道每位受害者都有烧伤，以及数量是多少呢？"

卡姆刚想爆发便忍住了。以前他也曾质疑过贝纳利的发现，但随后就被她激烈的反应弄了个灰头土脸。

但令人惊奇的是，这位法医听到钱宁的问题却绽出笑容："问得好，我来给你展示。"她说着便迅速走至电脑旁，那电脑放在房间中央的一辆推车上。她忙碌了几分钟，接通电源，放下一个白色的投影屏幕，然后打开笔记本电脑，键入几个指令。片刻之后，前面提到的照片就展示在他们眼前。

"每张照片中的受害者均依照它们被发现的顺序编号，我们尚不能说出她们全部被杀的顺序，以及被埋葬后经过的时间。"

是不会说，卡姆在心里纠正。这个法医不是那种会在未被验证和核实之前作出结论的人。

加文并没有这样的不安："考虑到我们对爱荷华冬季的了解，以及过去几个月的气温，我们有理由推测，所有的受害者入土时间均不超过一年，或许仅有六个月。虽然当埋葬深度较浅时，尸体与表层土壤的相互作用会更多，从而加速腐烂，但土壤温度会减慢这个过程，直至春天融雪。"

"康纳利很善于'有理由推测'，"露西说道，"但背后实际上是有科学依据的。"她放大照片，突出每个受害者的烧伤部位，"在皮肤丧失的位置，我仍然可以依据残存的组织确定烧伤的位置和尺寸，在三号和五号受害者身上则是依据骨头。如果你们看到这里——"她翻过更多的幻灯片，"你们就会发现，我在每处发现上都做了标记，哪怕那处位置的皮肤并不完整——"她指着一张照片，"烧伤也深到损坏了其下的肌肉组织和骨头。"尸体上的每一个伤疤投射在屏幕上，都像是一个白色的大圆点，"想象不出会有什么样的图案，伤口的数量也不尽相同。"

但是索菲却凑近去，用一只手指按着嘴唇，更加仔细地凝视那些幻灯片："你能将照片向右转吗？"

卡姆同加文交换了个眼神，但贝纳利法医却照做了。康纳利直起身子，弓身向前以看得更清楚。然后说："我还是看不出有图案。"

"那么，现在请再次向右翻转。"索菲的语调如此令人愉悦，露西似乎并不介意那话语中所呈现出的命令语气。照片被翻转了，现在等于是从原始位置进行了一百八十度旋转。

"现在你们看出什么了？"

卡姆、加文和露西面面相觑，接着视线移回照片。法医率先开口："我懂了。你觉得它们应该是字母？凶手也许是想通过在每位受害者身上烫出一个字母，来拼成一个什么词语？"

"对，但他还没全部完成。"卡姆依次指向每张照片，"B-E-N-A-L-L——"

"自作聪明。"他的速度不够快，没能躲过贝纳利捅向他肋骨的尖利手肘，"我想拼的是B-I-T-E-M-E。"

"不，不是字母。"索菲目光敏锐地审视它们，"什么都不是吗？"她打开手提包，卡姆这才第一次发现提包的颜色是和她的套装及鞋子一样的粉红色。他不禁再次感到惊讶，他们二人真是截然不同。她爱穿名牌服装，而他每晚只要回到家，都会想"赶紧让我脱掉这该死的西装"。她说话轻声软语,而他则……她曾经怎么说他来着?粗鲁到可爱。他们是香槟与啤酒、油与水。

导火线与火花。难以置信的易燃。而聪明的男人不会玩火。

索菲从镜匣中拿出一块三英寸大的镜子,走至屏幕前,将镜子依次举至每张照片上:"现在呢?"他、康纳利和贝纳利法医都凑拢来观察镜中的影子。

"该死。看起来……"加文眯着眼睛,"那是不是……看上去有点像十二,是不是?"索菲将镜子移到下一张照片前,"那个——是十五?"他看向卡姆寻求确认。

"我也是那么想的。"索菲的声音很低沉,"如果非要我猜测,那我要说,他是在给受害者编号。"

他坐在百年湖区公园中的长椅上,脸藏在一张报纸背后,正等待着慢慢靠近的慢跑者——这个女人喜欢遵循习惯跑步。平日里每天早上,在天气允许的情况下,她都会在九点至九点半间前往区域跑道。根据他所下载的地图,这座公园里的跑道只有一点五英里长。现在是她第三次从他身边经过了,她的步速逐渐减慢。她极少会在一天内跑步超过五英里的,而且一般是在本地区的四座公园里更换着跑。她足够谨慎,避免形成套路模式。不过这没关系,他已经跟踪她很长时间了,足够熟悉她所有的模式。

在她经过时,他用报纸挡住自己的脸。他已经知道她的样貌了。反正他关注的也不是面部特征,在被带走几天后,就算是最可爱的面容,也不再吸引人。个性也没有意义,只要教育适当,所有人都会变温顺,当然了,在她们之中他也有最爱。

但重要的是身体,尤其是屁股。

他把报纸放低,目光从上方越过,看着那女人从他身边跑过。

他喜欢她的乳房轻轻跳跃的样子，哪怕是被束缚在时尚的斯潘德克斯弹性纤维面料之中。配套短裤展示出臀部的轮廓，即便按照他挑剔的品味来看，也足够有型。当想到将她据为己有的时候，他能感觉到自己正变得越来越硬。

细致的搜寻为他带来了不少于六个可能的对象，均能满足他清单上的每一条标准。在更大区域的狩猎行动，总是令人更加满足。有了如此之多的选择，他就有挑剔的余地，同时也能将其他选项留作下次约会的目标。没用多长时间，柯特妮·范·惠顿就升至他名单的首位。

他小心地折起报纸，站起身，漫不经心地用它掩盖住自己硬挺的老二。最后这次监视像是一次仪式，他只是必须确认一下最终的绑架方案。

想到这些他嘴角闪过一丝微笑。他对自己的容貌有些许的自负，所以当附近一位推婴儿车的年轻女士回以微笑时，他并不感到惊讶。他没理会这女人，她太年轻，而他很早以前就知道，坚持必须遵守的要求才能带来价值。范·惠顿很快就将成为他的了，他已经开始沉醉于这一期待了。在被绑走的数小时后，她就会被带出该州，就那样消失无踪，不留任何痕迹。

她不可能意识到，她的自由时代即将结束。

第2章

　　索菲承受住卡姆在她髋部的稍稍施压，面对着他真是个错误。隐藏情绪需要费一番力气，而那样的努力却超出了她力所能及的范围，她感觉自己像被粉碎了。沉浸在让人愉悦的无力和眩晕感中。至少那是她给自己思绪模糊找出的理由。

　　"我不擅长这样。"

　　他用嘴唇勾勒出她肩膀的线条，而她听出他话语中晕染出愉悦的色彩。

　　"我请求你改一改。"

　　她踢中他的脚踝，随后她的脚却被他捕获，他用一条腿漫不经心地压在上面，将其钉住。但听到他声音变清醒，她吓了一跳。

　　"以为我不知道你是严谨型的吗？现在我们都有点儿违背原则了。但是超出计划并不意味着就是坏事。"

　　她终于设法找到了面对他的力量。而这时却发现他太过靠近，太过温暖，太过强烈。

　　"往往如此。"

　　他又笑了，她则觉出自己的骨头在松懈。贴近来看，他的双眼更近于金色，而非棕色，其中的玻璃状液体正与欲望竞争。奇怪的是，正是那液体让她心跳加速起来。

"这只是因为你将计划等同于控制，承认吧。"他用牙齿衔住她的耳垂，轻轻噬咬，"刚刚的失控难道不是更添了一丝乐趣吗？"

承认这一事实意味着完全的沦陷，因为"乐趣"已经开始无法掩盖这男人对她的感官所具有的摧毁性力量了，难道不是吗？

手机铃声打断了卡姆对暴力罪犯逮捕计划（ViCAP）报告的长时间的阅读，让他感到高兴。FBI的ViCAP数据库是一个非常宝贵的资源，可用来比对涉及到未辨明身份的人体遗骸的细节信息。由于一开始的查询收获甚少，于是他便输入了有关此案的更多笼统信息。仔细检查搜出的大量信息几乎让他的眼睛累到流血。他用掌根揉揉眼睛，接着才拿起电话，看了一眼屏幕后接通。

"我是普雷斯科特。"他疲劳地动动肩膀，看了一眼手表。时间已过七点，是时候该回家了，抓瓶啤酒，翘着脚观看上周末录的职业棒球联赛。他们又打输了，但是好在比分接近，所以还是值得一看的。

"我是贝克特·麦克斯维尔。"

"是治安官啊。"卡姆在椅子上坐直身子。麦克斯维尔是他们找到第二名受害者遗体的布恩县的治安官，"很高兴接到你的电话。"

"感谢你邀请我参加每日信息发布会。我计划着只要再次配齐人手，我就开始制作信息简报。"这人的语气中透露出些许的沮丧，"手下的一个副手去度假了，另一个从梯子上摔下来，断了一只脚。谢天谢地，他当时不是在当班，不过还是……"

卡姆疲倦地笑起来。他心里想着是否还有时间，赶在最爱的三明治店铺打烊前去一趟。那是家夫妻店，营业时间不固定，更多是看心情。但他们做的烘肉卷三明治味道弥补了这一不足。

"只需要告诉我，你还没收到又有墓地被挖掘的报告，那我这一天就算圆满了。"

"我没收到那样的报告，是别的事。"卡姆听到对方翻动纸页发出的沙沙声，"我一直在阅读你们的信息简报，你发来的名单也收到了。"

卡姆最先完成的任务之一，是列出了一份本州登记在册的性侵犯者名单，他们都曾被判处犯有侵犯女性的暴力罪行，并且都在过去三年中刑满获释。其中他认为嫌疑最大的几位已经交由两位探员前去追踪。其余的则移交给那些重罪犯所居住的各县公安部门和治安官办公室，请执法人员协同委派的假释官一起核查。

"缺了两个人，那我猜你应该是还没完成我下发的重罪犯核查工作了。"

麦克斯维尔可怜地轻声笑笑："去那里时，我本来确信自己可以查完一个的。眼下没有假释官，所以是要同罪犯的老板、邻居和家人交谈。不过昨晚出了件别的事。我收到一份报告，说在马德里刚出市区的地方发生了一起酒吧斗殴，争执原因是女人，一个名叫加里·普莱斯的家伙把三个人打得进了医院。目击者一致表示，是那三个人先动手打的普莱斯，但我依照惯例，还是每个人的名字都过了一遍。普莱斯十八个月前才搬来这一片儿。十六年前，他曾在密苏里州劫车未遂，女司机奋力抵抗，所以他将其重打致昏迷，然后驾车逃逸。女司机醒来后，举报了他的身份信息，恰好她之前在车行给车子做保养时曾见过普莱斯。"

"听着完全是个人渣。"卡姆又看了眼时间，买到三明治的希望越来越渺茫，"但不像是我们在找的那种渣滓。"

"很可能不是。"麦克斯维尔纠正道，"但是我手下一个副手昨晚在那家酒吧拿到了引发斗殴的女人的证词。普莱斯黏上了她，她无法脱身，最后那女人相当直白地要普莱斯走开。普莱斯抓起她的后颈，把她拉到近旁，将点燃的香烟杵在她额头一英寸远的地方，说要是给她烙个印，看上去会棒呆了。这时那三个家伙就动手了，普莱斯将他们全撂倒才离开。"

卡姆坐直身子，来了兴趣："但普莱斯没有性侵的案底吧？"

"他的档案中只字未提。"

"他出狱多久了？"

又是一阵纸页翻动的窸窣声，麦克斯维尔找到了信息："四年了。假释期一满，他就搬到了马德里城郊。"

"他为什么搬过去？"

"说不好，或许是因为房子。他在拍卖会上以相当便宜的价格买了一块地。"

卡姆斟酌着这段信息，普莱斯显然有暴力倾向，但性施虐狂的发展要经过漫长的岁月。入狱数年后，突然变成性施虐狂，这种情况不太可能。

除非他过去的性侵行为从未被发现。完全可能还有其他的坟墓分散在全州，或者在更远的各地，尚未被发现。

"普莱斯似乎与这些罪行没有关系。"

"你可能是对的。"

"但不管怎样，你还是会去找他吧？"

"我想今晚顺路去一趟，亲自查查他。"

主意已决，卡姆脑海中浮现出一个烘肉卷三明治扑闪着翅膀飞走的画面："我想找你陪我一同去。"

麦克斯维尔驾驶着县政府配备的吉普车，一路行进在通往普莱斯家的那条坑坑洼洼的小路上，太阳正缓缓变成血红色，坠向玫瑰色和黑色之间的地平线。一只辨不出品种的大狗沿石子车道向吉普车冲来，吠叫声似在发出警告。贝克特将车停在一座两层的木板农舍前，紧靠着一款新式道奇公羊小卡车。

卡姆扫了一眼这片地区。在一片广阔的石子空地对面，有一座大型机器库坐落在后面的角落，紧挨着的是一座粗陋的仓棚。一个看上去像是几十年未用过的小型金属玉米储存箱放在仓棚边上，形如一名哨兵，箱子的金属薄板有一部分已经松动了，一侧裂了个口子。空地的另一端，是两座小一些的木头建筑，两座都是灰色，饱受风吹雨打，都歪得厉害，好似在刺激下一场垂直刮来的风将其夷为平地一般。

"这里相当偏僻啊。"卡姆说道。那狗蹲坐在他们车子十二码开外的地方，仍旧在通报他们到来的消息，"我们路过的上一座农舍还是在五英里之前。"

"普莱斯只买了建筑用地及其周围五英亩。房子周围的农场是单独出售的。"治安官一边回答，一边将吉普车停好。

卡姆眯眼看向远处，一片已完全长成的冷杉防风林环绕着地产的三边。在房前石子路对面，是一大片六英寸高的玉米苗。接着他看向那辆道奇公羊："那是普莱斯的卡车？"

"符合我在机动车辆管理部门查到的描述。"贝克特熄灭引擎，看着窗外仍没有停歇迹象的狗，"让我们祈祷那畜生只会叫不咬人吧。"

"我们还是行动起来得好，不能干坐着祈祷。"卡姆嘲笑着打开车门，"就由你打头好了。"

他绕到车的另一边，跟上治安官穿过敞开的金属网门，走到房子门口。他一直分神提防着那条狗，同时也注意到厨房门开着。有光线从纱门滤出来，洒在油漆斑驳的木头门廊上。"看上去家里有人。"

"我有没有说起过，这家伙之前在密苏里州的假释官曾表示，他很容易暴怒，有愤怒情绪控制问题？"

"隐约提到过。"身后的狗吠压过了他们登上四级门廊台阶的脚步声。

"我是布恩县治安官，普莱斯先生。"由于没看见门铃的影子，贝克特一边敲纱门，一边大声喊道，"我想和你谈谈。"

卡姆盯着半开的门内。里面的厨房似乎留在了二十世纪六十年代的扭曲的隧道中，笼罩在一片鳄梨绿的色调里。相邻的餐厅里的光线照亮的区域里，有一把翻倒的椅子，边上有一个瓶子。啤酒流过疤疤癫癫的桌面，汇成一条平稳的溪流，淌落在下方破旧的绿色地毯上。

"我们来自DCI，普莱斯先生。"卡姆又试了一遍，他重重地捶门，纱门合页嘎嘎作响，"出来我们谈谈。"

迎接他话语的是一片寂静。

卡姆示意地冲厨房内一个门把手上挂着的一件轻型海军蓝夹克点点头。那衣服的口袋里，有一个不会弄错的形状探了出来。

"看上去像是非法枪支。"

"抢劫犯持枪可是重罪。"贝克特一只手按着腰带上的警棍，表示赞同，"我们有职责进行检查。"

"和我想的一样。"卡姆伸手打开纱门，走进厨房，贝克特紧跟在他身后。一进门他就停下脚步，视线扫过餐厅桌子上的那个瓶子，仍有液体平稳地从中滴出来。不管弄洒的人是谁，时间应该都不会过去太久。

"普莱斯先生？"贝克特大喊。

卡姆绕着邻室的门转了半圈，以确定是否有人躲在里面，之后才走进餐厅，迅速扫视一番，里面是空的。他现在能看清了，瓶子旁有一个纸碟子，上面是一堆骨头，还有一只吃了一半的鸡翅。盘子边上的泡沫塑料外卖盒是空的，里面只有油污和食物碎屑。房间的两扇前窗上盖着宽木条百叶窗帘，其中的一个窗台上摆着一台古旧的盒形风扇，在这个凉爽的傍晚也未停歇，风扇费力地旋转着，马达的声音听起来就像卡姆拥有的第一辆本田车上的磨齿一般吃力。

旁边昏暗房间的墙上挂着一台平板电视，在周围一片过时的家具中显得格格不入。电视下方的架子上摆着各种电子器件。电视是开着的，播放的是娱乐与体育电视网频道（ESPN）。一名分析员正对另一个人念叨着即将举行的棒球赛的信息。

"看来有人匆忙离开了。"麦克斯维尔在他身后小声说。

"或许在我们把车开进车道时，他就匆匆跑了。"卡姆贴着墙壁前行，小心绕开旁边摆放的沉重家具。他在脑海中描绘出房子的结构，认为隔壁的暗室能通向前门，并有楼梯可通往楼上。唯一的问题是，那男人是从哪里离开的。

或者，他是否正藏在隔壁阴暗的房间里，等候他们呢。甚至还持有另一件武器。

他驻足倾听。除了风扇声之外，别无其他声响。但那沉静之中有某种东西让人感到不安。

他半转过头，冲贝克特打了个手势，于是治安官沿原路后退穿过餐厅，守住通往客厅的双开门的另一侧。

"加里·普莱斯！"他手握武器高喊，"我们是布恩县治安官，出来吧。"

卡姆伸出一只手够到肩膀上的背带处，手指悬在空中。他的皮肤就像曾经深入调查期间一样感到刺痛，场面即将失控。电视画面切换到比赛开场。他等待着，几乎屏住了呼吸。三十秒，六十秒。

一扇门砰的一声被打开，两人一齐行动，冲进那个房间，手里都握着武器。一个男人站在通往楼上的楼梯门廊里。

"双手举起来，放在我们能看见的地方。举起来！举起来！"卡姆吼道。

"老天呐！怎么……"那男人缓缓举起双手，贝克特手法专业地开始为他搜身。

"他没问题。"

卡姆把枪插进枪套之际，那男人大叫起来："你们他妈的到底在我家里搞什么？你们有搜捕令吗？哈？你们最好有该死的搜捕令！"

"你是加里·沃尔特·普莱斯吗？"贝克特一边问，一边将手枪放进枪套。

那男人放下双手："究竟是谁想知道？"

"我是布恩县治安官贝克特·麦克斯维尔，这位是DCI探员普雷斯科特。现在可以回答了吧。"

那男人看一眼卡姆所在的方向，傻笑起来："DCI是什么意思？爱荷华巨伟大的侦探①？"

"伙计，够幽默的啊。"贝克特说道，"我们来就是为了拘捕所有幽默感爆棚的家伙，给他们足够的时间编写自己的单人表演。不过，监狱里应该有某种东西能抑制你的幽默感。"

"好好好，我是加里·普莱斯，现在告诉我，你们究竟在我家里做什么。"

卡姆看了他一眼。普莱斯看上去不像是能单挑三个醉鬼，还能全身而退的那类人。他身高五英尺十英寸，一百八十磅重，一头黑发稍稍有些长，留着长了一天的络腮胡。身穿的无袖汗衫表明，他

---

① 此处为双关，DCI 也可以是普莱斯口中 "Dicks of Iowa" 的缩写。因犯在监狱中为获得一席之地，经常会刺上酷炫的文身，流行的图案包括泪滴、没有指针的钟表等，代表意义各不相同。

们打断了他的用餐时间。牛仔裤和网球鞋均很陈旧。卡姆的目光停留在他喉咙和指关节上的监狱文身上，他有过一段不为人知的艰难岁月，这就意味着，他的威胁性要比表面看到的大得多。

"听到我们叫你，为什么不答应？"

"我没听见，我上楼去穿该死的裤子了。"男人的声音近乎咆哮，"我本来正坐在桌边，想吹吹凉风，结果却听到狗拼命嚎叫。又没有法律规定穿着平角裤就必须去应门，对吧？"他打住话头，眼神在贝克特和卡姆之间游移，"是为昨晚打架的事吗？已经来过一个副官记录我的陈述了，整个酒吧的人都能作证，第一拳不是我先出的。"

"我读过证词了。"贝克特声音严厉地说道，"不过我更感兴趣的部分是，你威胁那个冷落你的女人。"

"狗屁。"那男人嫌恶地吐出这个词，"那婊子可能夸大其词了。"

"有酒保证实了她的话。你想烫那女人，普莱斯——你是这么干的吧？点上根雪茄，举着凑近她的皮肤？你喜欢给她打上你的烙印吧？"

那男人的凶狠劲儿收敛了些，现在他看上去满目机警："我不知道你们究竟在说什么。我抽的是烟，不是雪茄，而且我对那婊子什么都没干。她说的不是实话，该死的，她在撒谎。"

卡姆又看看那人的双手："你撂倒了三个男人，自己却毫发无损？身手够好的啊。你有身份证件吗？"

普莱斯将手指交叉起来，往一起折曲，关节咔嚓作响。"我是有两下子。不过话说回来，只是一次酒吧斗殴而已，DCI侦探来做什么？"他咧嘴一笑，露出缺了口的门牙，"看来被我撂倒的娘娘腔里，有人去找了你？我猜这样一来，他就是爱荷华州孬种之王了，不是吗？"

"身份证件，普莱斯。"

那男人看着贝克特："我呸，你们在我家抓到我，连我的卡车都停在前门外。你们还想怎样？"

"先出示你的驾照再说。"看到那男人没动弹，治安官便往楼梯口走了一步，"或者我该自己上楼去找。"

"在我车上。"普莱斯声音愤懑起来，"等我一秒，我去拿。"

"哦，真是个美丽的夜晚。"卡姆让到一边，好让那人经过，"我们陪你去拿。"

"随你的便。"那男人咕哝着，与他擦身而过。

他们跟着普莱斯穿过厨房，走出前门。太阳已经落下地平线了，四周笼罩在一片细长的树影里。卡姆加快步伐，率先抓住车门把手，他看向站在男人那一边的贝克特："我先检查一下。"

"搞什么……"卡姆不顾普莱斯的反对，打开车门探进身去，他不想被动地站在那里，让这位前科犯有机会从车内某个隐藏洞穴里抽出武器，然后用在他们身上。这男人身上有邪恶之处，不仅仅局限于他的犯罪记录。卡姆或许不了解这家伙，但他熟悉他这类人，他的职责就是将他们绳之以法。

此外，他在缉毒队当卧底的时候，曾在这类人中待过，最近一次的行动让他付出了将近两年的努力，才斩断从墨西哥到中西部的毒品贸易渠道。他曾经像他们一样生活过，学会了像他们一样思考。

诀窍就在于，永远不能让他们占领先机。

"退后。"贝克特命令那人，"放轻松。"

卡姆对卡车驾驶室和仪表板上的储物箱进行了一番迅速而彻底的检查。没有发现武器，但也没看到钱包的影子。他退出卡车，说："我想里面没有你的证件。"

"我说了在里面，我没说过吗？"男人钻进卡车驾驶席，在储物箱上弯下身子。当他打开箱盖，把一只手伸进去的时候，一盏小灯点亮了，将他的身影照得如同一座鲜明的浮雕，"我就放在里面的。"

不等普莱斯行动，卡姆就读出了他的意图："从前面拦住！"他一边对贝克特吼道，一边快速抄过车尾。不等他跑过后挡板，普莱斯已经跳出副驾席，全速奔跑在石子路上，身后飞溅的碎石宛如抛射的小型炮弹。

狗从后面冲了上来，拼了命地吠叫着，追上那正在逃窜的男人。他选的是工具房相反的方向，冲向一片摇摇欲坠的外屋。卡姆猛然加速，转身向右。第一座外屋的结构看上去像是老式的玉米仓库。侧墙是由木制板条以四英寸的间距搭建而成，那样的建筑通常都没有门，前后都是敞开式的，卡姆准备堵住一面的入口。有麦克斯维尔跟在那男人身后，这样他们将把普莱斯拦在仓库内。

他转身看见治安官消失在前方拐角，赶忙上前，却在拐过屋角的时候滑了一下，卡姆单膝跪地稳住身体，他小声骂了句脏话，调整姿势后掏出枪，沿着那倾斜的建筑后部悄悄贴近。

正如他猜测的那样，那里没有门，只有无边的黑暗张大嘴巴，而普莱斯已被吞噬其中。入口的木板框架已腐朽折断，像断齿一样参差不齐地戳出来。仓库内部一片阴暗，卡姆什么也看不见。

"你不可能从这里逃出去的，普莱斯，"他一边喊，一边瞪大双眼想要在黑暗中分辨出他的身影，"别给自己找麻烦了。"

"我进去了。"他听见贝克特说。

卡姆正打算开口提醒，现在他们已经把那人卡在里面了，一旦治安官闯进去，卡姆根本就没有办法分清黑暗中两个扭打成一团的影子谁是谁。

不等开口，他就看见一个身影冲进黑暗，随即听到木头撞到什么结实的物体，碎裂后发出的令人恐惧的咔嚓声。他回转到墙角，武器已准备就绪，眼睛竭力在黑暗中搜索。

"麦克斯维尔？"

一个黑乎乎的影子从仓库杂乱的另一头跳了过去，全速冲了出去。

"该死。"治安官含混地骂着，摇摇晃晃站起身，"让他给跑了。"

卡姆转动脚步，绕过屋角也冲了出去。他看到普莱斯又冲过一座破烂的房子，跟着消失在它的背后，他全力加速，也跟了上去。他看见那人消失在标记地周界的茂密的冷杉林中。

灰色的阴影与黑暗融成一团，这是夜幕还未彻底降临之前的暮色时分，月亮也还未升起，照亮这片地方的只有几颗眨着眼睛的星星。卡姆试着回想那树丛的外面是什么，可能是更广阔的田地，那样就将是一大片开阔的空间，对于追人来说实乃幸事。

他调匀呼吸，进入多数夜晚慢跑时所用到的老练节奏。狗吠声慢慢稀少，被他甩在身后，或许那畜生放弃了追赶。在冲进树林之时，卡姆举起双手护住脸，长满针叶的树枝刮擦着他的双臂和脑袋。能听到前方有人在喘气，他知道那是普莱斯，他累得受不住了。

他从树丛中冲出去，能辨识出那逃跑的男人就在他身前十五码处，还剩十码。卡姆加快速度，发起新一轮的冲刺。

那身影在前方空中跳了一下，卡姆过了片刻才明白他是跳过了什么。回过神后，他试图停止冲力减慢速度，但不等完全停下，就撞在一道将地产与相邻田地隔开来的带刺铁丝网上。

剧烈的疼痛从十几个不同的地方发散开去，他破口咒骂着，停下来挣开铁丝网，同时听到前方传来疯狂的大笑声，那声音像是点燃了他体内的某种东西。他坚定决心，咬紧牙关退后几英尺，接着向前冲刺，用擦出血的手掌撑住一根金属栅栏柱，一举跃过铁丝网。

如果普莱斯选择一动不动地躺在田里，在黑暗中他很有可能根本无法将其找到，至少隔着一定的距离是看不见的。但是他在种着庄稼的田里前进所发出的声音是那样的清晰，恰如一盏聚光灯。

卡姆从没当过短跑选手，他跑步只为健身，而且他从未像赛跑选手一样发展出对这项运动的热爱。但现在这个习惯却帮了他大忙，虽然能感到剧烈的刺痛，鲜血正从皮肤下渗出，但肌肉的抽动式回应却是他所熟悉的。

一辆汽车沿碎石路迅速驶来，车前灯穿透左边的黑暗。那车转过田地一角，光线照亮了这片区域，以及卡姆正在追赶的男人。他的位置比卡姆以为的要近，大概隔着三十码远。普莱斯因为筋疲力竭，脚步有些跟跄，但卡姆的速度依旧很快，他用腿脚逐渐吞噬掉他们之间的距离。

那汽车沿着他们前方的公路加速行驶，车前灯垂直照在田里，但仍足以让卡姆看清身前的普莱斯。那男人绊了一下，几乎跌倒在地。他站稳身子，但这个插曲耽搁了时间，使得卡姆缩短了彼此之间的间距，现在只相隔十码远了，五码。

普莱斯又绊了一下，卡姆向前一个鱼跃，用整个身体的重量撞在那男人后背上，他们重重摔倒在地，翻滚着，都想抢占上风。普莱斯握紧拳头挥舞过来，卡姆抢起一只手臂，用肱二头肌抵挡住对方的进攻，同时掏出枪对准那男人的太阳穴。

普莱斯战斗力尽失，犹如一只蒸汽不断溢出的沸水壶。卡姆能分辨出，田里有个人正朝他们慢步跑来，是治安官。刚才的车子是他驾驶的，现在停在田外的一条路边，车前灯仍然亮着。

"你们弄错了。"被压在身下的普莱斯喘着气说。

卡姆从那人身上移开重量，一把将其猛拉起来，枪仍然指在他身上："错不在我，加里·沃尔特·普莱斯，你因袭击一名执法人员而被捕，其余的一堆破事，容我在回程的警车上再细想。"

贝克特走上前来抓住男人的两只手臂，将它们铐在他身后。

"好吧，稍等片刻好吗？等等……老天呐，别铐得太紧。"

"抱歉——你觉得这副手铐不舒服吗？"治安官将他转过身，推了他一把让他往吉普车走，"跟脑袋上挨一板子比，我想这没什么可抱怨的。"

"关键是——"普莱斯转过头，依次打量他二人一眼，"我刚才是骗人呢，我不是加里·普莱斯，我是他弟弟杰里。"

"那刚才这一切发生的时候，你在哪？"

真正的加里·普莱斯就站在农舍前门廊的纱门之外，厨房的灯光照亮了他的身影，他的容貌显然与他的兄弟有一定的相似性。不过和杰里不同的是，他身上有昨晚打架留下的痕迹，两只大手的指关节都破了，一只眼肿得几乎闭了起来，眼圈泛着紫蓝色。两人差不多身高，不过他肩厚胸阔，身材像是举重运动员。

"一晚上都在家啊，那会儿一定是去工具房了。我是干汽车修理的，那里有辆车正在修。"这人不仅脾气温和，身上穿的牛仔裤和烂T恤衫上也糊满了油污，还戴着一顶工作帽。普莱斯探出脖子打量治安官熄了灯的吉普车，贝克特正靠在车上打电话。

"你抓了杰里？"

"是的。"卡姆慢慢点头，"他不再假冒你后，我们打过几个电话。你弟弟离开内布拉斯加州，违反了假释条例。"

那男人摇晃着耸耸肩："那不干我事，他做什么，我爱莫能助。不过你们来我的地头之前，没电话通知过我啊。昨晚有六个人都可以作证，打架不是我挑的头。"

"但是有两个证人发誓说，你威胁要用烟头烫一个女人，"卡姆反驳道。现在肾上腺素退去了，先前撞在带刺铁丝网上的十几处地方一齐痛了起来，"这是你的爱好吗？你喜欢烫女人？"

那男人很快地笑了一下："这婊子需要端正态度啊，我或许是想给她烙个印子来着，不过没动手。话说回来，你们没通知我要来我的地头。"

"哦，我们不仅仅是来了你的地头。"卡姆试探着回答，"我们还进了你的屋子。"他看着那男人的面孔一片平静，知道自己命中目标了，"厨房里挂着件夹克吧？口袋里有把枪，那就是我们进门的理由。你私藏枪支是重罪，这项控诉够你再蹲十年监狱的。"

普莱斯猛地回头，死死盯着敞开的门廊，那夹克仍挂在先前的地方。卡姆看得见口袋里的枪的闪光。

"蠢货。"男人咕哝着，然后回头重新面对卡姆，"夹克不是我的，枪也不是。"他再次耸肩，"欢迎你把它拿走。你看得出来，夹克不是我的号码。枪上也没有我的指纹。我猜一旦法官知道这事，你就会拿到搜查令，不过就算你拿到了，我屋里也什么都找不出。我已经有四年没惹过麻烦了，我不会再进去的。"

"或许是不会，"卡姆紧紧盯着这男人回答，"但你弟弟会。"

那男人脸上看不出任何一丝情绪："那是他的问题。"

贝克特治安官再次走进他的办公室时，卡姆从桌面上正在操纵的笔记本电脑上抬起头："把普莱斯老弟登记在册了？"

"他暂时哪里也去不了了。"他举起一个证据袋，里面装的是他们从普莱斯家中那件夹克口袋里带回来的枪，"我想，我得把这东西和你一起送去实验室吧。"

卡姆点点头。事实证明，就加里·普莱斯能舒适穿着的标准而言，那夹克小了至少一号，虽然这并不能说明那枪就不是他的，但卡姆知道法官会说什么。除非他们在枪上找到那男人的指纹，否则他们就自认倒霉吧。

"这个时间点我们无法祈求拿到搜查令，真是糟透了，我还想进那间工具房看看呢。"他拿起打印出来的一包厚厚的文件，递给治安官，"这是一些轻松读物，关于你这位最新客人的。杰里·普莱斯和他哥哥不一样，他确实留有性侵犯的案底。说来话长，他因为强奸而被判处十六年刑期，目前正处于服刑十年后的假释期。他的人渣律师帮他摆脱了绑架控诉，尽管他把那女人在自家地下室里囚禁了三天，好几次把她害得窒息昏迷，只是为了等她苏醒后再次施行强奸。一位邮递员在送信途中因听到女人的尖叫求救而拨打了911，那女人才在被普莱斯杀掉之前被救了出来。"

贝克特盯着他，一时间忘了手中的那叠文件："这么说，老哥会把女人打得半死，只为了抢她们的车；老弟则是个性变态。"

"加里·普莱斯本身就够让我感兴趣的了，再搭上一处隔绝了外人窥视的地界，看来得监视他一阵子了。"

"正好我有个摔断了脚的副手，反正别的他也做不了。"治安官咧嘴一笑，"不管怎么说，要叫他远离梯子。"

卡姆心里一阵宽慰。他知道无法从任务团队抽出人手长期监视普莱斯家，这两兄弟的事与案子之间没有太紧密的联系。

"很高兴听到这个。不过你或许想知道副手医生的姓名吧，你脑袋上那个肿块可能需要看看医生。"

治安官战战兢兢地摸摸脑袋，控制着没有龇牙咧嘴。

"我没事。或许该算我好运，幸好那该死的木板已经烂了一半，而我的脑袋又和它一样硬。也许你该按照自己的意志行动。"他傻笑着仔细观察卡姆的表情，"我猜你那身西装是没救了，太不幸了，细条纹西装从来不会出错。"

卡姆这才打量起自己，估算自己遭受的损失。

"该死！"他看着灰色西装上扯烂的好几处地方，抱怨道。就连白衬衫上都挂了两个洞。西装的两条袖子看上去就像是他在和一群流浪的吉娃娃争斗时落了败一般，"这意味着我得去购物了，你知道我有多讨厌购物吗？我把那毒蛇放倒时，真该更狠点的。"

贝克特咧嘴笑了："别忘了打破伤风针，谁知道那道带刺的铁丝网用了多久了。在此期间，我准备回家给脑袋敷敷冰块，再喝瓶冰啤酒。我知道你还得开车回家，不过也欢迎你先跟我一起喝一杯。"

卡姆心动地想了片刻。天很晚了，而且他从午饭后就没再吃过东西，此外，他公寓里没有任何东西能有哪怕一点点吸引力，因为索菲已经像他们对彼此产生兴趣的过程一样，轻易地叫停了关系，他的公寓看上去比平时更空旷了。对于一个过去总是很重视自己隐私的男人来说，这事竟然成了麻烦。今晚他唯一的紧要任务就是为这套西装举行一个体面的葬礼，还有料理第一次撞上带刺铁丝网时的割伤，哪一件都不是特别吸引人。

"顺便绕个路，去买个三明治，然后就按你说的来。"他主意已定，于是站起身来。西装和伤口可以稍微多等一会。

破伤风针就可以推到更晚了。

第3章

"真让我……大吃一惊。"索菲目光从面前盛满的盘子移到卡姆身上，然后又看回去，接着轻轻摇了摇头。

"因为我懂得烹饪吗？不用大惊小怪。我喜欢吃，那么学着做做我最爱的食物也就合情合理了，尤其是在附近又很难买到的情况下。"

他拿起半个自己从头做起的虾仁穷孩儿三明治①，举到嘴边，同时也欣赏着她在做同样动作时，能明显看出的小心翼翼。

"啊，味道很棒！"她又吃了一口，回味般地咀嚼着，"放的是什么酱？"

"自制的蛋黄酱。"他放下三明治，舀起一勺鸡杂饭②，然后小小抿一口她带来的葡萄酒灌下肚去。他不是太爱喝葡萄酒，不过这顿饭配干白相当够味，"我在东村发现一家小市场，每天有新鲜海鲜空运过来。你必须早早前往才能买到，不过他们也接受预定。我的运气不如那些海鲜好，我从未踏足过路易斯安那州，但却在波莫纳一家偏僻的小餐厅里，经人推荐了克里奥尔菜。那里的店主是新奥尔

---

① 流行于美国南部各州的一种食品，用两片面包夹虾仁、番茄和调料制成。
② 克里奥尔一道传统菜肴，将米饭、鸡杂、青灯笼椒、洋葱一起煮制，以辣椒和黑胡椒调味。

良人，我光顾的次数太多，最后认识了他。"他冲她眨了眨眼，"他传授给我一些做菜的秘诀。"

当她的注意力从食物转移到他的发言上后，他开始在心里责备自己话太多。"你在南加州参加跨机构特遣小组的时候曾在波莫纳那边待了一年多，是吗？"

"差不多两年。"他避开她的视线，目光集中在食物上。把她的提问同政府指派的精神病学家的提问等同起来，这并不公平，索菲的兴趣是真实的，随性的。而他与政府未来的关系并不会让他感到困扰，从而影响给她的答案。

但是不管公平与否，在她探寻的目光中，他心里有某种东西关闭了。他可以讨论食物，那是他在那里的经历中，唯一未被记忆所污染的部分。

"有时间的时候，我也不介意做饭。"她伸手拿起酒杯，语声轻巧地说道，"不过一个人的时候，做饭似乎有些浪费。"

"同意。叫外卖更快，而且更简便，尤其是在平日。"他注意到，那句话是她为他找的借口，是他突然之间的沉默让她说了那句话。他突然想到，如果他们能有将来——很大的可能——那他将必须学习该怎样谈论自己当卧底的经历。索菲·钱宁不是那种能忍受半真半假的描述，以及避而不谈的女人。

他只是不能确定，自己是否有能力给予她更多。

"肯德拉·布兰切特·威廉姆斯。"加入调查的四天后，索菲亚坐在DCI会议室第一排的座椅上，她的目光和室内其他人一样，都盯在卡姆正在翻动的幻灯片上。"离异，育有两子。她是我们能找到名字的第一位受害人，因为她脚踝上的文身。六个月前，视频监控拍到，她的车在前往医生诊所赴约途中，开进了达文波特的一座停车场。她最后一次露面，是四个小时后进入第一国家银行的总部，提取了两千五百美元现金。从那以后，她再未活着被人看见。"

"当我们把与她失踪有关的细节增添进ViCAP后，那些于类似环境下失踪的可能受害者名单得到了极大的缩短。这份名单上每位失踪者的调查探员现在都在联系受害者家属采集DNA样本，以便提供正向匹配和身份信息。目前为止，我们已经对其他受害者中的一位进行了法医口腔学试探匹配，受害者名叫凯茜·莱特·厄本，三个月前于密苏里州的堪萨斯城失踪。"墙上接下来闪出的一张照片，投射出一位正冲镜头微笑的四十五岁左右的非裔美国女性的身影，"我想请钱宁医生谈谈她一直在进行的受害者分析和罪犯简况侧写。"

索菲亚自然地站起身，转身面向听众，现在她看清了，其中包括地位极高的要员——DCI部长昂格尔和公安局要员埃迪。在爱荷华州立大学供职多年，且又是国家法医会议上广受欢迎的主要演讲嘉宾，她对在公众场合讲话并不陌生。

"那份名单上两名已辨识出身份的受害者有大量的相似点。我推测，待所有受害人的身份都完成指认后，我们将看到一份这样的受害者研究模式，即都是富有的单身女性，年纪在三十岁末到五十岁出头之间，富有魅力，身材姣好。她们都是低风险受害者，但常常在各自社区内自由活动，这增加了她们的曝光度。这两名身份已得到识别的受害人都居住在有门禁的社区中，但都被带出了家门之外。罪犯选择在她们日常活动期间靠近，由此就降低了作案风险。他可能跟踪过她们，监视了她们很长一段时间，了解她们的行为习惯，他瞄准的对象似乎没有任何特定的特点。事实上，受害者都是单身，因此在去银行取钱时也不需要联署人。他选择目标的首要原因似乎是财富。"

"那么他只是在窃贼身份以外，碰巧还是个性虐待狂。"会议室里其他人听到汤米·弗兰克斯探员的这句评论后，都迅速小声表示赞同。

索菲亚点点头："如果你们希望，我们可以转移话题。来说说罪犯简况侧写吧。"她转身拿起做好的报告副本递给弗兰克斯，其余的传给同一排的其他人，"这是一份尚未完成的文件，但是能为我们提供一个着手点，罪犯可能是男性，年龄在整个三十岁年龄段之间。他童年时代可能遭受过某种虐待，绝大多数性虐待者都是如此。他曾受过女性的威胁，有征服她们的欲望，性和身体方面兼有，而且这样的状况持续有一段时间了。"

"因为受害者的编号？"珍娜提问。

"这是一个原因，此外还因为，他还有可能一直在随着时间而发展。"探讨这类的性反常者，使用客观描述的术语总能起到帮助，这样能让她的思想不会在受害人所遭受的令人难以置信的折磨中停留太久。她必须超脱出来，才能进行工作。这是她一直在坚持完善的技能，"目前在罪犯的动机中，利润驱使和施展虐待性幻想的成分应当是并重。我想我们后面会发现，他在一开始主要是受愤怒驱动，目的是为了报复童年时代某位控制他的成人一直在他身上实施的行为。或者他开始攻击的原因在于，某个他所信任的人没能为他提供保护。"

"这么说，你认为他随着时间发展，变得越来越聪明了？"

她迅速地看了卡姆一眼。

"他进化了。"她确认道。索菲亚一直不喜欢定定地站在讲台后，这时她开始踱步，"他有可能从青春期就开始了暴力幻想，随着胆子的壮大，开始在高风险受害人身上施行。"她稍稍侧身，对着仍然投射在屏幕上的厄本点点头，"要将利润动机和深层次的性反常组合起来，过程可能花费了数年时间。"她捕捉到卡姆眼中的警告，于是便停下来，心里渐渐感到烦恼。虽然他们悲剧性的相处时间似乎并未如她所担心的那样影响他们的工作关系，但他们始终有着职业差异，而这就是其中一个表现。

"也有可能，受害者的选择根本就不存在任何变化的信号，而是代表着，我们正在与一个犯罪集团打交道，他们的动机不尽相同，彼此竞争。"

会议室突然爆发出一阵疑问，一时间议论纷纷。索菲亚举起一只手掌，等待周围安静下来。

"这是一个可能性，"她强调，"虽然目前还没有从受害者身上发现罪犯的DNA信息，但我们确实发现在受害者死亡前后，存在两种风格非常不同的性侵犯。受害者在生前，遭到一再重复的野蛮折磨，而且还很有可能伴随着强奸。但是在死后的性侵犯中，除了可能是在处理尸体期间造成的擦伤和划伤之外，并没有其他相应的伤痕，这可能证明，一名罪犯满足于看到和听到受害人恐惧的表情和声音。或者——"她稍稍耸起一只肩膀，"罪犯可能有一个团队。其中一人趁受害者还生还时发动袭击，另一名则选择她们死后。考虑到要控制住那名受害者在被释放的情况下走进银行，接着又让她带着钱返回汽车，团队作案的设想看似有合理性。一人驾车，一人控制受害者。"

"钱宁医生，从统计学上来讲，我们在谈论的是一个杀手团队的可能性有多大？"

卡姆的这一提问既让人愤怒，又同样让人期待。

"被认为是连环杀手团队作案的可能性在百分之二十到三十之间。"

"这么说，我们有百分之八十的几率可以确定，这家伙是单独作案了？"

她出于诚实只能承认："从统计概率上来说，可能是这样，但我们仍然应当对那一可能性保持清醒。罪犯在其他方面已经违背了统计数字，例如锁定的受害者是跨越州际的，而且不局限于一个种族。

从某些方面来说，这使得他，或者他们，打破了此类罪犯的标准。"

"下面的行动呢？"

索菲亚的目光落在前排一位一直安静聆听的女性身上。一年半以前，玛丽亚·冈萨雷斯从DCI男性占主导地位的层级中得到升职，成了特派探员，负责掌管重案组的第一区，索菲亚在以前的案子中曾同她有过合作，但这人的心思很难读懂。冈萨雷斯从不闲聊，索菲亚回想不起任何有关她私生活的信息。她身量瘦小，一双黑眼睛充满激情，黑发一丝不苟地束在脑后，其中已能看到缕缕银丝。

卡姆做出了回答："之前我们曾向全州执法部门发送过名单，内容包括过去几年中刑满释放的暴力性侵的罪犯，现在已经收到最新情报，其中有一些名字我们将进行追踪。此外，我们也在总结一份地址概况。在弄清受害者死亡的近似时间之前，我们无法确定这位未知的主角将她们囚禁了多久，不过钱宁医生认为，这些女性很可能每次都被关押了数周的时间。我们还会继续尝试将受害者同ViCAP名单上的数据进行匹配，当样本被提交到失踪人口数据库后，还会进行DNA匹配。目前全州多地警察局仍有电话打来，请我们前往县墓地查看可疑地点。"

"你们难道还没全部查完？"冈萨雷斯的提问很尖锐。

"我们是根据距离远近确定的优先顺序。"他看一眼索菲亚，后者于是开始解答问题。

"我的报告中包括一份地理位置简况。这位罪犯有可能就在爱荷华州，活动于得梅因周边，因为他在该地区似乎有某种无法离开的东西，房子、工作、家庭，或者另一个爱人。我建议缩小搜查范围，罪犯既然已经在这个范围内埋葬了六具尸体，应该就不可能再跑到相隔上百英里远的东南角的李县埋葬另外两具。"

卡姆再次接过话题："目前ViCAP中登记的，受害人最后一次被人看见时提取了大笔现金的案件，全国范围内共有十五起，我已同这些案件的所有探员通过话。在辨认目前为止发现的六具尸体身份的同时，我们也可能会找到与这些女性相关的其他某些信息。与此同时，我们也会推迟向距离罪犯锚定区较远的墓地发布调查报告，直至获取到更多信息为止。"

他上前一步，拿起他们身前桌子上的一堆文件，递给珍娜发布下去："我们已经将这份公告发布到了以两州为半径范围内的所有州立执法机关，以供他们传递给当地警察人员。里面解释了这次犯罪的性质，敦促他们提醒银行。"

"这份信息中没有任何内容能保证安抚紧张不安的群众。"

卡姆的姿态和语气并没有变化。但索菲亚已足够了解卡姆，因此能觉察出他听到冈萨雷斯的评论后的愤怒。

"文件本意就不是为公众所准备。不管怎样，安抚他们并非我的首要考虑，抓住这家伙才是。我们实际上并不是干站着束手无策。随着辨识每位受害者工作的进行，我们会对她生前最后的时刻有更多了解，然后也将有更多可继续追查的方向。我们已经将珍娜的受害人法医素描提交给了数据库，即将仔细检查那些相匹配的信息。随着头两位受害者身份信息完成识别，本案即将开启。我们正在追踪所有线索。"

这位特派探员指挥官露出一个僵硬的微笑："我完全相信你的调查能力，普雷斯科特探员。但是遗体是在这里发现的。本地的媒体都发了疯。我们需要有些什么东西来安抚民众，并且还要立即减轻报案者的担忧情绪，而不是再往后拖几个星期。"

索菲亚突然谨慎起来，扣紧了双手。会议室里的气氛骤然紧张了起来，而她却无法辨明其源头。这里不是她的地盘，而且她并不熟悉统领这里的议程和政治，不过无需动用心理学博士所具备的知识也能意识到，每一个小组都只在一套既定的规则中运转，而她是唯一一个不知道其中的哪一条被违反了的人。

"政治问题我留给你们。"卡姆立刻说道，"还有管辖权的复杂问题。"因为至少有一位受害者是在州境以外发现的，问题还涉及到哪方的执法机构拥有优先权。

仿佛听到了不言而喻的命令般，四周响起椅子擦地声，人们开始起立。索菲亚看到冈萨雷斯走到卡姆身旁小声说了句什么，片刻后两人一同走了出去，卡姆小心地不流露出任何表情。

"刚刚发生了什么？"珍娜走过来后，她小声问。

珍娜做了个怪脸："青草碰黄铜，一贯如此。"

索菲亚的表情一定是透露了心里的疑惑，因为那位探员开始解释了。

"青草。"她捶捶自己的胸，"意思就是说，我们这些两条腿在地上为案子到处奔走的人，往往会被黄铜——也就是我们的上级的要求所叫停。"她耸耸肩，"政府一定是觉察出公众对这次调查有一定的压力，这是可以想见的。像这样骇人听闻的案子？我会远离报纸以自我保护，但却很难忽视它们的大标题。不管怎么说，这不是我们的问题。毕竟冈萨雷斯拿到高额报酬就是要做这个的，不是吗？"

索菲亚沉思着转转身，跟在珍娜身后走出会议室。她在这里或许算局外人，但在爱荷华州立大学供职的经历，却让她学会了有关院系政治的一切知识。她忍不住好奇起来，卡姆和他的上级之间正在谈论些什么呢？

"这不是你说了算。"

冈萨雷斯平稳的语调并没有糊弄住卡姆，她正在压抑自己的火气。而他同她亲密共事已经有许多年了，早在她还未升职之前就开始了，他知道那些信号。但是他没有后退，这事太过重要。

"会引发大问题的，往往是向媒体透露信息太多，而非不足。媒体搞砸一个案子的几率远大于帮忙，你知道这些的，至少你以前是知道的。"

这个女人从椅子上探出半个身子，手重重地捶在桌面上："你不必教训我，普雷斯科特。我在那个领域内待的时间比你长得多，不管你对我现在的职位有什么看法，坐在这里是要担负一定责任的。应付媒体是一件暂时还解决不了的烦心事，这么大一个案子，全州所有的报纸都打电话要求获得最新信息，公关部门需要定期投喂狗仔队，这样他们才不会开始反噬我们。每隔几天，他们就需要有新的骨头可以咀嚼和消化。"

"一旦通知到这两位受害者家人后，我们立即发布她们的身份信息。"卡姆平静下来。媒体是他所担心的所有问题的最低一层。更甚者，他憎恶这通谈话的必要性，"这样够满足他们贪欲一阵子的了。"

"普莱斯兄弟怎么样了？"

他目光定在冈萨雷斯身上："他们怎么样了？"

这个女人从不会退缩。他们曾经一起办案时，他很欣赏她的执着，而当她成为他的上级后，他觉得那份品质的可爱之处大大减少了。

"你今天的简报没提到他们俩，他们究竟是否被判定为本案相关人员？"

"如果他们是，我会说出来的，不是吗？老天呐，玛丽亚。"卡姆突然感到精疲力尽，他揉揉自己后颈，"我已经派该县执法部门注意其中的哥哥，至于弟弟，因为违反假释条例现在还被关押着呢，他们有能力操作这样的案子吗？有可能。但没有任何有力的证据能将他们任意一个同该案联系起来，我们被死死地卡在那里了。"他再次无声地感激起麦克斯维尔来，他解决了加里·普莱斯家的监视问题。手枪检验结束了，上面只有杰里·普莱斯的指纹，根本不可能拿到农场搜捕令。

"目前全州范围内，有四到五名罪犯正处于我们的监视之下，但我不会将他们任何一位列为相关人员。这就是我们需要的，让那些有进取心的记者们跟进这样的消息进而制造干扰，好让我们在抓到罪犯之前不要打草惊蛇。"

瞥一眼她的脸就知道她并未被触动。

"我完全能感受到，你对于和媒体打交道的鄙夷态度。"

"据我的记忆，你曾经也是这样。"

玛丽亚冲他露出一个僵硬的微笑，然后靠回椅子上。与他们曾经搭档的岁月里相比，她的头发更显得花白了，脸上的皱纹也添了几条，他思考着那是因为工作，还是因为对儿子的担心。她是一个人把儿子养大的，凡是卡姆能回想起来的记忆中，那孩子总是不停地惹麻烦。大惊之下，他意识到那男孩现在应当已经二十出头了。他总是不断地感到惊讶，在特遣部队工作期间，时间流逝得那样快，就好像那些事情都发生在定格镜头中一样，当他抽身出来，时间应当从他离开的时刻重新开始。

玛丽亚好似读懂了他的思绪一般，说道："你离开的期间，我查了阔德城发生的那起童妓案，记得吗？"

不可避免地，卡姆的卧底身份是要隐瞒的。那时他与家人、朋友、同事都没有联系。他只需向一个人汇报工作，是一位FBI的管理者，他也负责帮卡姆和母亲传递信息。至少一开始是那样承诺的，而他也曾信任过那人，直到很久以后，卡姆才得知那位探员多么严重地违反了协议。

回忆让他的情绪变得更糟。"我记得，"他立即回答，"行政休假①

---

① 暂时离开工作岗位，但保留工资和福利。

期间，我有大把的时间阅读补课。"一开始是要做任务报道。接着是因为轻型枪伤要就医。比起返回工作岗位所需要的合适假期而言，那次休假要长得多。而且那次经历至今仍让他难以释怀。

"调查工作完成得很棒。"他的赞美出自于真心。冈萨雷斯是他曾搭档过的最好的侦查员。那些童妓生活悲惨，其细节足以让最铁石心肠的人心痛。玛丽亚的档案里毫无疑问充满了溢美之词。但是他愿意相信，正是那个案子最终促成了她的升职。

"费尔·布朗是位合格的重案组副组长。"她的声音和表情一样，充满疲惫，"但是他在这个案子中却遭到恶批。当地孩子被掳走，然后被迫成为童妓。我们长期以来的传统，一直是尽可能少地释放信息，由此来保证案子的完整性，但突然之间，光是这样做已不再足够。调查的成功并没有起到安抚作用，家长们纷纷责备政府，称他们没有释放更多的信息，而那些信息原本是可以防止孩子被绑架的。你以为布朗是自己计划提早退休的吗？"她摇摇头，"别自欺欺人了。政府完全转向自保模式，而他就成了替罪羊。"

"于是副组长米勒就从他的命运中吸取了教训。"一种不祥之兆充满了卡姆的内心。当然，他读过那案子的档案，听到过政府内的流言，但是高层政治活动并不是每次都会透露给下面的探员知道。以前他并不知道布朗被迫从重案组高层退休的事。不过现在听说这段故事并不让他感到惊讶。

"完全正确。"冈萨雷斯点点头，"我升职时被寄予了新的期望，上面会根据我应对媒体的方式，来对我进行严格评断。这么说并非抱怨，只不过我工作的现实就是如此，至少在可预见的未来是如此。受害者身份信息能让他们满足一段时间，但是我不得不提前考虑下一步的计划。我同意，将凶手如何选择受害者的信息放出去，会不利于侦查，那些信息应该仅限执法人员知晓，至少目前应该如此。

但是我们现在生活在一个大众都对《犯罪现场调查》剧情熟烂于心的社会，罪犯侧写令人着迷。"冈萨雷斯说这话时做了个苦脸，"将钱宁医生拼合起来的罪犯行为侧写只放一部分出去，这样要得出侦查中法医所绘素描就会很难，而公众也会理解和支持。"

"很显然，这样做完全是在迎合大众。"卡姆辩称，他对自己的脾气已经失去了最后一点控制。"而且对长远不会起到任何作用。你也听了索菲的发言。"他意识到当自己使用这个昵称时，组长的眼神发生了变化，于是立即就知道自己犯了错，但要改正为时已晚，"那份简况文件还在变化。现在先透露一点出去，稍后再透露其他的，这样媒体就会晕头转向，以为我们一直在原地打转。更不用说，这样做还会不必要地吓到部分并不觉得罪犯侧写迷人的公众。"

他看得出来，冈萨雷斯无动于衷，于是在心里骂了一句。为了这个案子，他已经投入了数个漫漫长夜和一个周末的时间，这让他和平常相比显得更缺乏策略。手下其他人加班的时间几乎和他一样长，而他却不得不在这里争论该向媒体透露什么信息的问题。

"听我说。"虽然很吃力，但他还是平静了下来，"我很感激你为此次侦查争取来的资源。碰巧我也觉得，这些资源很有成效。我们一周前刚挖出最新一具尸体，而且已经辨明了两名受害者的身份。我们已经相当肯定地弄清楚了凶手的作案手段。实验室已经承诺加速赶出土壤样本检验结果，这将有助于康纳利确定，受害者已被埋葬了多长时间，以及她们死亡的先后顺序。就这样的案子来说，这速度已经快如闪电了，你了解的。"

组长将手掌翻平按在额头上，这手势卡姆记得。她的偏头痛犯了，这不是他第一次让她犯病了。"这件事你无权决定，随时向我汇报。检验结果一出来就送来给我看。再浏览一遍案件卷宗，仔细过一遍你收集的那份失踪人口短名单，说不定哪一个就能提供解开本案的关键信息。"

他把其余抗议以及怒火都藏在一边，这几乎算是说服成功了。

"自己的工作，我知道该怎么做好。"他起身准备出门。

她久久地看着他："如果我不相信那一点的话，你也不会被任命为本案的领头探员了。"

这话表面听来无伤大雅，甚至像是称赞。但她语气中有某种东西让他产生了戒备。他转过身，几乎正面面对她："你还考虑过其他人选？"

玛丽亚没有转移目光，狡猾的神色在她深沉的眸子中一闪而过，她在掂量。

"你才刚从卧底工作返岗一年，可能会有人说，你需要更多时间来重新适应侦探工作。"

他嘴边涌起一股不含笑意的微笑："就因为我在上级的力劝之下，花了将近两年时间，参加了一个多部门合作的任务侦查吗？显然，好人就没好报。"但是他知道的，情况还远不止如此。卧底归来后，他一直在与创伤后压力症候群作斗争，这一事实也延迟了他的返岗。而且在决定他在此案中的地位时，此事也被纳入了考量。

"你是头儿。"她站起身，表明此次会面到此为止，"但是你我都有东西需要证明，一旦失败，都会失去很多。我们最好是在各自的岗位上，彼此支持。"

索菲亚还在走出大楼的途中，思绪就已经被今晚的计划所占满了。她需要给父母发送一封长长的闲聊邮件。一般周日晚上是留着联系他们的，但他们现在正在欧洲旅行。而昨晚她大部分时间都沉浸在正在进行的简况报告上了。然后要给雷德洛医生回电话，他目前正帮忙看管索菲亚私人诊所的客户名单。然后等她追完新闻报道，

053

时间应该就已经过了十一点了。

当她想到近来也没接到父母来信时，不禁皱起了眉头。索菲亚的父母海伦和马丁，都是醉心于自己事业的学者，两人都曾为她对法医心理学的兴趣而感到惊慌。事后回想起来，索菲亚已经能够坦然承认，自己想将在大学里执教的生活，同法医咨询的工作分割开来的计划，从一开始就注定是要失败的。那只是一个为了安抚她父母以及当时的未婚夫道格拉斯的尝试，道格拉斯当时称她做的是"阴暗的工作"，他也同样感到困扰。父母曾反对过她离开爱荷华州立大学，以及结婚的决定。但他们修养很好，之后很少再提起，不过有时候，沉默比最激烈的争吵更加沉重。

她加快步伐，高跟鞋踩在瓷砖地板上嗒嗒作响。他们的反应是可以预见的，但很难反抗，因为父母的不赞成经常都会让独子感到难以应对。她一直是个顺从的女儿，总是会做父母期待的事。无趣，卡姆会这样评价，而她知道这样的说法是对的。但往往让她深陷感情泥沼的，却正是做出乎意料的事。一开始是接受路易斯·弗莱恩的诱人提议，去匡蒂科念书。

最近的一次是与卡姆·普雷斯科特发生的这场短暂的情事。

回忆让她的脸颊涌起一股燥热。或许她的程序设定就是这样，每十年就要干一件完全违背个性的事。在工作中认识卡姆数年后，她在上个月决定把他带回家，拿他试了两周，此事目前她还找不出任何其他的解释。

然而"契合度"却一直让她震惊，可以说是上瘾。而且对于总是处于良好控制状态的索菲亚·伊丽丝·钱宁来说，效果绝对令她恐惧。

"给我一分钟时间，行吗？"

她感觉到卡姆用手抓住她的胳膊，吓了一跳。因为太沉迷于思绪之中，她甚至都没注意到他，但他就站在那里，好似被她的回忆召唤来了一般。

真是太荒谬了，他的触碰，他这个简单的要求，竟然让她感到火花四溅。幼稚，她在心里告诫自己。即便是在高中时代，索菲亚也从来不曾有过暗恋某人的经历，不曾经历过荷尔蒙过于活跃的时刻。而现在她早已不是少女了。

"当然。"她语气轻松地回答。同时也漫不经心地走开来，远离他的触碰。真希望几个星期以前，当她从酒杯上抬起头看到他站在那里的时候，也能做出同样的举动，但后悔已无济于事。一直到那晚之前，她对这个男人一直保持着很高的防备。他是怎样在几天之内就击碎了她的防御心的呢，这件事至今仍是个谜。

他揶揄般地看着她："你这副架势从我办公室边走过，我还以为这里是不是发了火灾，而我没听到警报呢。"他的目光扫过她双脚，然后停留在那里，"大开眼界。从没想到，你穿着这样的细高跟鞋还能走这么快。真应该为此举办一场奥运赛事。"

虽然他并没有太多的微笑，但嘴巴旁边的线条却随着玩笑话加深了。她觉得他这副表情是如此的迷人，而这从某种程度上来说，当然是她的弱势。

"想穿一双参加比赛吗？"

卡姆扬起脑袋，仿佛正在思考一般："我在想，你之前那天穿的那双粉红色高跟鞋有十二码宽版①的吗？"

索菲亚想象着他脚蹬一双独木舟大小的露趾舞鞋一路跌跌撞撞的样子，那荒谬的情景让她笑出声来："会给你带来惊喜的，不过我很乐意帮你找一找。"

---

① 美国鞋子尺码的十二码相当于我国的四十五码，此外还有宽度选择，分别是窄、中等、宽、特宽，女鞋还有一个特窄。

他抱起双臂，这姿势将他西装的肩部位置撑开来。他今天穿的西装是深棕色的，比发色要深几度。"重新考虑了一下，我还是穿我的耐克吧，跑起来虽然会是折磨，不过至少跑完了我还可以走路。我收到你的邮件了。"话题转换得如此之快，以至于她一时没反应过来。"我想我们应该可以安排得过来。"

她的表情一定和她的思绪一样，都是一片空白，因为他又帮助般地添了一句："你昨天发的邮件？关于旅行的受害者研究分析。"

索菲亚感觉自己蠢透了，于是把包带往肩膀上拉高了些："当然了，并不是非去不可。我也可以用电话采访的形式，与身份得到辨识的受害者家人交谈。我只是觉得，去她们的家乡是个难得的机会，可以看看受害女性生活过的地方，以及她们的生活面貌，跟她们的朋友和邻居谈一谈……"

"是的，你在邮件里说过。"这一次，他一边的嘴角露出了真正的笑容，"去吧，我等不及想听你的发现了。你预计要花多长时间？"

索菲亚在脑中计算起来。达文波特和堪萨斯城距离得梅因行程都在三小时之内，不过两地之间行程需要将近五小时："三天。"

"好的。在你返回之前，如果有需要，我会联系你。"这时卡姆听到有人在叫他的名字，他转过身，发现特派探员弗兰克斯在朝他招手。

"我会和你联络。"她答应道，然后看到他一副志在必得的样子，大步走开，显然他的思绪已经转向和那位老探员即将开展的对话上了。

她突然第一次意识到，卡姆被提名为本案的带头探员，是否引起了某些人的猜忌呢。冈萨雷斯升职为特派探员领导后，弗兰克斯就是重案组探员中最资深的一位了。她记得，其他还有两个人比卡姆入职时间要长。在调来重案组之前，卡姆是在政府禁毒执法部门（DNE）工作的。

索菲亚转过身，再次走向大门，她推开门，在仍然很明亮的阳光中朝她的车走去。这些年来，她已经以这样或那样的形式，同DCI重案组全部四个区都合作过，她知道卡姆之前一直都备受好评。不过近来他所参与的跨部门特遣部队工作，可能为他的名气更添了光彩。

她打开车门钻进去，心里想着，是否还有别人也在怀疑，这次卧底经历到底让他付出了多少代价。

当她还在心里祝贺自己速战速决收拾完行李的时候，门铃响了。她本打算今晚就出发，在路上打电话给达文波特那家人，先打个招呼，以此作为采访的开端。门铃又响起来，象征着访客缺乏耐心，或是并不成熟，索菲亚猜是因为后者。住在她隔壁的邻居莉维·哈梅尔有个七岁大的儿子，他可爱又早熟。上周他来串门，骄傲地向索菲亚展示了他收集的青蛙模型。而索菲亚只是期望，他不要对蛇培养出新的爱好。

如果是那三只树蛙模型的话，索菲亚还会发现其可爱之处，爬行类动物就不行了。

她看了一眼窥视孔，发现外面站着的是一脸冷酷的卡姆。她笨手笨脚地打开门锁拉开门，胃里一阵下坠感："怎么了？"

他已经开始往门里走了，同时环顾了一眼四周："你已经收拾好了？"

"我……是的。"卡姆开始往她卧室走去，她跟在后面，"我本来决定今晚就出发。你要……"他却已经将她的包从床上拎起来，随着他的靠近，她的胃里开始缓缓翻腾开来。

开始关系的第一个晚上，他们最后就来到了这里。之后的一些晚上也是，但第一次的时候……她就是站在这间卧室的门口，理智割穿了感官的迷雾，如一片冰冷的利刃。我这是在做什么？

当时卡姆将她按在门柱上，那令她恐惧的疑问消散了，他的亲吻融化了她血管里的血液。

这正是我想要的，她心里传来一声模糊的回应。仅限一次。

过了片刻，她才意识到他在说话。

"……但是你没接电话。我想着开车过来能节省点时间。我想确认一下，万一你决定今晚就出发，那我也能赶得上你。"他快速迈了两大步，靠得更近，手里还提着她的行李箱，"全部行李就这些吗？"

"抱歉，你说什么？"

"出发吧，我们时间很紧。"他轻轻按着她的肩膀，推着她转过身，走出房门。

她的思维终于回到正轨，随之而来的是一股担忧："我猜计划有变了。"觉出他姿态中的紧急后，她迅速将手机从充电器上拔下，放进包里，然后抓起手提包走向屋门，而他已经在那里为她重置警报器了。那画面让她一时之间产生了一种奇怪的感觉。有一次两人一同回来时，她曾告诉过他密码，当时两人手上都提满了东西。她从没想过，他竟然记了下来。

"要改变方向。"卡姆表情凝重地说，"刚接到伊代纳警局的电话。三小时前，伊代纳关税委员会的银行向执法机关发布提醒，双子城一名事业有成的对冲基金经理的遗孀柯特妮·范·惠顿提取了大笔款项，这位女士上一次被人看见，是进了一辆白色无侧窗厢式货车，车牌无法识别，从那以后，没人见过她。"

他一边匆忙介绍，一边打开房门，让开路让她先出门。索菲亚胃里之前涌起的恐惧现在凝固成了一个让人不快的死结。

"你觉得他已经找到了新的目标？"

"她失踪的时间越长，这个可能性就越大。"

第4章

"你弄成这样有多长时间了？"

他伸开手足，脸朝下趴在她床上，这姿势在她看来远远地超过了必要的空间。"你是指我美男子的体格吗？还是我天神一般的持久力？如果你指的是后者，出于诚实我必须承认，我在那方面有许多妙计。"他的声音被枕头裹住显得瓮声瓮气。

听到这话她窃笑起来，这让她自己惊呆了。索菲亚·伊丽丝·钱宁并没有窃笑的习惯。当然了，她也不习惯满身大汗地躺在那里，与一个体格健壮、在性爱方面如饥似渴的男人纠缠成一团，而且老实说，那男人足可称为俊美的范本。

但她问的并不是这个。

"文身。"她澄清道。她伸长一只腿，沿着他的腿滑动，这动作并非无心。当他们律动着迎合彼此的时候，她很享受他背部肌肉所迸发出来的力量。

"哪一个？胳膊上的，还是屁股上的？"

"你不会……"她打断话头，再次查看。

"啊哈。"他翻了个身，嘴角露出懒洋洋的笑意，"好好看吧。"

"胳膊上的。"索菲亚情不自禁地笑着回答道。老实说，这男人已经无药可救了。但考虑到她对他已有的了解，这一点并不让她感到惊讶。但是她一眼瞥见的隐藏起来的秘密却吸引了她，赶在他关闭、隐藏之前，赶在他用一句机智妙语打断她的好奇心之前。她以为他现在就会那样做，于是难以避免地感到一丝淡淡的失落。

但他的回答却出乎她意料："大概有十五年了。在军队情报部门工作时文的。"

他这番回答所引发的惊讶，还不及他肯回答问题这个行为本身。他有许多种逃避回答问题的方法，以避免距离真实的他太近。"文的是指南针？"她用一只手指轻轻摩挲着他手臂上的黑色箭头图案，"代表什么？"

他的目光凝重下来，似乎是在忧思，还有一反常态的诚实："卧底工作中许多灰色地带，如果不记得前进的方向，很容易迷失路途。"

"那你呢？迷路了吗？"她大胆地问。

他的眼神，他的声音都变得黯淡下来："我还在试着寻找这个问题的答案。"

从得梅因驾车到明尼苏达州的伊代纳，走I-35号州际公路需要三个半小时。这段时间，卡姆都用来向伊代纳的警察局长保罗·博林索取更多的背景信息和跟进情报了。刚抵达明尼阿波利斯富裕的郊区地界，他们就依循博林的指引，去了范·惠顿最后露面的美国关税委员会的银行大楼。那家分行现已下班，但有几名员工应博林的要求留了下来。

卡姆、珍娜和索菲亚走下政府配备的道奇挑战者汽车，朝守在黑暗的银行门口的工作人员走去。门很快开了，一位四十岁出头、身材瘦削的高个子男人走出来迎接他们，他就是博林。在卡姆驾车的途中，珍娜做过一些调查，所以他已经知道，这人有二十年的执法经验，但对目前的职位来说还算新手。在伊代纳，他将面对一些特有的挑战，这座城市有将近五万居民，高档的购物区和大量公园吸引了周边城镇源源不绝的访客，而且有三条主要公路从这里伸展出去，这就意味着，要进入这座城市很容易，离开也毫无限制。

"感谢你们这么快就来了。"局长敷衍地点点头，向他们表示答谢，然后领着他们走进银行，"依旧没有范·惠顿的消息，她的孩子上的私立学校有全年活动日程，放学时间她没去接孩子。大女儿今天下午还错过了一次牙医预约看诊。孩子、牙医诊所和学校都没有这个妈妈的消息。她的丈夫出了车祸，留给她一大笔遗产，寡居已经将近五年了。"

"她取了多少钱？"卡姆想知道。

"五万现金。"博林放低音量说，"超出了有些顾客所能提取的数量，至少在没有预约的情况下是不能取这么多的，不过听起来范·惠顿像是这家银行的重要客户。分行行长之前就向职员转告过你的警告，不过帮助范·惠顿的那位个人理财顾问为这位宝贵的客户行了方便。"他打断了话头，这时一位身穿素雅细条纹套装的中年女性大步走来，她身上散发出的威严感透露了她的身份。

"这几位就是我们一直在等待的爱荷华州执法人员吗？"

博林做了介绍："这位是夏洛特·迪伦，银行行长。"

卡姆伸出手："我是DCI特派探员卡梅伦·普雷斯科特。这两位是我的同事，珍娜·特纳探员和索菲亚·钱宁医生。"他注意到，这位中年女士在转身面对索菲亚时，眼神中闪过一丝怀疑，但他未做进一步解释，"帮范·惠顿取钱的那位理财顾问现在还在吗？"

"当然还在，她叫安吉·加萨韦，在她办公室。"那女人犹豫了一下，"我已经同分行经理谈过，他向我保证，安吉在与范·惠顿女士交易期间，一切行为都是符合银行管理制度的。"迪伦显然已经进入了损害控制状态，"在交易期间，她相当守规则地填写了一份现金交易登记表（CTR），记录了顾客陈述的资金用途，这是联邦法律规定的。"

"我们来不是为了查看文书，迪伦女士。不过如果能同加萨韦谈谈，我们会很感激。"卡姆朝珍娜和索菲亚轻轻点头，示意她们跟上迪伦女士，然后朝博林转过身，"我想看看安保录像，如果还在这里的话。"

局长点头："我可以给你看副本，原件在总部，看看增强画质后能不能发现更多信息。"

"增强画质？"卡姆跟在他身后，"比如车牌号码？或是驾车人的影子？"

那男人迅速朝他咧嘴一笑："你的要求倒不多，是吗？"

在与安吉·加萨韦会面的过程中，有两件事引起了索菲亚的注意。一个是她很年轻，这位肤色略深的美女应该还不到三十岁；另一点是她眼中一直挥散不去的恐惧。当珍娜引导这位银行职员回顾这一天发生的事情时，索菲亚只是在一边沉默地观察。

"是的，大额取现要求是稍显罕见，不过程度也不像你们想象的那么严重。"听到探员的提问，这个女职员的回答声音稍稍有些颤抖，"我们所在的社区很富裕，我想我可以告诉你，我们手上留有现金的数量足以满足一天内遇到好几次大额取现要求。当然，并不是所有数额都像范·惠顿女士那么大，她似乎知道自己的要求需要涉及到填写CTR表格，每次有超过一万美元的现金交易，我们都必须填写那份表格。"

"那么这位客户给出的取现理由是什么呢？"

加萨韦递给珍娜一份她正在谈论的表格副本，回答说："她说是为了给女儿蒂芙尼买一匹马。她提到女儿的生日快到了，还说女儿会成为一名很好的骑手。女孩儿的马术教练在这方面有门路，能买到血统优秀的纯种马。"这位银行职员无助地耸耸肩，"我的意思是说，我虽然对马一无所知，但她的话听起来合情合理。你们会觉得惊讶，竟然有那么多人只用现金交易。"

"你以前有没有服务过范·惠顿女士呢？"珍娜问。

"我本人没有，不过我在这家分行见过她。"女职员一只手颤巍巍地把头发顺到脑后，"她一般都是直奔经理办公室。所以当她来找我的时候，我吓了一跳，感到有些紧张。"

"她的举止有没有什么不同寻常之处？她看上去是放松、紧张还是恐惧？"

"哦，我想没有恐惧。等待填写表格期间，她有些坐立不安，不过就算是她去找经理，需要耗费的时间也会一样长。她比我想象的要健谈，称不上友善，不过她好几次提到女儿，说蒂芙尼看到马该是多么的高兴之类的话题。我想我比她要紧张得多，说实在的，我一直没想起银行的警告，直至她离开半个小时之后。"

"想起警告之后，你和谁谈过？"

加萨韦听到珍娜的问题显得有些不安："好吧……实话实说……大概过了一个小时之后，我才找人汇报。我一直告诉自己，不可能和这个案子有关。我是说，范·惠顿从我进这家银行以来，就一直在这里办理业务，可能时间还要更长。然后我有些忙碌。但午饭之前，我向经理沃恩·辛克莱汇报了此事，他给迪伦夫人打了电话，她试着联系了范·惠顿女士。但是对方手机打不通，她便联系了警察。"她两手交握放在身前的桌子上，手指紧紧握在一起，"你们不知道，我多么希望自己当时就找人汇报了此事，但是这个愿望似乎无法达成了。我是说，那是范·惠顿女士啊！谁敢做那样的事？"

索菲亚把监控影像连看了两遍，一言未发。每次观看，她都捕捉到了范·惠顿走向那辆白色无侧窗厢式货车时的身体语言。虽然加萨韦认为没有，但索菲亚从那位女士的姿势以及急促的动作中，却看到了焦虑和紧张。范·惠顿穿的是一条及膝的斯潘德克斯弹性纤维休闲紧身裤，上身是运动文胸，外罩一件宽松的无袖棉上衣。她一只手拿着一只高档手提包，另一只手则提着一个松垮的皮革旧包。钱可能就放在那个包里，但索菲亚不能十分确定，五万美元的现金要占据多大的空间。

范·惠顿走向货车的动作没有迟疑，像是跑过去的。她拉开一侧的推拉门，钻进阴暗的车内，影像拍摄的角度能清楚看到，货车副驾席上是空的。索菲亚把视频快进，然后停在最后几秒钟，那是车门关闭前，能清楚地看到受害人的最后画面。她能看出，就在那个时刻，这个女人眼中所有的不仅仅只是紧张。

还有最深沉的恐惧。

"为什么没有人找我妈妈？你们都在这里做什么？"如果不是脸上有眼泪滑落的话，十七岁的切尔茜·范·惠顿的这番要求听起来可能会显得很蛮横，"这里整天都有警察转悠，现在你们也来了，所以到底有谁负责在找她？"

"其他还有许多团队都出动了全部人马，他们都会直接向你们的警察局长汇报。"索菲亚看着这个长腿少女晃悠着从椅子上站起身，然后在她装备齐全的卧室里踱步。考虑到她们经过这一天的事件，应该充满了恐惧和痛苦，卡姆吩咐让索菲亚负责对两个女孩的访谈，事实证明确实如此。博林已经和两个女孩都交谈过了，是在她们外祖父在场的情况下进行的，但她们都没有讲清楚今天的活动。

不过索菲亚觉得，她们应该能对母亲的性格和习惯提出一些看法，而那些可能会派上用场。

　　"我知道你们现在十分难过，感到度日如年，不过已经有非常专业的探员在跟进这个案子了。与此同时，你们能分享的任何小事都有可能对调查起到帮助作用。"她朝没说话的蒂芙尼转过身。蒂芙尼今年十五岁，比她姐姐长得更像她们的母亲，两人有着一模一样的尖下巴，还有发色。她正牢牢抱着一个很大的旧毛绒熊玩具，看上去比实际年龄要小，"你说过你已经不再骑马了？"

　　女孩摇摇头，"我从小时候起就不再骑马了，大概是十岁的时候吧。我不懂为什么每个人都不停地说马的事。我爸爸当时没给我买马，因为他说我对马的喜爱会逐渐退去。"她耸耸肩，"我也确实如此。"

　　"我不明白我妈妈怎么会出这样的事。"切尔茜急切地说，"她对我们所有人的安全都超级敏感。爸爸去世后，她升级了家里的安保系统，她甚至不肯让我自己开车去学校，仍然坚持亲自接送我们，要么就派司机来。这真是令人窘迫。而现在呢，她自己却消失了？就这样不明不白？"

　　"你们能不能想到，有什么东西是她想要拿现金去买的？"索菲亚温柔地笑笑，"或许她只是觉得取钱并不关银行的事，于是就编了个故事说要去买马？她会收藏油画吗？还是雕塑？或者做慈善？"

　　"她会去购物，当然了。但是她要是有什么东西想要，为什么不干脆开张支票呢？"

　　蒂芙尼的嘴唇簌簌发抖："爸爸去世之后……妈妈一遍又一遍地向我们发誓，说会照顾好我们。她从未让我们出过任何事，是的，她确实对我们保护过了头。可现在她却离开了……她不可能把我们就这样丢下，如果能够选择，她不会这么干的。"

一个小时后，在返回酒店的途中，索菲亚向卡姆和珍娜重述了这段对话。

"博林说起过，除了范·惠顿喜欢跑步的地方之外，他们其实没有太多可提供的信息。"

"从她失踪时的穿着来看，她似乎是在慢跑途中被带走的。如果我们能弄清楚，她昨天在哪里跑步，那就有可能找出看到过些许情况的目击者。"

"我们从女孩们的访谈中得到的信息更多，至少我是得到了一些东西。"索菲亚疲惫地动动肩膀。比起晚睡，她更习惯早起。过了晚上十点，她的脑子就会变得非常糊涂。回想起来，这或许正是几周之前，她一时判断失误，最后和卡姆一起喝酒的原因。不仅如此，远远不仅止于此。

她晃晃脑袋，继续说道："我们之前谈起过，罪犯可能会怎么控制目标。范·惠顿在银行里待了将近二十五分钟。不明嫌疑犯凭什么会如此肯定，她会带着钱返回货车呢？罪犯怎么能知道，她在银行里没有报警呢？"

"或许他在把她送进银行之前，给她身上安了监控。"卡姆回答。他的表情隐没在车厢内的黑暗中，直至路过的汽车灯光穿透阴影，让他的身影变成一尊鲜明的浮雕。"或者他可能用了某种办法能拍摄录像，以确保她不会递纸条，或是不言不语地触发某个警报。"

索菲亚沉默了片刻，思忖着这番话。

"是的，他当然想获得某种程度的肯定，不是吗？而对他来说，比起跟进银行，在附近转悠以确保她规规矩矩，远程监控的危险性要小得多。"

"博林的部门正仔细查看范·惠顿在银行时的内部监控视频，以防他真的那么做了。"珍娜插话道。

"这么说你已经放弃了观点，不认为是两名罪犯合伙控制受害者的了？"

索菲亚虽然在卡姆的话中没听出任何讽刺语气，但她还是不能确定。

"现在说这些还言之过早。但是我想我们忽视了一个远程控制某人的最简单的办法，那就是利用他们对所爱之人的担忧。从女儿们的话中来判断，柯特妮·范·惠顿的安全意识很高，也高度重视女儿们的安全。如果不明嫌疑人利用了父母天生就有的对儿女的担忧来控制她呢？或许他用了某种方法让范·惠顿相信，他已经接近了一个女儿。如果她不按照他说的做，女儿们就会有危险。"她还注意到一件事，所有人谈话的语气都像是已经确定了，这位女性所碰到的虐待狂和之前在爱荷华州埋葬六名女性的是同一个人。然而现在任何事都还没有明证。

不过索菲亚也没有自欺欺人。今天所获取的细节，同厄本和威廉姆斯生前最后被人看见时，相似到令人不安。

这时候她看见卡姆说话时是皱着眉的。

"范·惠顿有两个女儿，威廉姆斯也有孩子，不过厄本却没有——除非你把她前夫的那些年纪和她相仿，或者比她年长的继子女算在内，那些人还都分散在全国各地。"

索菲亚向前倾过身子，辩论道："但是厄本有个残障母亲，就生活在离她家只有三十分钟行程的一家辅助生活机构。"

"说得对，"珍娜打着哈欠说，"我记得在档案里看到过。恐惧——这就是终极杠杆，对吗？在将受害人送进银行之前，先给她们装上有线电监控，这虽然说得通，但并不能保证她们顺从。速度快的受害者可以递纸条，或是把线路扯掉，寻求帮助，ViCAP的档案中也有类似的犯罪行为失败的记录，但是如果能让受害者相信，她们某个所爱之人有性命之忧，那差不多就能保证她们合作了。"

"如果将范·惠顿同厄本和威廉姆斯放在一起比较，这三个女人都是富有的特权阶层，她们生活在有门禁的社区中。范·惠顿的女儿好几次提到，她们的母亲有多么注重安全。罪犯可以寻找更容易的目标来绑架、折磨和谋杀，但这些富有的女人却风险更高。对于不明嫌疑人来说，这个因素同钱一样重要。"索菲亚大声讲出自己突然冒出的想法。连环案件的罪犯往往会从低风险目标下手，但是随着他们需求的发展，他们的动机也会越来越大。有些人需要危险程度逐步上升，由此来增加自己在犯罪过程中所享受到的乐趣。她曾经为一个案子做过顾问，其中的连环强奸犯会跑到受害女性家里去发动袭击，而她们的家人就睡在客厅的另一头。

"好思路。"卡姆沉默了一会儿道，"范·惠顿女儿们的汇报中，并没有提到过去的几个月中有任何可疑陌生人接近，但是罪犯所需要的只是一个计谋。他只需要让受害人相信，自己已经接近了一个她们所爱之人。不过这就需要更多的计划了。他不仅仅需要跟踪受害者，还必须对她们的家庭成员有深度的了解。"

他摇摇头："该死的，现在的一切都是假设。我们目前甚至还无法确定，带走范·惠顿的人是否就是在得梅因周边埋尸体的变态混蛋。"

听到这里没有人说一句话。但是索菲亚知道，范·惠顿没有音讯的时间越长，他们一直在追踪的罪犯已经找到新目标的可能性就越大。她敢确定这一点，就好像已经在受害者分析中又找到了一个共同点一般。

她往后靠去，掏出手机，调出她记在上面的笔记附件。"有家属的女性"，她在黑暗中眯着眼睛，字打得很慢。罪犯设法让受害者相信，如果她们不肯无条件服从他，那他是有能力伤害她们所爱之人的，做出这样的推论是有根据的。向受害者徐徐灌输进这样的恐惧，是会让他们正在寻找的虐待狂欣喜若狂的。全权控制住受害者，这更增加了他觉得自己是神的心态。将她们的性命握在手中，还有什么比这更像神呢？她在脑海中提醒自己，今晚睡觉前要记得更新犯罪简况。

她记忆中浮现一丝晦暗不明的影子，还有范·惠顿两个女儿的身影，她们同外祖父母生活在一起。先是一场悲剧带走了她们的父亲，现在母亲也失踪了。索菲亚虽然做过尝试，但却无法在这事中为她们想出一个开心的结局。

酒店附设的早餐餐吧里其他的早起者很少。索菲亚趁着这相对安静的时段，一边享用酸奶和果汁，一边更新受害者分析报告，然后用邮件发送给调查组的其他成员。当卡姆走来，径直去取咖啡的时候，她的《明星论坛报》刚看完一半。

她歪着头打量他，炭黑色西装，新刮过胡须，这使得他的外表看起来相当文雅，至少在警惕心不高的人看来是如此。但是多看几眼就会发现他眯缝着眼睛，嘴巴线条坚毅，然后一定会给他让开道。至少要等他喝完第一杯咖啡。

索菲亚略感有趣地看着他第一杯咖啡只倒一半，就停下喝了起来。他喝的时候转过身子，背对着咖啡机，视线于是就和餐吧另一头的她交汇了。但她被自己通过它们所看到的景象弄了个措手不及。

是火。他的眼神被熊熊点亮，坦白说来是肉欲。那让她屏住了呼吸，就像是胃被一拳紧紧握住，于是里面收紧起来。在他们交往的短短时间里，她经常看到那样的目光，但是自从她讲出自己小心翼翼构思好的话语，结束关系以来，就再也没见过了。她几乎已经要说服自己，他的感情已经变了。

那样认为当然会更舒服。她摇摇头，转移视线，当他在她桌边的另一只椅子上坐下后，她才敢重新看他。

"索菲。"这就是他全部的招呼语。他的声音在早上听起来有些沙哑，像是砂纸在丝绸上擦出来的。让她感到遗憾的是，他的眼睛已经重新换上一副熟悉的充满防卫的样子，"天刚亮就在这里找到你，这并不叫我惊讶。不过至少你今天没唱歌。人人都讨厌习惯早起的人，这是一个科学事实，不过大清早就唱歌，就让杀人犯有了正当理由。"

她端起果汁，听到这句并无恶意的玩笑，她内心里有某样东西放松了下来。有一天，他听到她早起在煮咖啡时和着泰勒·斯威夫特的歌声合唱，便再没放过她。

"杀人的正当理由？听到执法人员讲这话还真是奇怪。实际上有研究证明，总的说来，习惯早起的人都比夜猫子要开心。"她把果汁端到嘴边，透过玻璃杯沿瞄他，"当你哈欠连天地醒过来，还有事情要思考的话，那样是会要人命的。"

"好吧，他们当然更开心了。"他一边反驳，一边自顾自地去拿报纸的体育版，"整个世界都是按照他们的作息来安排的，不是吗？我们其余的人只能跟着他们的时间来运转。如果工作日改个体面的时间，比如说正午开始上班，然后一直上到九点钟，你们这些喜欢早起的云雀意下如何啊？"

她让步了，听到他的观点后，她轻轻敲了敲玻璃杯，表示致敬："那样我会活得相当好。我的思绪一般到八点就化成一团浆糊了。"

"这样很多问题就解释得通了，上次我们在米奇家遇见时已经是十点多了。"

她正准备将杯子放回桌面的手定住了，而他似乎并未注意到，他的目光落在一则棒球新闻的标题上。不过她本能地意识到，这枚言语的炸弹并非随随便便投出来的。

她小心翼翼地挑选好措辞，说："我猜你会说，我那晚有点像在给自己举办同情派对。我很感谢你替我解了围。我讨厌那些一直顾影自怜的人，即便是我自己那样也不例外。"

他放弃了假装阅读的行为："在我看来，你不像是沉湎于自身感受的人。"

"啊，不过我其实是的。"不久前的一周，索菲亚还回想过那个夜晚。但不知何故，那晚还异常新鲜和清晰的伤口早已愈合，变成了一根偶尔会戳出来让人感到愤怒的刺。她知道，原因可能是坐在她面前的这个男人。不过尽管卡姆·普雷斯科特唤起了许多纠缠不清的情感，但其中并没有感激，"那时我刚得到前夫的消息。"无所事事之间，她开始玩弄iPad保护套上的带子，"出于礼貌，他给我打了一个电话，通知我他要再婚了。"

卡姆一边眉头阴郁地皱了起来："那还叫出于礼貌？"他伸手重新端起咖啡。

"啊，或许吧。道格拉斯和我仍然维持着友善的关系。"她讽刺般地笑笑，"我们离婚的过程也友善到让人觉得无趣。我们早已疏远，对于职业和未来的看法都存在分歧。我当时住在得梅因，他继续留在爱荷华大学教书。一次我走进他在大学的办公室，发现他正在办公桌上同助教做爱，虽然是这件事加速了我们这段远距离婚姻的死亡，但或许离婚是不可避免的。他一直都不满意我离开教学岗位，专注法医研究和私人诊所的决定。"

听到这里他呛了一下，放杯子的速度太快，以至于咖啡晃动，差一点泼出来："让我来把这事理理顺。你捉到他在上一个研究生，但你们的离婚过程还很友善？要是我认识的女人，她们大多数肯定早就歇斯底里地拿起最近的尖锐物品了。"

她能感觉到自己脸红了："我不太擅长大吵大闹，不过相信我，我心里不知起过多少杀人的念头，但都没有实施。取而代之的是，我就那样站在那里，像是患了炮弹休克症，一直到他站起身，提起裤子，质问我为什么会出现在那里。"

他显然听入了迷："请告诉我，你当时至少给了他几拳，对准他的肚子，重重地一拳拳捶下去。"

这话让她惊讶得笑出声来。虽然事后看来，这个提议让人满足，但当时的她并没有能力做到："还是不符合我的性格。我非常平静地告诉他，我们回家再谈，然后就离开了。直到回到车上，我才想起来，我们已经没有共同的家了。实际上，除了痛苦地骂他是淫乱的畜生养的之外，还有什么值得讨论的呢？我没去他的房子——我们的房子，而是开车回了得梅因的公寓。我一个星期没接他的电话，之后平静下来，和他提了离婚，他同意了。"

卡姆盯着她看了如此长的时间，以至于她都开始不安起来："怎么了？"

"没事。"他摇头，"在整个过程中，你都表现得无限迷人。继续说吧，你刚说到他给你打电话，告诉你要再婚了，让你陷入一阵慌乱。"

"不，让我慌乱的是他即将当爸爸的消息。"她纠正道。还有，是的，那记忆至今仍让她心痛。"我们之前都赞同不要小孩，我们应该专注于事业和研究。他经常提醒我，那些请过产假的学者会发生什么。他出生于一个极不正常的家庭，对于'繁殖一大群孩子'没有太大兴趣，那是他的原话。我们达成了协议。"他们确实有过协议，不是吗？他们讨论起组建家庭，方式就和讨论其他任何事情一模一样——例如书籍、哲学，还有工作。赞成和反对意见都有逻辑支撑，并且考虑得很成熟，理性的人都是这样。她想起自己的父母，两人都是密歇根州立大学的教授，他们也曾有过类似的讨论，最终他们达成一致，决定只生一个小孩，并且教育她追随他们的足迹。

但是当她离开教职时，相当奇怪的是，孩子的话题再也没有讨论过，哪怕是环境改变之后也一样。

"所以这个出轨的杂种在跟你离婚的几年之后，给你打来电话，告诉你他搞大了新女朋友的肚子，打算跟她结婚了。你这才感觉到有一点像是被背叛了，因为他在你们的婚姻生活中，说服你不要生小孩，但现在他自己却准备好做父亲了，还是和一个比他小十岁，或者更多的女人一起。至少我猜，他还是喜欢大学女生吧？"

她摇摇头："但是公平说来，我们有过协议——"

"是的，你说过。"他又端起咖啡，一气喝完，"你的自制力比我能叫出名字的所有女人都强，但是即便是最懂得自我约束的女人，出去买醉也是值得原谅的，当她们发现……啊！"他小心翼翼地控制着力道，把喝空的杯子放下。

她疑惑地问："啊什么？"

"这么说来，你和我，那晚是挽回性爱了，或者说是复仇性爱。或者两者皆有。"

她震惊地瞪大双眼："当然不是。我并没有那样的习惯，喝得醉醺醺的，然后带着男人回家，让人误以为是想挽回前夫。那样的行为太幼稚了，无异于自毁。"

坐在邻桌的男人之前一直在开心地往三个面包圈上涂奶油芝士，这时正入迷地盯着他们看。索菲亚愤怒的吼叫让他的注意力重新转回自己的早餐上。她放低声音，向卡姆凑拢："我早就应该知道，你对我们的关系保持的是最俗套的观点。"

"我说过那样做就俗套了吗？"他镇定地将目光落回运动新闻上，还翻了一页："没有一个活着的男人会介意被人用作挽回性爱的工具。复仇性爱说起来有些尖刻了，但是再想想，你应该教过很多相关内容的课程。所以绝对是挽回性爱。"

她突然察觉，比起走进道格拉斯的办公室，看到他正俯身在助教身上忙碌的画面，眼前的这个男人让她更加愤怒："不、是、那、样。毫无疑问，你才是最不讲道理的，让人难以忍受——"

他朝她露出一个纵容的微笑，她却惊讶地感觉自己的手指不知什么时候已经握成了拳。"当然是。道格拉斯——顺便说一下，基佬才会叫这种名字，他毁掉了你的自信。尽管他说服了你，让你不要理会任何生育计划，但现在他却吹嘘着要放下，和别的什么人组建家庭。"

她咬紧牙关，蹦出几个字："我们一致同意——"

他继续说，就像她没回应过一般："你处于低位。你感觉自己是被拒绝的，不被需要的。挽回性爱是完美的解决方案。实际上解释了很多问题。"

索菲亚有一个瞬间想弄清楚，用报纸有没有可能将一个人勒死。从他手中夺过报纸，卷起来，缠在他喉咙上："最后再说一遍，不管我们之间是什么关系，那都不是挽回性爱。这是我听过最荒谬的事情。"

他盯着她，眼中的金色微粒因为感兴趣而被点亮了："那是什么关系呢？"

她张了张嘴，但发现找不到合适的词，于是又闭上了。该死的男人。这个问题她难道不是也一直翻来覆去思考了好几周吗？

"我没迟到，这不算迟到，是你们两个家伙早得不可思议。我们为什么要天一亮就起床？你在哪弄的咖啡？"

珍娜走到桌边来，一口气说完这番话。索菲亚将iPad抄回包里，收好手提包，然后起身从她身边擦过："我上楼回房去拿行李箱。"

她听到那位女探员在身后问："索菲亚怎么了？她看起来不开心的样子。"

卡姆说："谁知道？或许她发现自己根本就不是习惯早起的人。"听到这回答，她的怒火飙升到极其危险的程度。

第5章

"你很少提起你培训的事。"

卡姆问得很突然，而且完全出人意料。索菲亚之前还以为他已经睡着了。他的脸埋在一个枕头里，而她则跨坐在他赤裸的臀部，给他做背部按摩。

或者至少是准备做的。她长这么大还从未给别人做过按摩，现在这么做也只是因为打赌输了，先醒来的人必须给对方做背部按摩。昨晚他们就是这么约好的。

她眉头轻轻皱了皱。她怀疑过卡姆是作弊才赢的，不过她无法想象，他怎么才能装睡装得这么像。他的眼皮一次都没动过，他的呼吸也一直平稳缓慢，即便她轻柔爱抚时也没有变化。

如果他之前就醒了，那她可能会有点失望。

但他这会儿是醒着的，而且还很好奇。她将大拇指沿着他肩胛骨的肌肉探下去，他咕哝一声，作为赞许的回应。"你想知道我培训的事？"

"我想知道，在路易斯·弗莱恩从行为科学部退休之前，接受他的训练是怎样一种情景。"

她继续按，位置移到了他的肩膀："他才华横溢。虽然是个急性子，但却是个很棒的老师。在我念研究生的时候，有一天他来上偏差心理课程，课上完后，我们谈了很长时间，他在我身上发现了一些我当时还不懂的东西。后来当他邀请我到匡蒂科去实习时，我惊呆了。他很执著。"而且难以拒绝。

"你同他合作期间，做了一些很有开拓意义的工作，在那么年轻的时候就能得到这样的机会，这样的人不多。"

索菲亚往下移了些，沿着他的脊椎，开始按到他背部中间的位置："你在想，我为什么没有以那里为跳板，去行为分析小组？"她敏锐地猜测。行为分析小组里的FBI探员都在使用行为科学分析部所开发的类型研究方法，以此来解决现行犯罪。她用手掌下方揉开他肩胛骨下面的板结，引得他发出愉悦的咕哝声，"因为我不像你。在内心深处，我是一名学者，和我父母一样。我的骨子里没有那么勇敢。"

他抬起头，转过来看她："别自欺欺人了，我见过你采访中的样子。你是从精神领域攻城略地，和靠体能追击那些家伙的警察完全没有任何区别。"

"但是有一个明显优势，不会被子弹射中。"她的声音有些干涩。他这番意想不到的恭维温暖了她，但她对自己的能力却不抱幻想，"我父母……都是学者，他们希望我也追随他们的道路。"在当时，那一点似乎非常重要。

他重新低下头埋在枕头里，让人惊奇的是他那样竟然也能呼吸："你这样的天分浪费了真是可惜。"

"我没有浪费。"她暂停动作，欣赏他背部肌肉颤动跳跃的样子，接着索菲亚将力道加重到原来的四倍，并说，"开办私人诊所后，我同时享受了两者的最大益处。我遇到了形形色色的顾客，还有机会在感兴趣的案子中为执法机关做顾问。"尽管她曾走过弯路，去做了学术工作，却并没有妨碍她融入这个圈子，这难道不让人感觉奇怪吗？路易斯曾预言过，事情最终会发展到这一步。

"我指的是你的按摩技术，你按得实在太舒服了，让我对在你醒来的时候装睡，没有一点内疚感。"

"你……"她过了一会儿才明白过来那话的意思，随后便是一阵怒火，"不可能，我检查过。"她从他身上翻下来，却被他从后面一只手抓住她两条腿。

笑声点亮了他眼睛里的金色斑块："你指的是检查我的脉搏吗？还是指后来你把手伸进我两腿之间——"

"你真不要脸。"她气呼呼地说。为了突出自己的怒气，她还猛揪了一把他的胸毛。他虽然痛苦，但只用一只手就铐住了她两只手腕，将它们摁到她的头顶。他目光扫过她裸露的身体，血管里立即迸发出小小的火花来。

"是聪明！"他纠正道，"我在军队里学习过怎样控制呼吸。后来当我在阿富汗受伤，想欺骗一个塔利班战士，让他相信我死了的时候，这招派上过用场。至于其他……"她能感觉到自己的双颊在他顽皮眼神的凝视下燥热起来，"刚才我一直在脑子里背诵《葛底斯堡演说》来着，为了转移注意力，不去想你的手放在哪里。不过你要是再多停留一下，我可能只能记到'八十七年前'[①]，后面就背不出多少了。"

她没忍住，嘴边浮出一抹笑意："狡诈和聪明，危险地结合在一起。"

他低下头，嘴巴和她的凑在一起："你忘了还有迷人。"

她嘴唇和他贴在一起，呼吸着："不，我没觉得。"

[①]　《葛底斯堡演说》是林肯于 1863 年所做。该句是演说的第一句。

他抬起头：“要不要我提醒你一句，你知道你的处境很危险吗？”好像是为了强调他的观点似的，他移动一条腿，将她的两条腿分开，然后将膝盖向上，滑到她那充满渴望的湿润地方。

“好吧，粗鲁的迷人，这是我能想到的最好的形容。”

他嘴唇缓缓露出一抹微笑：“你的‘最好’总是让我非常满足。”

绕着该地区数不清的公园，步行数英里去询问其中的游客，这对索菲亚恢复镇定起到了很大的帮助作用。昨晚休息之前，他们就制定好了今天的计划，所以她换上了瑜伽裤、T恤衫和运动鞋，这些原本是为了在汽车旅馆客房中放松才买的。如果穿的是她衣柜中唯一剩下的选择，即套装和高跟鞋，她可能很难在几英里的跑道上闲晃。

“我知道这不是你的专业领域。”卡姆几个小时前曾告诉过她，“要是你肯同我们其中的一个结队，那热烈欢迎。珍娜会和博林的几个手下一起，拿着范·惠顿的照片，到她经常跑步的所有地方询问公园游客。或者你也可以跟我一起，去浏览博林刚收到的做过增强画质处理的安保监控视频。”

虽然这个男人现在语言简洁，举止不带任何感情色彩，完全找不到今天早上差一点就会被她勒死的那个疯男人的影子，但要是选择他，那可真是无脑了。

虽然他们到目前为止还没有取得一丝进展，但是能在阳光明媚的六月享受伊代纳美好的清晨真是太好了，跟这相比，更糟的情况也不是没有过。十二名身着制服的探员散布在艾什顿溪公园的环形跑道各处。这是他们检查过的本地区的第四条跑道，虽然他们拦住的人里有几个认出了范·惠顿，但没有人认识她，或是昨天在这里见过她。

珍娜干练地走上前去，拦住一个正带一位学步小孩和一个婴儿散步的年轻母亲。索菲亚跟在后面，用目光扫视这片区域。考虑到罪犯可能曾跟踪过受害者。据范·惠顿的女儿们说，她们的母亲有多条跑步路线，所以罪犯必须要持续跟踪这位女士，以弄清她的动向。他的跟踪可能持续了有一段日子，然后挑了一个能抓住她的地方。又一个高风险，她一边想着，一边弯下腰去系鞋带，除非他的计划是以欺骗的方式与范·惠顿搭讪，而非出其不意。到目前为止，今天早上他们去过的地方之中，没有哪个是特别偏僻的，虽然有些跑道跟其他的相比，人确实少一些。考虑到女儿们说过，她的安全意识非常之高，所以这个女人将警惕心也扩展到锻炼路线上，这就没什么可惊讶的了。

索菲亚站起身，目光越过珍娜和那位年轻的母亲，后者摇摇头继续散步去了。罪犯在一开始该如何取得受害人的配合，即便索菲亚对这个问题的推测是对的，那罪犯依然要将自己的曝光度降到最低，或许他在每次绑架时都会变装。她打量着一位正以稳定步速向他们跑来的衣着清凉的女性。甚至他每次开的车都不一样。这样就能解释，其他两位受害者的失踪为什么到现在为止依然没表现出相似性了。不过她想到，等他们一返回得梅因，卡姆的第一个任务就应该是，将伊代纳银行所拍摄的安保录像，同两位已经辨明身份的受害者案件档案中的进行对比。

她看到远处有个身影，思绪突然止住。她轻轻皱起眉头，迅速朝珍娜走去，但目光依旧落在她看到的那个男人身上。因为隔得太远，所以她无法看清那人的容貌，不过他站立的姿势让她脑海中闪过一个身影，那人身材瘦高，双手深深地插在宽大的裤兜里，肩膀佝偻着，脑袋低低的。

不过他这会儿没低头了，他的注意力锁定在那个正朝索菲亚跑来的衣着清凉的女人身上。索菲亚似乎想起了什么，她突然改变方向，从跑道走向修剪齐整的草坪，想要和那人谈一谈。

那人的头发接近沙子的颜色，粗浓而杂乱。微风习习，他不停地叉开手指，将头发往脑后扒，但却总是败下阵来，他的注意力依旧锁定在那位只穿着霓虹粉的运动文胸、斯潘德克斯弹性紧身裤和运动鞋的女人身上。他保持着很快的步速，穿过草坪，样子就像是正无所事事地绕着长椅和树林奔跑似的。不过最终他与跑道上的那名跑者保持在了同样的速度。

在索菲亚将他们之间的距离缩短到一半的时候，他发现了。然后定在那里。

"先生，能帮我个忙吗？"她一边加快速度，一边喊道。

那人斜着跑走，奔向溪流旁边的一片树林。

索菲亚走得更快了："先生，请等一下。"

但是那陌生人早已将之前对跑道上的跑者的迷恋抛之脑后，他现在一心想着跑到树林里藏起来。

索菲亚心里闪过一丝警惕，但并没有停止脚步。她把手伸进包里，掏出手机，拨通珍娜的电话号码。

"你在做什么呢？"女探员问。索菲亚回头看了一眼，珍娜已经到了草坪上，朝她追过来了。

"这里有个男的，我确定今天早上在百年公园见过他。"她这时已经跑到树林边缘了，速度有些减慢。虽然这地方看上去并不是特别危险，但她还是不能确定，里面等待她的将会是什么。那陌生人极有可能是想借用森林的地势，好从她眼前溜走。

也有可能他就藏在附近，等着她喘口气再跟上来。

"你确定？"女探员现在狂奔起来，同时向公园那一头的一名探员打手势，示意他跟上。

"我想……"索菲亚看到有个人影在树林中闪了一下,那男人距离她只有几码远,"我想进去跟踪他,你明白我的意思吧?"

"不行,等着我。该死的,难道你——"

但是索菲亚已经放下了手机,跟在那男人身后,钻进了树林。

里面比她刚刚跑过的草坪上的开阔空间要凉爽些,这里的树木长得并不算浓密,但都很茂盛,树冠在头顶上一直绵延至远处她看不见的地方。阳光经过树枝和叶片的过滤,斑斑点点洒落在地面。要是在别的时候,索菲亚一定会觉得这里很迷人。

她仔细搜索周围。刚刚那男人看上去非常紧张,像是不想和她说话的样子,可能早就跑远了。根据她在从停车场过来的路上拿的一份公园地图来看,不远处景色同样怡人的小溪上,有一座美丽的小桥。如果是平时,这景色会让她感到远离尘嚣、祥和宁静。

但是如果有男人藏在里面,这"远离尘嚣"就多了分不祥的色彩。她继续向前走,仔细观察周围。直到这时她才注意到那声音,那声音像是要生气了一般,从她仍握在手中的手机里传出来。

她咧咧嘴,终于想起那边是珍娜在说话。那位女探员几分钟就能追上她,知道这一情况后,她受到激励继续前进了。如果那陌生人还在附近,她想和他谈谈。索菲亚拨开枝条钻过一些下层灌木,后知后觉地希望里面没有毒藤。她正准备将手机举到耳畔的时候,却看见那男人从前面的一棵大橡树背后走了出来。一动不动地站在那里。

她停下动作,眨了眨眼睛。时间过去了片刻,又过了片刻。

"我很高兴看到你在这里。"她语声平静地说,"我想和你谈谈。"那男人松垮的短裤掉在脚踝上,他单腿跳了跳,像是要把她的注意力吸引到他裸露出来想让她看见的地方一般。而索菲亚的目光不偏不倚地落在他脸上,"我想你是想吓我。"索菲亚没有动,用谈话的语气说道，"你最喜欢什么样的反应呢？是看到女人吓得尖叫？还是吓得她们跑开？"那男人之前还完全勃起的阳物，开始慢慢变软。"当你把女人们吓成那个样子的时候，会有一种控制感，是吗？"

男人用一只手扶起自己的生殖器，冲她摇摆。她再次将自己受过训练的注意力牢牢锁定在他脸上，不过心里却在催促珍娜加快速度。虽然裸露症患者有些确实无害，但这类人犯罪的也有很多。她面访过的连环杀人犯中，有许多都曾表现出多种性反常行为，一开始只是露阴和窗口偷窥，后来会逐渐加重，直至发起性虐攻击。如果不是非常确定援军马上就会到的话，她可能刚才一看到这人，便会撒腿就跑。

"我今天早上见过你，对吗？"她没有将视线从他身上移开，而是挂断了珍娜的电话。她迅速瞥一眼电话屏幕，继续说话的同时，找到相机应用程序所在的位置，"我猜你经常来公园吧，尤其是天气好的时候。你喜欢打量女人，对吗？而且你喜欢她们看着你。"她慢慢地举起手机拍了张照，动作没有任何突然之处。他们逮捕他可能需要有一个理由，而他到目前为止，并没有要回答问题的迹象。

"我之前曾和你这样的人谈过，并治疗过他们。"那男人的脸上露出惊惶神色，他弯腰拉起短裤。"你是想用这种行为来获得对自己生活的控制。其他人曾对你视而不见，不拿你当回事。但是如果你以这样的面貌被人看见……人们就不得不注意你了。"那男人现在已经穿好了衣服，似乎马上就要离开。

"你什么都不知道！你不懂！"

"我知道。"她继续用平静的语气说，同时往前走了一步。珍娜到底去哪了？那陌生人看上去更多的是悲伤，而非危险，但是潜在的威胁并未从她心里离开。连环杀人犯韦斯特利·艾伦·多德就是从露阴开始的，阿尔伯特·菲什也是，"但是还有其他一些方法可以寻求关注。更符合社交礼仪的方式，那样不会让你惹上麻烦。我敢肯定，你以前就碰到过麻烦，对吗？"

"索菲亚？你还好吗？"

那陌生人听到珍娜的声音一下子冲了出去，索菲亚像个刚冲出起跑架的短跑选手一般，紧随其后。不过她没能坚持太久，很快就跟丢了："我没事。"她一边回话，一边拨开树丛，躲闪着茂密的灌木，越过偶尔出现的落在地上的树枝，"别让他跑了！"

珍娜从她左侧一闪而过，这位女探员比索菲亚的速度快许多。那陌生人领先她们一大截，以之字形从一棵树跑到另一棵树，似乎是在寻找掩护。直到他弯下腰，然后一旋身子，索菲亚才意识到他的真正动机。

"当心！"

不过珍娜无需她的提醒。那男人猛地一旋，挥出一根枯树枝，不过珍娜躲过了，然后朝他撞去，她肩膀冲在前面，两人一同倒在铺满树叶的地上。那陌生人高声号叫，滚动着侧起身子。索菲亚冲过去支援女探员，不过珍娜已经牢牢取得了控制权。她将那男人翻倒，奋力将手铐压在他身上："你该感谢自己没有击中我。"女探员抱怨着弓下身子，将手铐铐在他手腕上，"那样我可就不客气了。"

"我什么都没做！"那陌生人被拉着站起身后，重新嚎叫起来。索菲亚听到身后传来脚步声，转过身去，是珍娜之前招呼过的那个穿制服的探员慢跑着跟过来了。

"我有权来这里，那女人突然追着我跑，我害怕。"

珍娜猛地拉了一把他的脚："听到没，索菲亚？你吓到人家了。"一番迅速的搜身之后，珍娜从他口袋里掏出来一个用旧了的瘪钱包、一部手机，还有一些零钱。她打开钱包，往里扫了一眼。"好吧，卡尔·弗雷德里克·穆勒，你倒是跟我们说说，这个金发大坏蛋是怎么把你吓坏的。"

当那名身穿制服的探员走近后，索菲亚迎上去，给他看了手机上拍的照片："他叫卡尔·穆勒。可能曾因类似行为遭过多次投诉。"制服探员冷冷地看了照片一眼，然后将目光投向那男人。

"好办，这样查起来就容易多了。"制服探员走上前去。他一头花白的头发理成平头，一张方脸因为剧烈运动而涨得通红。"我拍到这个了，特纳，我们有足够的理由逮捕他。"

珍娜看着索菲亚，皱皱眉头。这时间里，制服探员接管了卡尔，拉他站起来，推着往公园方向走去。

"今天早些时候，他曾去过百年湖区公园，我在喷泉边见过他。"索菲亚解释说，"当探员们和我们汇合后，他不等我们询问就掉头离开了。"现在一切都结束了，但过程的艰难却让她膝盖直发软，真叫她感到羞愧。而另一边的珍娜看上去却像是很享受追捕这个已被铐住的男人一般，她拍打着他，要他道歉。

女探员的表现让索菲亚惊讶地笑了起来："记得提醒我别惹你发火，你看上去太猛了。"

珍娜过了片刻才将目光从制服探员和被铐住的陌生人身上移开："你说什么？"

索菲亚摇摇头，权且作为回应。她强迫自己跟在制服探员身后。她虽是一名研究人类所知最不正常的思想的临床专家，但她的专业技能是做采访和调查，以及教书。虽然她经常为引人注目的罪犯做咨询，但还从未加入过执法人员的队伍，一同追捕那些醉心于她所研究的邪恶行为的人。正如她曾告诉卡姆的那样，长期以来，她一直偏向于让自己处于安全的范围内。

两人一前一后地快步走着，想要追上制服探员。

"我倒希望你能记住我刚才的凶猛姿态。"珍娜反驳道，同时斜眼看着她，那眼神让她想起，她从开始奔跑时就差不多忘在脑后的卡姆。"不等我一起就只身去追他实在是蠢透了。"

这女探员甚至连说话都很像卡姆，"相信我——我的懦弱之心足有一英里宽。如果不是知道你就紧跟在我后面，我是不可能追着他进树林的。"当她们重返上午的阳光之中时，她眨眨眼睛说。接着又镇定地加了一句，"事实上，你比我以为的要慢一点，你需要练练速度。"

珍娜瞪大眼看着她，而索菲亚则允许自己露出一个小小的微笑，迎来了轻蔑的一哼。"让我看看那照片。"索菲亚在手机上翻出照片，递给女探员，后者顿了片刻。她先是盯着屏幕，接着看向索菲亚，"所以你在挂断我电话去拍下这个之前，我所听到的就是这个了？"她挥挥手机，"有人晃荡着阴茎跳舞，你就只是站在那里，做弗洛伊德式的心理分析？"

"不管你信不信，我是在做风险评估。"索菲亚不加渲染地回答，"露阴症患者如果没有表现出其他性反常行为的话，那么他们一般会被认为是低水平违法者。如果穆勒最终被证明很少有这些行为，而且这些行为是因为压力或幻想导致，那么他就不可能有暴力倾向。"

"可是他有暴力行为，至少他试过。"珍娜提醒道。她们继续往前走，快跟上制服探员了，他因为囚犯的不情不愿而被拖慢了速度。

"幸亏我反应速度快，脑袋才没被砸中。"

"但是他没有表现出性暴力和攻击。"索菲亚听到女探员的怀疑之声，一只肩膀耸了起来，"我想赌一把，他应该有过类似行为的案底，不过我想，除非是被逼入绝境，不然他是不会有侵略性的。不管怎么说，我对他的兴趣只有一个，那就是如果他如我所设想的那般，经常在各个公园里游荡，那么他有可能曾看到过什么东西。"

她们朝之前停车的公园停车场走去。索菲亚放慢步伐："也许我们该派一个人和其他人一起留下来。"她建议道，"如果我因为这个有可能是目击者的人而停止搜索，结果却只发现这家伙并无害处，那我会感觉很愧疚的。"

珍娜斜着眼看她。"无害？我们回到市里很快就能弄清楚。其他探员会继续搜查。如果这条线索失败了——"女探员耸耸肩，"我们随时都能重新加入搜查行列。我们今天早上在公园碰到穆勒，但不等我们询问他就逃走，光是这事就让我现在就想和他谈谈了。"

索菲亚希望她是对的。范·惠顿失踪的新闻所引发的紧迫感越发强烈了。她当然没有能力确定哪条搜寻路线是有用的。但是却越来越肯定的是，那个失踪的女人容不得他们浪费任何一点时间。

在索菲亚看来，除地点之外，会面室都大同小异。虽然这一间看上去要略微干净一些，但总体上和她曾见过的其他会面室没什么区别。

然而，吸引她注意的却并不是面前电视上反映出的旁边那间会面室的洁净程度，而是蜷缩在其中一个椅子上的男人。事实证明，卡尔·弗雷德里克·穆勒确实有被捕记录。布鲁斯·戈德曼中尉静默无声地坐在那男人对面，正在浏览铺展在面前的一个文件夹，他是位便衣侦探。过去十五分钟里，他所进行的访谈可谓教科书级的范本。一开始，他随意地问了穆勒的兴趣，也分享了自己的，该行为旨在让那男人放松。接着他转移方向，引着穆勒描述他在过去两天内的活动，以及他去过哪里。那男人的叙述充满矛盾，漏洞百出。男人说的时候，侦探做了些笔记，不过直至穆勒话说到一半声音逐渐开始变小，他才做了回应。

接着访谈的主要内容却突然变了。"所以你在手淫的时候，喜欢往窗户里偷窥是吗，卡尔？"那男人并不理会中尉的对话式口吻，

"通过裸露阴部来吸引公园里的女性，从中你也能得到快感，从天气变暖开始，你就一直相当忙碌。四月以来，你就有了不少于三次的被捕记录，遭到了——"他低头看看档案内容，迅速算了个账，"差不多十二次投诉，四次庭外和解，两次定罪。我猜对于你这样学习能力迟钝的人来说，这一定是真的有病，哈？"戈德曼抬起头，目光看向穆勒，后者仍然没有回应。

"是因为吓唬人所产生的价值感吗，还是说你从来没有机会向女人展示你的玩意儿？"

"他们无权逮捕我，"穆勒小声说，"不管那些女人说什么，统统是撒谎。我什么都没做，是她们追着我不放。"

"你忘了她们中有人拍的那张照片了吗，天才？"中尉从面前文件中拿出一份索菲亚之前所拍照片的复印件，从桌面滑过去递给那男人看，"更不用说，脑袋差点被你砸了的那位是来自爱荷华州的DCI探员。你为什么不想回答她们的问题？不是因为你又在拿手机偷拍公园里的陌生女人了吧？"

那男人在椅子上坐得低了些："不想和人说话又不犯法，同样的，拍照也不犯法，拍拍树啊之类的东西。"

"只是麦克尼尔法官对此所下的命令却相当清楚。因为不知道你拍下的女人中，有多少个最后被你躲在窗口偷窥她们玩打猴子的电脑游戏。"

穆勒这时才终于抬起头，声调变得更高了些："法官不是那么说的！"

"相当接近了。"侦探冷静地说，"如果你今天在公园里又拍了更多照片的话，他差不多足够判定你违反缓刑协议了。你想赌一把吗，猜猜看当我们拿到搜查令后，会在你的手机里找到些什么？"那男人移开视线。

"不敢赌？说不定你又拍了这个女人。"戈德曼从文件夹里拿出一张照片，滑到那男人面前。

穆勒看一眼照片，然后扭过头："我不认识她。"

"但是并不妨碍，两个月前你拍了她的照片，不是吗？"侦探的口气变硬了，他俯下身子，之前所有的闲散姿态都消失了，"这张照片是你上次偷窥被捕后，他们从你拍的几十张照片中找到的。问题是……"戈德曼的声调稍稍抬高了些，因为穆勒开始要反抗了，"这个女人——"他用食指戳着那张照片，"昨天失踪了，到现在都没人见过她。所以你明白了吧，我们为什么会这么关心这个女人，还向你这样的家伙提问，你都对她做了些什么。"

"那种方法，他不会回应的。"索菲亚自言自语地说道，"戈德曼需要用计策。"

"让我们给他一个机会。"博林在她身后回应，话语中稍稍带刺，"这位中尉有将近三十年的经验，他知道自己在做什么。"

"钱宁医生也是。"卡姆的话语让索菲亚感到惊讶，"读研的时候，她曾同匡蒂科的行为科学部近距离合作过五年时间。没有在执法机关工作的经历，却为了追踪这个家伙进了树林可以算是她在犯蠢，不过她在自己的领域可是专家。想对这件事的结果打个赌吗？"

索菲亚又转了转身，好正面朝向这两个男人。那动作正好让她踩住了卡姆的脚趾，不过这并非无意。这男人最会说言不由衷的恭维话了，不过他最后一句却吸引了她的兴趣。

这两个男人都用一种小菜一碟的眼神打量着彼此，一副男性争强好胜的表情。博林试探性地看她一眼："我熟知钱宁医生的名气。不过，如果在接下来的十分钟里，穆勒能和盘托出他所知道的一切，那我就出二十。"

"我出二十，押相反的结果。而且当你们的探员失败后，钱宁会让穆勒开口。"

"我也押钱宁医生。"珍娜扬起眉头，随后看到索菲亚眯缝着眼睛看她："什么？按以往的比率来看，一般不等我到那儿，你就已经让他把童年尿床的糗事都讲得一清二楚了。"

索菲亚轻轻摇头，将注意力重新转回电视屏幕，上面的实时反馈询问气氛正逐渐恶化。

"我不认识她！"穆勒现在很激动，明显是发怒了。

"那你还说过今天早晨没去百年湖区公园呢，可有两个人都看到过你去了。如果你连那都撒谎，别的还有什么不是谎话呢？从我们的角度看看，有个女性失踪了，而我们在你两个月前拍的照片里发现了她的身影。此外你还有犯罪记录，因为跟踪你拍的女人回家，然后夜里又跑回去，一边对着她们的窗户偷窥，一边手淫。我们出动人马，到那位失踪女性以前经常跑步的所有区域仔细排查，而看到谁在四处闲晃呢？又是你。"戈德曼停了下，好让他的话语被充分理解，"我所说的情况，听起来并不好。所以现在你是否会告诉我们，关于这位女性，你所知道的一切？"侦探再次用食指按住范·惠顿的照片，"然后再解释一下，我为什么要相信你说你不认识他。"

穆勒交叉双臂抱放在肮脏的T恤衫前，那姿势就和他突如其来的沉默一样，什么讯息也没有透露。虽然询问持续了很久，但他仍旧顽固地一言不发。

"开口跟我说话吧，不说话可不会有什么好结果，下场要坏得多。"戈德曼说话的方式温柔了下来，但索菲亚估计，已经太晚了，"这会让你看起来有嫌疑。至于你之前给她拍照，或许你真的有很合理的理由呢？如果有，现在是时候说出来了。不是迫不得已，你也不想重回审判席吧，是不是？"

"我跟她说，不跟你说。"穆勒突然开口。

"她？"中尉看上去疑惑了，"我上一次查的时候，麦克尼尔法官都还是男的啊。"

"不，是她。那位女士。之前和我谈过的那位。"

"你指的是，你想用树枝砸她脑袋的那位DCI探员？"戈德曼露出嘲笑的语气，"你以为她会同情你？"

卡尔咬住下嘴唇："不是她，另一个，金发的那个，她帮助我这样的人，她是这么说的。"

"钱宁医生？她是同警察合作的一位心理医生，她会帮助把你这样的家伙送走。你想找个同情你的人吗？我才是你应该倾诉的对象，她不是。"

卡尔摇摇头，他已经打定了主意："我不相信你。她眼神很善良，她说她能理解，我想和她谈谈。"

"要么翻倍，要么输个精光。我再押二十，赌钱宁会让卡尔把他的整颗心都倒出来。"

索菲亚从座位上旋过身，冲卡姆皱眉："你能消停点吗？"

他冲她扬起一只眉头："我已经多给他十分钟了，不出两分钟他就会完事，你最好去隔壁等着。"他冲出口处点点头，"看看穆勒是否有重要事情告诉我们，还是说我们在原地打转白费功夫。"

索菲亚窘迫地看着博林局长。主持访问的是戈德曼，而非卡姆或珍娜，这是有原因的。部门合作虽然已经发展到现在，但探员是没有权限的。与案件相关的民间顾问也是一样。

警长的目光定在她身上："我记得读过你一篇报告，你让埃米特·桑德森说出了他将最后一名受害者关押的位置。"

六年前，埃米特·桑德森因绑架、折磨、杀死三十位男孩，而被关进联邦监狱等待执行死刑。当索菲亚前去面见他之时，其余尸体全部找到了，除了一具。那男人已经一无所有，也没有和她谈话的理由。但是经过数日痛苦的面访，他最终还是把底特律警方以及受害者父母想知道的信息告诉了她。

她怀疑，如果卡尔·穆勒真有什么东西可以分享的话，那一定会像埃米特·桑德森的信息一样引人关注。一名探员已经核实过穆勒所宣称的事情，他昨天一直工作到晚上六点钟。

同索菲亚已经做出的连环杀手简况相比，他身上毫无相似之处。但是经验告诉她，偷窥者可能会升级，做出更加暴力的性侵犯行为，而至于这个人，要精确地执行罪犯作案手法中的勒索部分，他并没有那个精神能力。

但是两个月前他曾偷拍过柯特妮·范·惠顿的照片，这项罪证是确凿的。如果这位女士是他们正追寻的罪犯的最新受害者，那留给范·惠顿的时间很快就要用完了。

索菲亚没再说话，朝会面室的门口走去。

他打了个大哈欠，然后用脚趾抵开卧室门，慢吞吞走进去，赤裸的身子上湿淋淋的。他用浴巾擦干新剃过的脑袋，尽力不去思念最近才失去的浓密的头发。他并没有像同年龄的有些人一样开始谢顶。而把头发和其他体毛一起剃掉，似乎是一种羞耻。但不得不小心，尤其是在还要和新捕获的猎物好好磨合的夜晚开始之前。很难说他最享受的到底是性交还是毒打，不过要是他不满意收获，一般会以惩罚作为开始，以便让那个婊子知道，她自己有多么叫人失望。

因为到最后，所有的女人都叫人失望。

但是当钱很多时，他会抠两颗蓝色药丸出来，花上整晚的时间，全方位训练他新弄来的婊子，叫她学会取悦自己所需的全部技巧。

昨晚的收获棒极了，五万。他在那里站了片刻，愉快地想着该拿那些钱来做些什么，同时一只手还举起来，摩挲着自己光滑的前胸。于是乎，性爱做得高潮迭起，狠狠地、充分地用了那婊子。

他拿起遥控器打开电视。呸，就像她在慢跑上投入的那么多时间一样，她也应该感谢自己给她的锻炼机会。他还会给她机会让她继续锻炼的，等他先睡上一会，然后再去健身房运动完毕。

他倒在床上，咽下一个哈欠。他看到娱乐与体育电视网频道上有个剪报符号，于是就翻到新闻栏目，准备关掉电视，这时那个新闻女主持人吸引了他的视线。

他给脑袋下面又垫了一个枕头，停下动作专心听，但心思却只有一半放在早间新闻更新上。他懒懒地想着，要把这位正试着表现出严肃和专业的美丽的拉美裔女主持人弄到手，难度究竟有多大。她的名字众所周知，而一旦有了名字，他就能搞到地址。世界上还没有一个安保系统能将他阻拦在外。在他突然想到这个棒极了的点子之前，他一直是靠入室行窃为生。如果刚好闯入的房子里有个相貌体面的女人……好吧，那强奸就是额外附赠的奖励。

他眯着眼睛打量新闻主持人，断断续续地思考着。她看着像是会喜欢肛交的样子。昨晚他的新猎物可能并不喜欢那个，但还是承受了很多次。

想到这里他老二动了一下，于是他便伸手去抚弄。但接下来却呆住了，因为他听到电视上那个婊子说："有关最近在本地区小镇墓地接连发现的无名尸体的最新调查进展，我们将同负责此案的特派探员玛丽亚·冈萨雷斯一起于今天下午举行的媒体见面会进行介绍。"

他坐起身，冲屏幕大吼。那股熟悉的愤怒感出现了，即将达到沸腾状态。那些尸体永远都不应该被发现的，永远不应该！这是个该死的失误，而失误是不能容忍的。那些他大多数是从老家伙那里学到的，该死的老混蛋。

整个屏幕上都被一个胖脸的婊子占满了，她胡扯了一分钟时间，却没有任何有实际意义的信息。他心里的某个部分放松下来。州警察对于发生的事情，还没找到一点该死的头绪。他们怎么可能找到呢？他们只有几具死尸。他们不可能知道那些婊子是谁，也不可能知道她们在被他处理完之前的身份。墓地被发现真是个天大的漏洞，那些尸体本来是可以按照地图埋葬，而且设定好全部方位的，那些该死的警察本应到现在都还在抓耳挠腮，在电视上嗅自己的手指的。

　　他咯咯笑了，肌肉结实、全无毛发的身体里，发出的笑声却高得惊人。怒火在胸中平复了，焖在那里等待下一次被挑燃。

　　"侦查部目前正与著名法医心理学家索菲亚·钱宁医生合作，她已经为本案罪犯总结出了一份初步侧写。"在胖脸女人开始读的同时，一张静态照片显眼地出现在屏幕上，他仔细观察那幅图像，是个乳头超赞的漂亮婊子，她光着身子会更美，再让他的精液喷溅在她的乳头和脸上。那样她也还是比这个正在讲话的讨人厌的老婊子好看。

　　"……一个有暴力和施虐倾向的罪犯，少年时代可能曾受到情感压抑……"

　　这他妈是在说什么？他皱皱眉，从床上坐起身子，够到遥控器上的音量键。

　　"罪犯在童年时代可能曾见到，或遭受过性侵犯……"

　　"……绝望感和错位的侵略性……"

　　"……补偿自身的能力不足……"

　　"可能会使用增强表现型药物，以掩饰性能力缺失……"

　　"不——"他号叫着将遥控器砸向电视屏幕正中。

　　但是那婊子还在说个不停："……过度膨胀的自我意识，发展成一种上帝情结……"

那头怒兽已经苏醒，呼喊着想要饮血。钱宁的血，"该死的婊子，我要杀了你——我要杀了你。"他尖叫着从床上跳下来，抓起桌上的台灯，举起来想把电视砸碎。跟着被扔出去的是床头柜的抽屉。然后桌子也被猛地砸在墙上，电视屏幕被砸得粉碎，最后终于达到了幸福的宁静。

但是那些话一直在他脑海中轰响，点燃了他体内已一触即发的怒意。

情感压抑……

绝望……

性能力缺失……

他继续砸卧室，翻倒了家具，砸烂了所有挡路的东西。当一切结束之后，他的胸膛剧烈起伏，一股暗红色冲过他的视线，一个名字印在他的脑海里，恰如在清凉的肌肤上烙下一个滚烫的烙印。

索菲亚·钱宁医生是吧？

第6章

　　"你是个顽固的慷慨主义者。我为什么没被吓到？你走路时，你那颗血淋淋的大心脏没掉在面前的人行道上，就算幸运了。"

　　他们一起外出看了电影，吃过晚餐，然后在一个小时之前返回家中。让人惊奇的是，他们竟然选中了一部两人都想看的电影。但看完后还要求两人达成一致观感，可能就有些过分了。

　　"因为我刚好对一个做了错误选择的角色产生了同情心？"索菲亚抽出一张牌，在手里理好，"我只是说没有人是完美的，人类从本质上来说就会犯错。所以对那些正试着改正自己过去所做错误选择的人，抱有些同情是理所当然的。"她有些沾沾自喜地亮了牌，"我赢了①。"

　　"你一定是觉得……什么？"他眯缝着看她一眼，然后伸手去检查她刚亮的牌，"好笑的是，自从我们开始玩牌以来，你所谓的同情心就消失了，我开始觉得自己被没陷阱埋伏了。"

　　她镇定地笑笑，捞起牌来洗开。让他在一开始误以为自己是个

---

① 原文是 Gin。这里是两人在打金罗美牌（Gin Rummy），是一种去掉大小王后以 52 张扑克牌玩的游戏。玩家手里保持 10 张牌，轮流出牌摸牌，组成三张不同花色但同样数字的套牌顺子，除套牌外剩余牌面分数少的获胜，亮牌获胜的人会喊一声"Gin"。

容易上当的人，如果用"陷阱埋伏"这个词能贴切形容这种行为的话，那么她真是无法抵赖。不过她提议打牌的时候，是卡姆建议玩"脱衣金罗美"的。接着她在第一局的时候没有亮出自己的胜牌，一开始先允许他赢了两局，自己先是踢掉了一只拖鞋，然后又是一只，好吧，男人都是头脑简单的生物。而事实证明，坐在她对面的人的注意力很容易被分散，容易程度简直让人惊讶。

"头两局可是你赢了。"她一边以专业手法洗牌，一边提醒他。而从他犀利的目光中，她立即意识到自己错了。她之前洗牌时假装笨拙，装得有些过火了。

"是的，然后你就连赢了六局。不过为了证明我不是个输不起的人——哪怕我越来越确信，你是个骗子……"他懒洋洋地站起来，解开牛仔裤，从肌肉结实的瘦削大腿上脱下，然后踢到一边。

索菲亚重重地咽了口唾沫，或许是她失算了。看到他赤裸的胸膛，她很难集中精神，转移视线。而现在他若无其事地站在她面前，身上除了海军蓝的四角紧身内裤以外别无他物，那衣服穿在他身上的效果会让内衣男模都相形见绌。

她费了一番力气才将目光从他理牌的场景中挪开。要挥走此刻正盘踞在她脑海中的那些限制级画面，她缺乏那样的意志力。她急切地搜寻着某样东西，任何东西，只要能将她的注意力从对面坐的那个体格健美的男人身上移开就行。

"你说我慷慨，可我碰巧知道，你自己也不是你想让我以为的那样铁石心肠。"她双手颤巍巍地将牌堆放下，然后拿起自己的牌，扇形展开，"到目前为止，我已经看到你两次差点无家可归了，而且你还送过他们东西。"她把牌按顺序排好，理出顺子和套牌，然后从中间的牌堆摸起一张牌。

卡姆看上去很不适："我没给他们钱，如果你在想那个的话。那些人大多都有这样或那样的瘾症。我不打算帮助满足他们。"

她出牌后好奇地看着他，很骄傲自己把她的注意力聚焦在了他的脸上，对此他几未失手。她很少注意他手臂上的肌肉因为摸牌这样简单的动作而变化的样子："那你给他们的是什么？"这时她开始猜想，他给那些人的会不会是一张上面印着当地收容所的名片，或者是一张公共汽车通票，好帮助他们能更方便地在城市里活动。

他出了牌："只是一张指引他们去桑福兹的卡片而已。到你了，看，除非你准备好输牌，不管怎样你这局都要脱件衣服了。"

她转转眼睛："你做梦吧。"索菲亚出了牌，但并未被他干扰得忘了之前的问题，"桑福兹。是家餐厅，对吗？"

"更近似于小餐馆。"他伸手拿来自己的瓶装水，举到嘴边喝了一口。她打量着，当看到一滴水滴落在他胸膛时，完全着了迷。那水滴那样缓慢地从他紧实的肌肉上滑下去。他将水瓶放下，摸了一张牌，"没什么大不了的。我在那边有一个记账单，任何拿那张卡片过去的人都能免费吃一餐，我到月底结账。别以为我好骗，我又不是把车借给他们了。"

他的话语融化了她心里的某种东西。是的，这个男人绝对不是好欺骗的，他虽然已无法再干从前干过的工作，看到从前能看出的东西，甚至不再像以前那样玩世不恭，但他并没有厌世。即便是经过将近两年卧底生活之后，他这种关怀的行为仍温暖了她。

哪怕是在和卡姆·普雷斯科特不甚密切地合作过几年之后，他身上仍有许多东西是她不曾想到的。他不讲情面、富于洞见、聪明……而且也实在是太过性感，不论是从面貌来说，还是从他内心的平静来说。

"脱吧。"

她的注意力这才回到牌局上来："你说什么？"

他嘴边那些极具男性诱惑力的线条加深了："我赢了。记得游戏一开始我们制定的规则，首饰不算。"

　　她回想起来，规则是他定的。但是索菲亚未作争辩便放下了牌，两只手都伸到衬衫的V形领口处，先将第一颗扣子从钮孔中解出来，接着是第二颗。但是当她目光与他交汇时，她的手指开始颤抖。

　　他表情中所有幽默的痕迹都已消失，眼睛被激情烧得金黄，而其中满是欲望的眼神让她沉醉其中，使她停住了双手。她的速度依旧很慢，是那样的富有挑逗性。

　　什么时候有男人用那样渴望的眼神看过她？从未有人让她感觉到，自己是如此的娇美，是如此有魅力的女性。只有卡姆。这一新发现让人感到惊恐，而且具有压倒一切的诱惑力。

　　又一颗扣子松开了。她用手指玩弄着最后一颗，将那一刻无限拉长。他的目光充满急切。当那颗扣子最后终于松开之时……当那件玫瑰色的上衣从她肩上滑落，悄无声息地掉在地上之时，她看到他捏了一次手。接着他猛地推开椅子，绕过桌面，将她拉拢过去。

　　"我不想再玩了。"他抵着她的嘴唇说。他的吻很激烈，很贪婪。

　　当他用两只手臂将她抱起，大步向卧室走去时，她设法将自己的嘴唇和他隔得足够远，小声咕哝一句："谢天谢地。"

　　"你在公园里说的话是真的吗？"卡尔·穆勒朝她俯过身子，灰蓝色的眼睛却不敢直接与她对视，"你说你负责帮助我这样的人？"

　　"是的，我曾经治疗过和你有类似欲念的人。穆勒先生，我能叫你卡尔吗？"他猛地点头表示赞同，"下一次当你面对法官的时候，你需要坚持声明，你的律师要求制定治疗计划。从中你将学会如何引导自己的欲望，向社会认可的方式发展。"如果这人如索菲亚判断的那样，是个低危险性罪犯，那么他可能会同法律顾问进行一次漫无目的的交锋。

穆勒这时抬起头，表情中闪过一丝失望："你自己不能帮我吗？"

"我住的地方不在这里，卡尔。"索菲亚温柔地说，"我的诊所离这有三小时的车程。不过我在这里确实有些熟人，他们有一些能提供浮动价格的阶段治疗，甚至是无偿服务。你需要我帮你联系一个医生吗？"

"人很好的那种吗？"

"绝对是人很好的那种。"她俯下身子，深信不疑地降低声音说道，"我会那么做的，因为我想帮你，卡尔。就像我知道，你也会帮我一样。"

他紧张起来："我帮不了你。我刚才就和那个探员说了，我不认识他说的那个女人。"

索菲亚点点头："我还是希望你能帮忙。你瞧，我认为绑架那个女人的并不是你。"

他的注意力回到她身上："那个家伙觉得是我，他还很粗鲁，又卑鄙，那样说我。他不明白，没有人明白。我的需求不一样，但那并不会让我成为一个坏人。"

她相当确信，他的需求会把他变成什么样，但仍保证让自己的声音听起来很值得信任，"当然不会。法官也不太明白，是吗？"

他拽起手指上的一根倒刺，摇摇头。

"你今天去公园的原因，对我来说并不重要，我猜你每天都会去公园。你有权去公共场所，对吧？你为享用它们交过税的。"

他缓缓点头："他们从我的支票里扣走了很多税金。我在第七十街的一家汽车修理厂工作，只是暂时打扫扫卫生，摆摆货架，不过我希望能升职到他们的装饰部去工作。我会干得不错的。"

"我确信你会的。"她给他一个温暖的微笑，"每个人都需要设定目标。不过，有时我们的目标需要帮助才能实现。你生活中有人帮你实现你的目标吗？"

"我的假释官帮我争取到了工作。他不是特别好，但也不像刚才那个侦探那么无情。"卡尔紧张地拉扯他的衬衣，"还有我妈妈，她还认为我会很擅长装饰工作。我每周六都帮她给猫洗澡。"

"那很好。每个人都需要一点小小的帮助，不是吗？你喜欢帮助别人吗，卡尔？"

穆勒的肩膀不停地上下起伏："我不知道，我猜是吧。"

算不上是答应，不过他也没有封闭自己。索菲亚打开戈德曼探员留在桌子上的文件夹，拿起范·惠顿的照片，"你想知道我的目标是什么吗？"她将照片放在桌上，向他滑过去，"我想找到这位女士，我想把她带回家，带回她两个女儿身边去，她们别无依靠了，她们的爸爸几年前就去世了。我的目标是帮助她们看到妈妈还活着。"

他目光闪烁不定地看着照片，然后又移开了。是愧疚，索菲亚解读出来，但是为什么呢？难道他曾在某个时刻跟踪过范·惠顿？但是她住的是有门禁的小区，会把他拦在外面。或者对于这个女人被绑架的事情，他还知道更多信息，但没说出来？

"我帮不了你。"

"哦。"索菲亚一副沮丧的语气，"听到你这么说我很难过，我不知道还能找谁帮忙。你对那些公园的熟悉程度，可能和其他所有人一样高。"

"就像熟悉我的手背。"他肯定了她的话，"我知道所有的跑道伸展的方向，以及很多类似这样的事情。有的跑道吸引的人比其他的要多，我最喜欢那样的跑道。"

"这个女人几乎每天都在其中一个公园里跑步，你经常看见她吗？"

"有时候。"他轻轻摇摇头，接着将因为这个动作而弄散的一绺头发拢到脑后，"我从未和她说过话。"

"也许你曾看过她和别人说话？"

他想了一会："不不不，我不记得有那样的时候。我想可能是有人想和她说话，但我从没看到他那样做。"

索菲亚来了兴趣，但小心地没在说话声中表现出来："一个男人？你在一个公园里看到她和一个男人在一起？"

"没和她在一起。"穆勒咬着他左手上的皮，"他只是看着她。我看过他好几次，他来过她跑步的公园，她离开时，他也会离开。"

"但是他没和她说过。"

卡尔使劲地摇头说道："我在的时候没说过。但是我只见过这女人几次而已，见过那家伙……大概三次吧，周一前还见过两次。"

"你真是帮大忙了，卡尔。"索菲亚无意识地向他的方向投去一个微笑，她的大脑开始迅速运转，"我想你真的非常善于观察。"

他看上去很开心："人们都不太注意我，但是我会注意他们。比如我第一次见到这个家伙是在两周以前，他总是戴着墨镜，哪怕天气非常晴朗的时候也戴着。他拿着张报纸挡在脸前面，不过当那个女人经过时，他经常会从报纸顶上偷偷观察她。我想他也许是想拍她吧，不过我从没见过他拿手机。他可能有手机，"他急忙又说，"只是我没见过。"

显然，穆勒会注意到这个男人，只是因为他以为那个陌生人和他有类似的迷恋。

"你每次看到他，他都戴着墨镜吗？"

卡尔点点头。

索菲亚在照片上拍拍手，然后俯下身子："哪怕是在你周一看到他的时候也一样吗？"

"是的，我说过——"这时他停下来，好像是注意到有陷阱。

"你说你周一见过他，而且他总是在观察她，你说过。所以周一你和这个陌生人，以及那个女人在同一个公园里。这可能会帮上大忙，卡尔。尤其是如果你有那个男人的照片就更好了。"

他使劲摇头："我没有，无论如何我都不会给男人拍照的，我不喜欢那样。我只拍女人，漂亮的女人。"

"当然了。不过他可能会出现在你拍的某张照片的背景里。"

"我告诉过你，我什么都没拍！"

"好吧。"他如果太过激动，就帮不上太大的忙了，所以索菲亚开始安抚他，"我相信你。"搜查令很快就会下来，警察会验证穆勒所说是否属实的。这个男人新拍的每一张照片都可以做加强画质处理，然后就能看到背景里其他的人，"你记得那个男人长什么样吗？"

穆勒又猛烈地摇头，以至于头发再次散落在额头上。索菲亚继续旁敲侧击："他是和你一样的金发吗？还是更深一些？"

"他头发的颜色比我深很多，也有点卷。不过他总是戴着顶帽子。"

"是礼帽？还是便帽？"

穆勒看上去有些迷糊了："礼帽，就和我有一次在双子星的一场比赛中得到的那顶一样。只是他那顶礼帽不是蓝色的，而是黑色。我不知道哪个队会选黑色当代表色。"

那就是便帽了，索菲亚推测。不过考虑到那个东西的流行程度，应该不会是鸭舌帽。"那他比你高还是矮呢？"

穆勒眨眨眼睛："可能和我差不多，不过可能要壮一些。"

"你真是会观察。"索菲亚的微笑如此灿烂，以至于那男人眼睛都开始闪烁起来，"我想你是对的，安静的人看到的东西更多，不是吗？"

"我想是的。"穆勒挠挠下巴，"我是说，我是这样的。有时候……我就像是隐形人，你知道吗？但是我一直睁着眼睛。"

102

"我敢肯定你是那样的。而且我想，这就是你帮助我的方式，卡尔。"索菲亚有意让对话往私人方向发展。穆勒不想帮警察做任何事，因为他害怕他们。但是她想着，或许她能说服他来帮助她，"你有没有在电视上看过，一个画家根据一个证人的描述，画出一个人物形象来？"

"没有哦。不过我小的时候，我妈妈带我去过一次明尼苏达州博览会，一个人为我画了一个卡通形象，还让我留着。"

"我说的就是那种。"她用鼓励的语气说道，"今天在树林里的另外那个女人，你还记得那个红头发的女士吗？"

穆勒明显往椅子里面缩了下去，声音也跟着黯然了下来："她也是警察。"

"她是爱荷华州的DCI探员。"索菲亚是故意将两者区分开的。为了让他同珍娜合作，她必须让他像对待自己一样地对待珍娜，而不是把珍娜当作普通的执法人员。"她是我的朋友，我们正合力帮助照片里的那个女人。珍娜探员也是个很棒的画家，如果你能描述一下在公园见过几次的那个男人的样子，她可以为他画张像。"

他的表情变得狡猾起来："如果我帮她，警察会放我走吗？"

"我不能回答那样的问题，卡尔，我不是警察。不过就算他们不肯，我向你保证，你的律师也可以告诉法官，说你帮助过我们。此外，还要保证你能得到治疗，只要我给你一些能帮你的熟人的名字……这两个因素都会对你的下一次辩诉起到很大的帮助作用。"

男人似乎在思索她的话，要费些时间才能回答。不过最后他只是耸起肩膀："我猜可以。我是说，这对我来说又有什么损失呢？"

珍娜第一次进来，引得穆勒异常激动，以至于索菲亚只能提出留在房间里。尽管她知道这位探员平时都是同证人在没有危险的环境下单独作业，但她担心如果自己离开，这男人会完全把自己封闭起来。

她把椅子挪得离穆勒稍微近一点，那男人看上去平静下来了。当珍娜坚持一定要把房间里的摄像机关闭后，他似乎更安心了。

女探员啪嗒一声打开从卡姆的车里拿来的公文包，抽出素描本和铅笔，语气轻松地说："你画过素描吗，穆勒先生？"

那男人摇摇头："从小就没画过，我一直都不是很擅长。"

"我从小就一直在画画。凭借你的观察技巧，我相信你能帮助我，为你在公园里看到的那个正在观察那位女士的男人，画一张不错的素描。"女探员的举止，同这天早上碰到穆勒时的表现有着截然的不同。但是索菲亚知道，这男人会想起第一次碰面时的情景。她只希望，自己的在场能保证他的合作。

珍娜在叫人放松方面很有经验。她没有立刻便开始，而是花了几分钟时间，来建立起融洽关系，甚至照穆勒的要求，给他拿了一罐雪碧。

"要想完成这项工作，我需要听你描述你在公园看见的那个男人的样子，还要问你一些关于他的问题。我可能也会给你看一些我为了本案而已经在笔记本里完成的图片。"珍娜指指地板上放在她脚趾边的公文包，"听起来没问题吧？"

那男人的眼神滑向索菲亚，后者投来鼓励的微笑。

"我想没问题。"他小声说。

"你说曾在公园里看到过几次，那个陌生人在观察这位女士，你当时离他有多远？"

"我不知道。最近的时候，好像，差不多是从这里到门口的距离，我估计。"

索菲亚用目光测量了那段距离。八英尺，已经相当之近，足以给出清楚描述了，如果角度正确的话。

"跟我讲讲你记得的关于他的事。"

穆勒开始用语言描述起来，不过内容和之前对索菲亚说的有少许出入。珍娜微微仰着头倾听，目光一直未从他身上离开。

"相当好。关于他的头发，你能和我说点什么呢？"

"是棕色的，中等长度吧。不是太短，因为我能看到他便帽后露出来的头发是卷的。"

"那耳朵周围的呢？"

卡尔不得不停下来，思索了一下这个问题："没有哦，耳朵上没有头发垂下来。"

"关于他的眼睛，你能和我说点什么呢？"

"它们总是被墨镜还有报纸遮住，我从没看到过。"

"同一副墨镜吗？还是每次都不一样？"

就这样，珍娜慢慢地、煞费苦心地拽着穆勒回想起有关公园里那个陌生人的每一个微小的细节，接着她开始画了。索菲亚被这个女探员一边勾画，一边同时与穆勒交谈的方式迷住了，她每个任务似乎都永远不会受干扰的样子。她先是描画，然后将素描本推给穆勒看，并且询问更多的细节。其他一些时候，她会拿出用公文包带来的那本有关面部影像的大书。那书是分页式的，可以有无数种排列组合形式，有的聚焦下巴，有的聚焦鼻子或眼睛。然后她会问："这里面哪个最像你看到的那个人？"索菲亚惊讶地发现，那本书里竟然有一部分是关于便帽的影像。

在珍娜专业的询问下，就连穆勒最模糊不清的答案也变得精确起来。他仔细观察这位女探员近距离向他展示的一幅幅图片，然后她会改变组合形式，以便更加贴近他的描述。

即便如此，过程还是显得很漫长。索菲亚虽然觉得很有趣，但同时也意识到时间的流逝，每过去一分钟，都意味着柯特妮·范·惠顿变得更遥远了。或者有可能到这时为止，她已经抵达最终目的地了，或许她已经开始受折磨了。

因为这些想法毫无意义，于是索菲亚试着将它们都赶走。

珍娜已经忙活了超过两个小时了，最后终于说："你确定吗？现在再好好看一遍，这是你在公园里看到的那个在观察照片中女士的男人吗？"

"看上去就是他。"

"还有别的任何想要修改的地方吗？"

"没了。"穆勒喝了一口罐装雪碧，发出很大的响声，"那就是我见过的那个家伙，那就是周一那天在观察她的人。"

珍娜将素描从便签本上撕下来，轻轻推给那男人看，索菲亚也凑过来，想看得更仔细些。

画中的男人有一些讨人喜欢的特征，甚至算得上迷人。从他戴的黑嘴便帽下，能看到浓密的暗色卷发，鼻子笔挺，嘴巴看上去显得他有些敏感。如果他停下来问路，那张脸并不会引人警觉。这不是个会让人感到害怕的人。

索菲亚仔细地盯着素描，怀疑里面描绘的人，到底是不是那个强奸并折磨过其他六位妇女，然后将她们的尸体倒进爱荷华州挖开的墓穴的凶手。

以及他是不是绑架了柯特妮·范·惠顿的那个人。

他在她的公寓中自由地穿行，拿起她的东西，打量一番，然后又放下。找到索菲亚·钱宁医生的住处并不难，对他来说不难。她的安全意识比绝大多数人都高，但总有办法可想。

而且她没养狗，他真是恨死养狗的人家了。

下午三点左右的阳光斜穿过百叶窗照进来。之前在明亮的日光下，他曾碰到过几个好管闲事的邻居，但是他们所能汇报的，也只是街对面有辆打着玻璃公司商标的货车，一个穿公司制服的男人正在钱宁家小车库门上的一扇窗户里安装打碎的玻璃。卡车和之前用来绑架他最新猎物的是同一辆。现在两侧都换了不同颜色，还加了一个很吸引人的商标，以配合玻璃公司的身份，就算明尼阿波利斯的警察拿到车子的描述，这车也不会太扎眼。都是骗人的花招。人类的本性就是这样，在白天看觉得正常，到了晚上却觉得危险。

绝大部分人都是白痴。

他拿着一个工具箱，一副若无其事的样子走到车库门口。用一个楔形木块，一段金属丝，不到三分钟就打开了门。任何人看到都会以为他是在修窗户，以为他拿着开启工具。他的手法那样熟练。

先了解一个家里的布局，然后再计划行动，这一点很重要。首先是寻找武器。他没找到任何枪支，不过几间卧室还没搜。提前打探好会让他知道，她会向哪里跑，他能在哪里布陷阱捉住她，以及有机会计划逃跑路线。

他查看了那间宽敞的卧室，里面没有武器，没有男人的衣物。他在衣柜前停下，盯着地上一个大衣箱旁边的那块空地，地毯上有轮子的压痕，医生也许不在家。她也许出门了，几天都不会回来。

一想到必须要等，他的内脏和胸膛就绷紧了。他砰的一声关上大衣柜的柜门，那声响让他平静下来。他对新猎物还没感到腻味，她将使他保持愉悦，直至他找到钱宁为止。

但是那婊子会为他的等待付出代价的，她们一般都必须付出代价。

他加快速度，走到主卧室。这里也没有男人的衣物，他心里有某种东西舒展开来。有丈夫或室友的话，就意味着直接把钱宁从家里掳走会更省事，但现在他的欲望却越来越大、越来越大，似乎他能随自己高兴，任何时候都能轻而易举地溜进来吓唬她似的。或许可以趁她吃早饭的时候掳走她，或者干脆趁她睡觉时爬到她的床上去。

他躺在蕾丝床罩上，想象着将她搂在怀里，看着她被无助地压在他身下的情景。用布基胶带把她的嘴封起来，这样就没人会疑心他在对这个蠢婊子做什么了。等他完事了，可以割裂她的喉咙，割掉她的乳头，然后塞进她的阴道里。让每个人都看到，她是没有价值的。她对他的描述一文不值。

他从床上蹦起来，走到梳妆台前。他把抽屉一个接一个打开，用戴着手套的手指拂过她的物品。他可以这么做。他可以随心所欲地触摸拿走任何吸引他的物件。就和他会随心所欲地对她做任何想做的事情那样。

一个抽屉里装着内裤，他在里面翻找，拿出一条有少量蕾丝和缎带的，蒙在自己脸上，深深地嗅着，他想象着那闻起来就是她的气味，尝起来就像她的味道一般。他小心翼翼地舔着裆部。

透过百叶窗帘，他看到有个邻居在查看邮箱，于是皱皱眉头。他可能只有几个小时的时间来处置钱宁，而那还不够长。不，那点时间不足以让她知道，她的愚蠢和无用，以及她该死的让人失望之处。他将不可能慢慢花时间，用她应得的方式惩罚她。除非……

他将内裤抄进自己牛仔裤的口袋，同时仍沉浸在深沉的思考之中。既然已经有个能控制她的完美之地，那就没有必要火急火燎。在那个地方，他可以尽情利用自己的时间，让她为自己写的有关他的那些报道付出代价。

想到这里，他慢慢地咧开嘴笑了。这将改变他一贯的策略，不过那些规矩都是应该打破的。

如果说有哪个婊子需要好好看清楚自己所处的形势，那就是她了。

第7章

"好吧。"索菲逗弄般地说出这个词,"昨天我了解到一些关于你的新东西。"

"我是个一目了然的人。"卡姆小声说。他的眼睛仍旧闭着,他的呼吸并不平稳。他是怎么做到每次触摸她,在她里面活动时,力量都越来越激烈的呢?上帝保佑他。如果再激烈一些,他可能需要有轮椅才能下地了,而那样他仍会觉得自己很幸运。

"不可能。"她平静地说,"你对信息的隐瞒程度堪比金库。但是谁又能想到,一个有着火眼金晴的DCI探员竟然会怕痒痒呢?"

他蓦地睁开一只眼睛打量她:"火眼金晴?拜托,这没完没了的恭维话就有些烦人了啊。我的脚是敏感,不是怕痒。"话说完,他被掐了一把,稍稍咧了咧嘴。

"是怕痒痒。"她肯定地说,"不消一分钟,我就能让你大喊饶命。"

他两只眼睛现在都睁开了,翻起身枕在一边的胳膊上打量她,"亲爱的,我已经准备好接受你的怜悯了。我似乎还记得,几分钟之前我才刚告饶过啊。"看到她脸颊欻一下红了,他心里一片喜悦,于是便俯下身,用鼻子去蹭她脸上柔软的皮肤,"你这么容易难为情,

109

真是让人惊讶。"

"我……不习惯这种事。"

听到这种坦白，他心里某种东西平复下来："很明显，你这种天分是不需要练习的。"

她出人意料地笑了，嘴唇露出的猫一般懒洋洋的曲线引得他内脏一阵缩紧。天啦，他真是太可悲了。不过她这番回答却分散了他被重新唤醒的欲望："不，我指的是……这个。"她在两人之间比了个模糊的手势，"信手拈来的玩笑话和做爱之后的妙语连珠，这对男人们来说是很普遍的吗？还是说睡着了才更符合礼仪？"

听到那稍显学术化的语气，他立马来了兴趣。这女人身上有一种学者的派头，在她不着一缕和妆容凌乱的时候，显得愈加迷人："因为唯一和我上过床的男人就是我自己，所以我只能说对此我并不知情。"他的手抚过她身体从臀部到手腕的那段柔美曲线，然后换了个方向，"但是具体到你来说，我认为任何太过容易就得到满足的男人，都是缺乏想象力和持久力的。"当他低下头，用舌头代替手的动作时，她突然响起的笑声变成了喘息。

她的皮肤光滑如绸缎，她的身体无限迷人，卡姆用牙齿轻轻描摹着她臀部的曲线，他对她就是无法满足。她的身形，触感，味道。他不是什么刚和第一任女朋友上床的要命的毛头小子，女性的身体已不会再让他感到惊讶。

但当他的嘴移动着，探索到她胃部区域时，这个想法却成了笑话。在那绸缎般的肌肤下，能听到肌肉的私语。温柔之下是力量，这种反差也出现在她的性格中：优雅背后隐藏的是能力，美貌搭配精心打磨得铮亮的冷酷，智慧搭配最让人揪心的脆弱的微光。

他停下来，将舌尖探入她肚脐的旋涡中。在这种迷恋变成某种更多、更深刻的东西之前，他需要掌握控制权。

　　这种想法本来是应该朝他脑海中发射了一支冰冷的理性之箭的，但他的思绪却仍旧是一片让人愉悦的混乱。这时她抬起一条腿，他抓住时机去爱抚她大腿上的光滑肌肤，用嘴唇追随着手的路径。就他的经验来说，一段关系开始得越激情，燃烧殆尽的速度也就越快，结束是不可避免的。

　　但是该死的，他还没准备好，这一次就这么结束……

　　"该死，索菲，快接电话。"卡姆又留了一条短信，同时继续捶打她公寓的大门。这或许是一种无用功，因为她没有应门。

　　她可能正在去总部的路上，他看了眼手表。不过时间还很早，刚过七点，平时他至少要再过一小时才会在DCI大楼看到她。

　　那就是还在睡觉。他将手机放回口袋，用两只手撑在嘴唇上。这场景绝对让人难以承受。

　　昨天他们很晚才从伊代纳返回。珍娜凭借穆勒对他所看见的那个正观察柯特妮·范·惠顿的人的描绘，画完素描之后，他们又多待了一天。昨天他们又仔细搜查了一遍当地的公园，这一次是拿着范·惠顿的照片和那张素描。除了有几个人认出了那女人外，还有两人称记得见过素描中的男人，这至少让卡姆断定，穆勒对那家伙的描述，并非说空话蒙人。

　　但是没人看到那男人靠近范·惠顿，没人记得在那女人失踪的当天，在公园看到过他。她的两个痛苦的女儿也不记得那男人。

　　这位绑架犯做过些规划，卡姆憎恶地想。银行安保录像增强画质后显示出的货车牌照，已经被证明是窃取的。而且还很快辨识出，当那车驶过摄像头时，司机友善地招了招手。

要么就是弗雷德·弗林斯通①转向了犯罪生涯，要么就是罪犯采取了防范措施，戴了面罩。

但是他们还有一张可能是这位未明嫌疑人的男人的素描，卡姆在返回爱荷华之前没有给博林局长留素描的复印件，因为不想文件被散发给当地的新闻机构。当他把索菲亚送回家的时候，时间已近午夜，所以如果她多补了几个小时的觉，他也不会责备她。

他开始考虑社区里其他的住户，人们已经开始出门活动了，取报纸，遛宠物，出发去工作。用不了多久就会有人怀疑，他到底在索菲的前门廊上干什么。

卡姆实际上已经打算掉头离开了。他可以在通勤的路上继续呼叫她，反正她最后还是会接电话的，不是吗？

但是在她看到本地早间新闻之前，这种设想可能不会成立。

他脸上一片愁容不展。该死的玛丽亚，该死的"她工作的现实"，虽然在他离开之前，曾和玛丽亚谈过，但这位领导还是召开了一次新闻发布会，并在会上公布了索菲所做的罪犯简况描述。不仅如此，一些有胆魄的记者还找了张照片来搭配她的名字一起报道。虽然他和索菲之间存在一些专业上的差异，但他认为，关于玛丽亚所采取的这次行动，他们会有同样的观点。这些人把一个原本就没有实际指望能深入下去的调查弄得更加混乱不堪。

而他不想让索菲在浑然不觉的情况下得知消息，就像今早他打开《得梅因纪事报》时所发生的那样。他做了些在线搜寻，发现当地电视台已经以爆炸性新闻的形式，将这些消息播放了两天了。

他返身向停在车道上的汽车走去，但途中却犹豫了，因为看到索菲的车库门上有一扇狭长的彩色玻璃窗。那么就来起诉他吧，他

---

① 二十世纪六十年代美国风靡一时的动画片《摩登原始人》中的主角，故事用现代化的场景展示了原始人生活的幽默场景，后翻拍有真人电影。

记起了她的安全密码。他并不是没有试过忘记那密码，以及他们在一起的其他所有回忆。不幸的是，他对与索菲相关的所有事情的回忆依旧记得那么清楚。

去它的吧。

卡姆转过身，朝车库门走去，他按键输入密码，看看她的车在不在里面又不会有什么影响。至少那样他就知道，她是否……他缩着脑袋钻进正升起的库门，看到她那辆时髦的黑色普锐斯车规矩地停在车库的一边。

他没再多想，就朝通往公寓的那扇门走去。正如他所想的那样，那门锁着，公寓的安全防护系统还有点作用。然后他输入了那串密码。他只能冒个险，希望她对他这样做的怒火，会被对冈萨雷斯行动的担忧而压倒。

"索菲？"他将头探进公寓，发现她旅途中拿过的手提包就放在门边的桌子上，这不能说明什么。女人总是会换用不同的手提包，以搭配鞋子。这个富于女性色彩的配饰总让他觉得困惑，只是这种感觉完全被他对她仍怀有的迷恋所掩盖了。

不过他正在努力克制那种迷恋。卡姆关上门，继续往公寓里面走。但他不会像因为思念啦啦队长而精神恍惚的十七岁少年，每天有好几个钟头，他都不会想起她。

依然在困扰他的，是夜晚。

"索菲！"他又喊了一声，看到她的车钥匙也放在手提包旁边。他快速走过整个房子。那里全部只有一层。他查看了厨房，她不在。自动咖啡机的玻璃壶里是满的，台面上没看到杯子，他又多走了几步，水槽里也没有。从后窗迅速朝外看一眼，小院子和露台上也没有人。小日光室、客用浴室、办公室和次卧里都没人。从她卧室的方向传来了音乐，是她iPad上定的音乐闹铃中的一个，他记得他们还曾为这件事讨论过。他更喜欢在安静中醒来，而她……好吧，很不幸，索菲更喜欢在一个刚刚过完青春期的女歌手哭号的难听的分手歌曲中醒来。

回想起来，他唇边几乎要露出笑意来了。

到了她敞开的卧室门口，卡姆停下了脚步，他站的位置足以听见浴室里的流水声了。往里瞄一眼，床上只有少许凌乱的痕迹，枕头歪放着。他上一次来这里过夜时，床单不如现在这套柔美的蕾丝款舒适。通往相邻浴室的门也半开着，他猛地收回脑袋，以免看到那房间里的更多情况。

他小心地提高音量说道："你别生气，不过我想，只要你听了我此行的目的，你应该就会原谅我的冒失。"他努力控制住自己的目光，不要往浴室里乱瞟。他原以为至少会遭到一些气愤的反抗。他能确定，那间浴室里可以一边洗澡，一边和卧室里的人说话。他们曾经就那样激烈争论过一次，为了华夫饼相比煎饼的优势，当然，华夫饼赢了，那甚至都算不上争论。

"我给你打过电话，但是你没接。所以总而言之，出事了。"他将肩膀靠在浴室门外的墙上，目光坚定地转向卧室窗户的方向，简要地向她介绍了冈萨雷斯的做法和原因，"相信我——我在出发前，试过阻止她公布那份简况描绘。跟你说实话吧，我还以为我成功了。我不希望你被今天发表的研究你那篇报告的新闻所击倒，因为可喜的是那篇报告已经登上了各大报纸的头版头条。"

但她还是没有回应，一丝不安的感觉滑过卡姆的脊背。索菲不是那种相信冷战疗法的女人。如果他这样冒失闯入的行为触怒了她——这只是假设——那她会用礼貌的口吻让他知道，语气虽然会很平静，但却是在表示严厉批评。接着她会应对他过来分享的那条消息。

但是她一句话也没说。而且这位环保女王——正如他有一次称呼她的那样，很有环保意识——为了节约资源，她刷牙的时候甚至都会关水。

　　她绝对不会长时间淋浴。

　　那少许的不安感现已全面壮大，变成了恐惧："索菲？"他用一只脚推开卧室门，"索菲？"他往里面走了两步，停下来，发现地上有个东西。他绕着床走过去，发现是她旅途中所带的那只浅棕色旅行箱。箱子侧放着，里面的东西随意洒落出来。

　　他血管里的血液一下子凝固住了。他用六步快速跑到半开的浴室门口，用手肘推开，步入式淋浴间里显然是空的，但水还在流淌，淋浴间的门敞开着，水花在地面上汇聚成一个小小的水洼，一个毛巾架被人从墙上扯掉了一半，靠剩下的螺丝悬挂在那里。平时放在台面上的盆栽掉在地上，容器摔得粉碎。几块小地毯一片混乱，几个极小的红点散落在瓷砖地板上。

　　他胃里仿佛有只拳头握紧了。卡姆将恐惧按了下去，任由直觉控制。他缓缓走出浴室。弯腰脱掉鞋子，放在梳妆台的边上。然后迅速由原路走出房间，走到她放手提包的地方。他知道索菲没有固网电话。

　　他从手提包正面外口袋里找到她的手机，查看一下，发现她最后一通电话是三天前打出去的。这就意味着，她没有因为紧急情况联系救护车或邻居。但是通话记录中显示，凌晨十二点三十二分有一通未接来电。号码旁边的名字显示的是莉维。他按下拨打键，耐心地等待，直至一个女人接起电话。

　　"嘿，抱歉昨天这么晚还给你打电话。我的小危机已经避免了，至少短期内没事了，不过还是需要你帮点忙。"

　　让他不安的是，那声音听起来很熟悉，片刻之后他认出来了：

"你是索菲的邻居。"莉维·哈梅尔住的是左边的公寓。有一次索菲和他在车道上碰到这个女人，因为无法回避，于是便尴尬地给他们做了介绍，当时她和索菲看起来很要好的样子。这时他正往前门走去，然后打开门，到了外面的门廊上。

电话那头的声音顿住了，接着警惕地说："你是谁？"

"卡姆·普雷斯科特，我十秒钟后到你家大门口。"他挂掉电话，大步走上哈梅尔家门廊。

他明显感觉到，自己被窥视孔后的视线仔细打量了几秒钟，然后门才终于打开。那女人长满雀斑的脸上看起来充满担忧："索菲的手机怎么会在你那儿？她人呢？"

"我正想着和你谈谈，你今天早上没见过她吗？"

哈梅尔摇头："我有几天没见着她了，我想她是去哪出差了。"

"她是去过。"他小心措辞，没有透露任何他在索菲的公寓中所发现的细节，"快十二点的时候，我送她回来的。十二点三十二分你给她打电话，但她没接，你怎么知道她昨晚在家？"

"我公寓的平面布局和她的正好相反。我站在我家浴室，看到她家的灯亮了，我想她应该还没睡，就打了个电话。"

"如果她有急事什么的需要帮助，她会联系谁？"他不给对方反应时间，就急切地问道。

那女人的表情从警惕转向了担忧："我想最先会联系我，我们是朋友，还有住在街那头的凯莉·索尔伯格，我们有时会一起出去玩，不过凯莉最近去海上巡游了，所以绝对是我。什么样的急事？话说回来，你在她家里做什么？"

他没理会问题，迅速思考着。如果说从交往期间，他对索菲有一点了解的话，那就是她崇尚秩序和精确，卡姆经常取笑她是按部就班。他难以想象，她怎么会不收拾行李箱就上了床，就那样把箱

116

子扔在一边。

而且每晚睡觉前，她都会把手机放在床头柜上，从无例外。她有一次曾解释过，这么做是怕哪个顾客夜里会联系她，这在他完全可以理解，他也总是随身带着手机。

但是这次她的手机竟然没有从手提包里拿出来，衣服也都没有收拾。这就意味着，无论索菲昨晚出了什么事，时间应该都是在凌晨十二点到十二点三十分之间。

"好的，谢谢。"

他转身离开，脑海中已经在盘算下一步行动。

"不跟我说索菲亚出了什么事就想走，想都别想！"哈梅尔光脚踏上门廊，眼睛瞪得大大的，"怎么回事？不管怎么说，你是怎么进入她的公寓的？"

"嘿，是那个有个性的帅哥来了，好酷。我能看看你的警徽吗？"

这时一个男孩走到打开的门口来了，除了性别以外，他其他各个方面都像是他妈妈的缩小版。卡姆估计他大约七八岁的样子，虽然他自己对小孩子知道得并不多。男孩长着一头红发，颜色比他妈妈的稍微浅点，早上起床还没梳。他左腿从裸露的脚趾到膝盖位置都打着石膏，正拄着拐杖支撑身体。

莉维·哈梅尔脸红了："现在不行，卡特，回厨房去，想想你早餐要吃什么。"

但是男孩没动弹，他正饶有兴味地研究卡姆的裤子："他的膝盖看起来不油腻啊，我还是不明白。"

卡姆不由得低头看看裤子："你说什么？"

"卡特，"莉维的语气中透露出来的显然是尴尬，"回厨房去。现在。"

那孩子还是没动，而是皱着眉头说："但是钱宁医生那样说过，你记得吗？你当时说：'嘿，你和那个可口帅哥怎么样啦？'她说都结束了，因为他是个膝盖很油腻的法官。然后你又说：'但是他很可口啊，对吧？'钱宁医生说他确实很可口。可是你们一直没解释，什么是膝盖很油腻的法官，我刚才看了，他的膝盖不油腻啊！"

不管那孩子接下来还想说什么，他的嘴巴都被他妈妈伸手捂住了。那女人脸颊上高高挂起两面红旗子："我向你保证，他在家里拿拐杖当球棍时，我怎么喊他叫他停下，他都听不见，但是他却能听到我们在三十码距离以外讲的悄悄话。"

尽管事态紧急，但卡姆还是忍不住问道："膝盖很油腻的法官？"

女人做了个苦脸，松开捂住男孩嘴巴的手："是说判断错得离谱①，卡特不知在多少场合说过这个词。"

"啊，原来如此。"这个短语很像是索菲说话的风格，他想到这里，嘴边立刻浮出一丝不易察觉的微笑，不过下一秒就消失无踪了。急迫感在他血管中沸腾，变得越来越难以抑制，"昨天在她回家之前，你看到有什么人在家附近转悠吗？"

"没有，抱歉。卡特几天前摔断了脚上的一个生长板，我能做的所有事就是哄他开心。这周我一直在家里照看他。这让我精疲力竭，别的事都没有工夫去注意。"

那孩子向卡姆投来一个眼神，原本应该是像天使般美好的，但却悲惨地失败了，他看上去就像个邪恶小天才："你昨晚给索菲打电话是碰到了什么危机？"

她用大拇指猛地指向卡特："这个棒球强击手醒了，要喝水。我给他去拿水的时候，他决定用拐杖来扮演萨米·索萨②，把一个网球

---

① 膝盖很油腻的法官（greasy laps judgement）和判断错得离谱（egregious lapse in judgement），两个句子读音接近，卡特听错了。

② 多米尼加一位已退休的前职业棒球手。

从他卧室窗户打出去了。"

卡姆看着男孩："想扮演索萨是吧？"

"他是职业棒球联赛里的全职本垒手。"那孩子向他解释道，"索里亚诺去年只击中三十二个球，他永远都不可能打破索萨的记录。"

很不幸，但那话是真的："说得好。"卡姆将目光重新转回莉维身上，"窗户打破了，索菲能帮什么忙呢？"

"确实帮不上忙，我只是想问问这周帮她修窗户的那个穿制服的人的名字。我想着，既然他们已经来过这一片了，或许我可以报索菲亚的名字，这样不用排队就可以把他们叫过来。"

他的一切思绪都静止了："她这周有窗户坏了吗？"

"是的。不过我其实也不知道具体是哪里坏了。"她看了一眼男孩，"我儿子看见一辆玻璃公司的货车停在她家前门外。什么时候来着，卡特？"

"大前天。"他毫不犹豫地回答，"当时你在隐藏寻宝游戏的线索，我只能待在客厅里。无聊透了，所以我就往窗外瞄了一眼，想看看莱德和扎克是不是在这外面骑自行车。"

"什么样的货车？"

"深蓝色的，上面有个商标，叫窗格医生，我觉得很好笑，就告诉妈妈说，有医生来看医生了。"见卡姆对这笑话表示称赞，卡特看了看他。

寒意从卡姆脊柱升起，他听到的已经足够多了："别走开，会有人来找你们了解情况。"这一次他离开时，哈梅尔没有拦阻。在返回索菲家中时，他从口袋掏出手机，想拨打快速拨号中的一个熟悉的号码，但手指却奇怪地无法协调。

"嘿，妈，他怎么会穿着袜子就跑出来了？"

他在自己的车子边停下，用空着的那只手打开后备箱。然后伸

119

手进去，在犯罪现场工具包里翻刨，以确保自己戴上鞋套和手套。珍娜终于接电话了，他没有费心寒暄。这一刻早已顾不上什么礼貌了。

"带一个犯罪调查小组来索菲的公寓。下面是地址。"他不假思索地背了出来，"我不知道出了什么事，她不在家。"他简要地解释了自己的发现，但没有说自己过来的理由。

"告诉他们抓紧时间。"那话语在他喉咙里团成一个坚硬的球，他费了一番力气才说出来，"我想她被人绑走了。"

"让他们务必把我的指纹和索菲的一起，作为对照样本。"卡姆蹲在刑事专家奥布里·哈特利身旁，后者正在厨房门口，卷起那里的瓷砖地板上铺着的一块静电粉尘印痕提取垫，她金色的头发在脑后梳成一个短粗的发辫，身穿的泰威克合成纤维防护工作服也不能完全遮掩她怀孕的肚子。

她一只眉头皱了皱，但动作并未减慢："你是说你不小心在这里留下了指纹和鞋印？"

"我没料到会碰到犯罪现场。"

他黯然的语气中一定有什么东西提醒了她，因为她停下来看着他："我刚只是在故意找你麻烦而已，别放在心上。我已经提取过你的鞋印了，正是为了排除它们。你四处查看的时候，都碰了些什么？"

"今天吗？车库内外的安全系统控制面板。"

而她听到这句话眉头扬得更高。"从车库进房子的那扇门的把手，"这时他停了下来，试着回想，"主卧室房门左边的门框。不过之前索菲在家时，我也来过这儿。"

奥布里面无表情地听着他的话。他之前曾来这里做过客，在整个屋子里自由活动。他们会发现他的指纹在橱柜上、在各扇门上、在浴室里。想到浴室他差点发起抖来，他和索菲有一次还在浴室里做过爱，而她很有可能就是从那里被绑走的。

"别担心，卡姆，我们会从这上面把那些都去掉的。"

他看到玛丽亚从前门走了进来，鞋套和手套全副武装。卡姆向奥布里点点头，然后站起身穿过房间去与她碰头。她扫了一遍公寓里正在进行的搜查，微微皱着眉头：珍娜缩在餐厅的一个角落，手机压在耳朵上，另一位刑事专家正在给车库入口的门把手洒上粉尘，还有一位刑事专家正在挑选合适的光源，以便用来检验浴室里的血液样本。

"我希望你这不算是未听到信号枪就抢跑。"冈萨雷斯用一只手叫停了他可能做出的所有抗议，"你给我打电话时解释了细节问题，不过，就像我当时所说的，索菲亚不在家可能有各种解释。我希望你在调派这些资源之前，调查过所有的情况。"

"和我算经济账？我们就为这个在这里锱铢必较，玛丽亚？"

玛丽亚表情阴郁："别用那样的语气和我说话，普雷斯科特，这里发生了什么，具体细节还未弄清楚前，别那么和我说话。她可能是自己跌倒受了伤，叫了救护车。"

"但是她的手机上已经三天都没有电话拨出去了。"

玛丽亚却像没听到一般，继续说："或者她也可能是去了哪个邻居家，搭顺风车去了急诊室。"

"她朋友就住在隔壁，根本没有她任何消息。我们已经打电话问过该地区的医院，她没有就医。珍娜正在调查急诊诊所，但是它们多数都直到八点才会开门，而我七点就来了这里。汤米正在四周排查路人，但到目前为止，附近还没有一个人报告有任何差池。"

玛丽亚眯着眼睛："你把弗兰克斯也牵扯进这个案子了？"

"我一直想保密来着，"卡姆厉声说，接着他停下话头，努力地想在再次开口前将怒火压下去，"我无意让任何不必要的人惊慌。这里的厨房门未加密，其余所有门用的都是同一套安保系统，但如果是在里面，不用解除系统也能打开。"

"感觉像是，她是自愿走出去的。"

卡姆好似没听见她的发言一般，继续说道："隔壁的孩子说，两天前曾见到一个打着窗户维修公司商标的卡车停在这里，我之前一直在浏览本地区所有这种公司的名称。"

听到手机响了，卡姆迅速把它从口袋里掏出来，看看屏幕，是康纳利，那个正和法医搭档的法医人类学家。"你看一下卧室和浴室，然后再告诉我，那样的场面，你觉得索菲是不是自愿走出去的。"他很快地说。不等冈萨雷斯回答，他就转过身接起电话："我是普雷斯科特。"

"嘿，卡姆，我们这里有了一个突破。"

"不是突破——是一个可能发生的猜想。"他能听到贝纳利在背景音中纠错。

"但可能性很高，概率因素在百分之九十。对我这个从加利福尼亚来的孩子来说，已经够好了。"

"也许你和露西可以私下里就这个争论一下。"但是在当下这个形势中，卡姆全无耐心，"你们发现什么了？"

"本周早些时候，实验室联系我们了，说了每位受害者被埋葬地方周围土壤里的化学分解情况。我现在可以相当确信地告诉你，她们哪一位入土时间最长。更棒的是，我甚至能相当准确地告诉你，这些受害者被埋葬的先后顺序。我们根据墓穴中原本死者被埋葬的时间，做出了非常接近的时间推算，不过有一些受害者的顺序连不上。"

卡姆松了口气。如果是昨天，他听到这个消息可能都还会欣喜若狂。但现在，这事在他的优先层级列表上降到了最低位："是个突破，干得好。"

"你这反应不是我期待的那种无以复加的兴奋啊，倒像是个跳了跳脚的怨妇。"

他听到贝纳利在一边回答说："我告诉过你，别再那么叫我。"

卡姆看到玛丽亚出了卧室。以往的个人经验告诉他，这女人很擅长摆扑克脸。但他也能读懂，她的表情中泄露出的讯息，她张开的鼻孔背叛了她精心伪装出的冷淡表情。

他体内的神经在剧烈抖动，在那一瞬间，他突然意识到，他倒是宁愿她对自己的推测继续持反对态度。他辨别出，这位特派探员指挥官最终确信了，那一刻，就算是一线希望之光也好于彻底的黑暗。

耳畔的声音提醒他，手机还处于接通状态："加文，你和露西最近有没有和钱宁医生联系过？"

那男人沉默了片刻："你说索菲亚？从上次你们一起来停尸房后，我还没联系过她。露西我就不知道了。"卡姆听见他问了法医，但得到的是否定答案。

冈萨雷斯猛地摇摇头，示意他过去谈谈："好的，我晚点再联系她。听着，弄清埋葬顺序的事，干得漂亮。我这里有事正在忙，随时联系。"他挂了电话，大步穿过房间，朝冈萨雷斯走去。指挥官没说话，往旁边让了让，示意他进浴室。

技术员赛斯·迪亚兹正在里面工作，四处摆放着塑料证据标签，地上、淋浴器旁，以及墙上还贴着几个便利贴。卡姆知道，这意味着，这些区域已经喷过发光氨①，现在它们是亮的，证明有血红蛋

① 一种用来在犯罪现场检测肉眼无法观察到的血液的有机化合物，可以显现出极微量的血迹形态。

123

白的存在。

"马桶后面。"玛丽亚的声音很轻。

卡姆伸长脖子，他能看到冈萨雷斯说的黄色塑料证据标签，但不明白其意思："那是什么？"

赛斯抬起头："只是为了标出来给特派探员冈萨雷斯看的。等我给这里拍完照，再展示给你看。是一个注射器，在一块小毯子下面找到了塑料针头盖。但还没检查过医药箱和冰箱。钱宁可能被诊断有什么症状，需要药物注射。"

"她没有。"卡姆能听出自己声音中的绝望，他知道冈萨雷斯也能听出，但他已不再在乎她会作何反应。

她用一只手握住他的胳膊："我去发布警戒令。"

他点点头，冈萨雷斯走开了。警戒公告会提醒周边的执法机构，注意索菲的动向，但是他心里知道，那无济于事。

她可能是被某个人绑走了，卡姆无法忽视那个可能性。考虑到她作为法医侧写员的能力，她可能同时在为好几个案子做咨询。卡姆不知道，她还在为其他别的什么地方，或什么人工作。攻击她的甚至可能是她过去面访过的某个人。

但是他已经学会相信自己的直觉，而它们在说，绑架索菲的，就是那个绑架、强奸和谋杀了至少六名女性的疯子！而且那个人很有可能在三天前，从伊代纳绑走了另一名女性。

这个变态可能只是因为对这女人积蓄了满腔怒火，这女人写了一份他的简况，而那文件现在已经登遍了所有的媒体。

第8章

愉悦的旋涡依旧在索菲亚的体内旋转，感官的池塘中泛起无边的涟漪。她的心仍然像只快乐的小母马，又蹦又跳。卡姆的体重虽然很沉，但让人感觉太过舒服，她一时不想将他推开。

索菲亚并非没有经验，但多年来她一直很挑剔。过去和她上过床的男人里，没有哪一个能像卡姆这样，引发她这样激烈的回应。想到这里，她感到一丝惊慌，与刚刚得到满足的欲望掺杂在一起。当然了，她过去所交往过的男人，除了性别以外，与卡姆·普雷斯科特都并没有太多相似之处。而除了职业上的交集之外，这话也可以用来形容卡姆和她。

在进入研究生学院之前，她的生活一直沿着一条可以预见的，或者说是显得有些无趣的模式发展。童年时代均是由大人安排好的，同大学其他教授家的孩子们的玩耍、约会所构成。长笛、钢琴和法语，这些课程她都很擅长。因为有个全能的小伙伴要求开展体育活动，所以玩耍内容中也有高尔夫、足球和网球，这些她一个都玩不好。

卡姆长长地吸一口气，发出很响的声音，她用指尖轻柔地沿着他的脊椎一路滑动，看到他汗湿的肌肉在她的触摸下震颤的样子，她感到开心。她的青春期是在女校度过的，生活中都是科学俱乐部、合唱团、乐队，以及同精心挑选出来的适合的年轻男生约会，有些还是她童年时代的玩伴。

一切都控制得井井有条，计划得完善周密，以至于她好像是在一个玻璃瓶中长大的那般。如果说她曾因牢牢定好的生活界限而苦恼过的话，那她至少没有彻底地叛逆过。索菲亚一直被教养得太好，所以并不会有那样的行为。

最终路易斯·弗莱恩砸碎了那个玻璃瓶，带她进入了一个父母永远都不会为她选择的世界，她有生以来第一次，离开了父母为她选择的道路。不止于此，她还找到了一个既富于挑战性，又让她感到满足的职业，这是她曾经做过的唯一一个完全属于她自己的选择。

从此以后，她便一直为那个分歧付出代价。首先是父母从未完全放弃抗议，之后是婚姻的解体，这些都是她的决定所带来的沉重代价。那或许都是值得的，但她毫无疑问学会了，选择都是要付出代价的。所以，还是掌握控制权……更为容易……更为明智，冲动之下做出的决定会带来深远的影响。她更倾向于确保，即便是豁出去了做出的决策，最后决不能搬起石头砸了自己的脚。

那么，这样就更难解释，她为什么会邀请卡姆·普雷斯科特进入她的生活。

她把能说的都告诉了卡姆，他重重地从她身上翻下来："抱歉。"他给两人一起重新调整好位置，这样两人都是侧躺着，面朝向彼此。他像是要占有她一般，将一只胳膊环在她腰上，然后将脸埋在她头发里，"你应该弄台起重机，你还活着吗？"

"我不是太肯定，起重机该怎么用，如果真的被你压得喘不过气了，我就会动用挠你这个秘密武器。"

她能听出他声音里有笑意："聪明的女人不会泄露她武器库里储存的全部武器。"

"聪明的女人不会让自己陷入需要动用武器库的境地。"那么为什么她一直到了这时，都还在东拼西凑四处散落的防御网？与他在一起，她感到自己完全不堪一击。除了那些显而易见的方面之外，她对这男人的了解，还填不满一个顶针。

　　他性感但难懂，虽冷酷，但又能看到同情心的闪光，沉默却又有敏锐的直觉。虽然无论是从象征意义来说，还是从字面意思来说，她都尊重那些"此地禁止入内"的标语，但突然之间，他的沉默让她感到烦恼。

　　"你父母还在世吗？"她突然问道。

　　"怎么了？"

　　"我想你应该有父母吧。"

　　"我的出身很正常。"他一只手开始沿着她腰肢的曲线和凹陷，慵懒地上下轻抚，"我妈妈还在世。虽然以前一定也还有个爸爸，但他在我还未出生前就离开了。接下来就是不同的男人。"他的声音毫无起伏，"有的好，有的坏，但是每次只要他们一说服我妈妈搬去同住，大多数人的魅力就烟消云散了。我妈绝对是看任何人都只看优点，可我却在很小的时候就知道了，有些人没有优点。他们有的只是些性格特点，由此才同彻头彻尾的浑蛋拉开那么一点点的距离。"

　　想到他小的时候，就有各种陌生男人从旋转门之类的地方出入于他的生活，她的心里突然抽动了一下。她有一些客户也出身于类似的环境。她深深地懂得小孩子生活在那种环境下会面临怎样的危险："那她嫁给他们其中的谁了吗？"

　　"她现在结婚了，当时没有。"他开始用一只脚爱抚她，"我十岁的时候，当上了报童。接着又找到另一份工作。一个男人给了我一个活儿，我要骑着自行车去帮他的杂货铺送些小的订单。等我存够两百美元的时候，我觉得那真是好大一笔财富。我把钱交给了我妈，她当时眼睛还因为最近一次'跌倒'而乌青未消。我把钱丢在她膝盖上，告诉她以后不再需要男人来照顾了，我已经够大了，可以当这个家的顶梁柱了。"

"哦，卡姆。"她的心几乎要融化开了，她能想象出他那时的样子，是与他年纪不相称的坚决和严肃。这双金棕色的眼睛，即便是在当时也一定让人看了受不了。她不用他说也知道，那个男孩的影子，至今还有多少存在于他的身体里。

"我妈是个爱哭鬼。"他的声音里有一种纵容的语气，"开心、悲伤、疲惫、骄傲……都会让她哭泣。所以，那次她当然也哭了。接着她搂住我，然后打包了行李，从那以后就只有我们两个人一起生活。她干过很多薪水很低的工作，我也会帮她忙，两个人一起勉强度日。大概是在六年前，她嫁给了拉里，他们约会的时间至少也有那么长。他是个好男人，不是浑蛋。"

就这样轻松地，这样简单地，她的惊慌再次平复下来。只是如此微小的一件事，却极大地展示了他过去生活的片段。而对于这个男人来说，他分享的每一件小事珍贵程度都不啻于金块。

索菲亚轻轻叹了口气，伸出一只胳膊环住他的脖子："卡姆，我该拿你怎么办呢？"

他用手掌托起她的下巴，凑拢来轻轻吻了她一下。他的声音听起来有一丝邪恶："我倒是有一些建议。"

索菲亚费了一番力气睁开眼睛，她挣扎着从一片无意识的海洋中浮出水面，她四肢沉重，嘴里感觉像是灌满了沙子。脑壳底下像是有个电钻在钻孔，轰鸣声同太阳穴上的击鼓声回荡在一起。她意识模糊，一定是宿醉引发了这所有的症状。可是她昨晚根本没有喝酒，不是吗？

维持原状躺了几分钟后，她开始意识到体内有一种不祥的预感在幽幽闪光。她躺的床垫很软，太软了，不是她准备搬进这套公寓时所选择的那副硬实的床垫，她一定是在卡姆的床上。

想到这里，她的恐惧感开始慢慢舒展，迷惑中溢出了一丝喜悦。之前在卡姆的床上醒来时，她还从未头痛过。与他一夜缠绵过后，她总会四肢无力，意识茫然。那男人有一双最让人惊讶的手，还有嘴巴。她的手掌又渴望探索他结实的身体了，去定位每一个筋腱和肌肉与骨头相交的迷人部位。

有什么毛茸茸的东西从她一只脚上掠过，吓得她完全清醒过来。她强忍住没尖叫出声，在床垫上坐起身来，笨拙地想要踢打刚才惊扰了她的东西。

这一动作更加重了脑袋里的重击声。索菲亚一只手撑在身旁的床垫上，等待着那股晕眩结束。

"现在就开始抱怨你的住处了？真是典型的女人做派，永远不知满足。"

有什么东西不对劲，那声音听起来不像是卡姆。调子更高，那股子尖锐也是她之前从未听到过的。不祥的预感加倍，转化为战栗。索菲亚强迫自己睁开眼睛，一束明亮的聚光灯钻入她的眼中，她伸出一只手来抵挡，光源旁边那朦胧的影子似乎一分为二，摇晃着又重新合为一体。

那人不是卡姆，而是个陌生人，这一发现如冰水般兜头浇下。而且她根本不是在卧室里。她猛然摇头，想摆脱自己身处监狱的感觉，但那动作却引得她一阵恶心。

"我在哪？你又是谁？"

"我是谁？"那陌生人身形巨大，至少看起来如此。他被包裹在阴影之中，或许有五英尺十英寸高，但身材却是精心练过的举重者的样子，胸膛、手臂和大腿上的肌肉都不自然地凸出来，就连脖子也很粗，使得他的光头看上去像是直接坐在那宽阔的肩膀上一般。

她这会儿的反应很迟钝，似乎过了一段时间才发现，那陌生人完全没穿衣服。

而且她自己也是。

这一发现让索菲亚蜷起了膝盖，她用双臂将它们环抱住，好似在装配盔甲。她坐的充气床垫就放在一块破碎崩裂的地面上。牢室的一面墙是石头砌的，边缘有木条。而陌生人站立窥视的正前方装着金属栏杆，其粗度她两只手都不足以完全合抱。这是什么地方？

记忆追随着这问题的脚步迅速移动。那男人根本不是陌生人！昨晚她在洗澡时，他闯进了她的浴室。

这一画面似乎打开了水闸，记忆奔流如注。她当时发现浴室里有闯入者，之后不过几秒钟时间，那人就打开淋浴间的门，又是踢又是打的，将她从那贴着瓷砖的小隔间里拖了出去。那人用一条肌肉发达的胳膊将她按在他的胸膛上，另一只空着的手则捂着她的嘴。化妆镜中反射出的这一幕的影子，似乎是来自于某个恐怖节目，无助的受害人正在苦苦抗争着蒙面闯入者。

但是挣扎之间，那人有一刻拉起了面罩。她得以迅速一瞥那男人的面容，那人此刻正怒视着她，眼里是赤裸裸的恶意。

那一眼就像是窥见了地狱。

"现在就没那么趾高气扬了，是吧？"那男人脸上裂出一个微笑，让她不寒而栗，"大部分的婊子，都没碰到个能让她们认识到自己在这世界上的位置的人。好了，我会把你放到你应有的位置上的。你和我还有账要算。"

"怎么可能？我甚至都不认识你。"索菲亚被自己设法表现出的镇定语气吓到了，其实她心里早已吓得想退缩了，"或许有什么弄错了。"

"哦，是有错误，一个大错，而且是你铸成的，婊子。还是说我应该叫你婊子医生？"那陌生人这时似乎玩得很开心，一只脚抬起来放在最低一层的金属栏上，两手则环抱住另一根栏杆，"两天前我在各种新闻上看到你的谎言，然后就从网上找到你。虽然你的名字后面有一大串头衔，但这并不意味着你就是专家，能对你根本不认识的人大放厥词。"

"你是在生我的气，"她语气平静地说，想让他的发言显出荒谬，"你为什么不说一说，我做了什么事让你失望了呢？"

"因为——"他体内喷涌而出的愤怒显得那样突然，那样暴烈，即便他们之间隔着一扇锁闭的门和一段距离，她还是吓得往后退去。他用一根手指指向她，"你就站在那里信口开河。所有的女人或早或晚都会叫人失望，这就不用说了。但是你……你他妈的到底算老几，竟然那样说我？能力不足？替代性攻击？你还撒谎，说我小时候被操坏了屁眼。你要为此付出代价，你会恳求我结束你的性命。"他将脸抵在栏杆上，脸色通红，胸膛起伏不定。

她体内每一个器官都僵住了，这一定是在做噩梦。索菲亚紧紧闭上眼睛，想将这一幕赶走，但是当她重新睁眼的时候，他还在那里。

他刚才所说的，是她对卡姆这个案子中罪犯的简况侧写。但是那些怎么会登上新闻的？什么时候发生的？她还是无法理解。

"而且你会死，好吧。不过得按我说的来，而不是听你的，在此之前我要先折磨你。"他说那话的时候似乎已经沉醉其中，仿佛那话语让他感到平静，"你甚至想象不出，我有多少种能折磨你的方法，接着我会从头到尾再来一遍。你名字后面的那些头衔对我来说屁都不是，我会把你当成肮脏的妓女来用，等我腻味了，你就死定了。然后整个世界都会知道，你一文不值，什么都不是。"

"曾经有女人让你有那样的感觉吗？"她赌博般地猜测，"所以她们才必须付出代价吗？"

"你想知道，是什么让我这样的男人有这种举动吗？"他的怒火迅速平息下来，一如它的出现。他几像是被逗乐了，"好吧，那我就来教育教育你，我会把你教育得很好，然后你剩下的最后一个问题就是，你什么时候能去赴死。"

他推开门走出去，合页转动哗啦作响："你先好好想想吧，等我回来找你。"

他大步走出了她的视线。她似乎无法动弹，而这种无法动弹并不是因为他给她注射了某种药物。是恐惧让她四肢像铅一般重。她的思维定住了，但是有两个想法却足够清晰，其中一个是他们之前一直在煞费苦心寻找的男人找到她了。

而他看上去和珍娜画出的那幅法医素描完全不同。

卡姆走进简报室时，迎接他的依旧是往常总会有的嗡嗡的谈话声。不过当他进门的时候，那声音却突然停止了，好似有人轻轻按下了开关。

他看到汤米·弗兰克斯也在，于是打手势示意他和自己一起到前面去。卡姆离开期间，那位年长的探员一直在代替他主持简报会，卡姆不是那种自己一回来就会把别人推到一边的人，他们的行当中，没有争名夺利这一说。

弗兰克斯走到身边后，卡姆便开始发言了："正如你们大家已知的那样，过去的几天中，本案已取得重大进展。我们先说最紧要的。"他朝珍娜的方向点点头，后者打开了幻灯片演示文稿，会议室前方屏幕上，出现了一张拍摄的很专业的索菲的照片。

如果说会议室里之前的气氛是安静的话，那么现在则可说是死寂："在昨晚十一点五十八分至今天十二点三十二分之间的某个时刻，我们认为索菲亚·钱宁医生被人强行带出了家门。闯入者设法从她锁闭的车库中钻了进去，然后从阁楼的窄小空间进入屋内。今天九点三十分我们已经发布了警戒令，得梅因警察局正在配备一条热线，用于处理该警戒所带来的信息。到目前为止，还没有任何情报能提供有关她下落的线索。"

他扫视一眼会议室中面目严肃的与会者："你们已经听说了，伊代纳发现了另一位可能受害人。在我们前往那里，同负责该案的警察局长合作期间，钱宁医生为我们指出了一位潜在的目击证人。在那人的帮助下，特纳探员画出了一幅与本案相关的一名男子的法医素描。我们目前正在使用FaceVACS的面像识别系统，将那幅素描同面部照片数据库进行比对。"

试着平心静气地探讨各个事件，这种做法起到了帮助作用。要想有条有理地抵达某个地方，就不能被感情所蒙蔽。但是卡姆知道，这些要求远超他能力所及的范围。不过从同事们的表情来看，他并不是唯一一个有这种感觉的人。

"在钱宁住所东侧的公寓中，我们找到一个七岁大的男孩，他说两天前的下午在钱宁家门前看到一辆车。"听到这个线索后，珍娜调出下一张照片，那是她同卡特合力绘制的一系列素描中的第一幅。"是一辆中等大小的无侧窗厢式货车。因为男孩说没有锈迹，所以使用时间应该不到十年。除了颜色之外，这辆车和范·惠顿被绑走时，伊代纳那家银行安保视频中出现的那一辆完全一样。这辆车在侧面有商标，可能是喷漆描绘的，也可能是磁铁吸附上去的。"

下一张幻灯片上展示的是那条曾让卡特觉得非常好笑的商标和宣传语：

窗格医生
能满足您窗户的一切需求
无痛修复您的家园、汽车、建筑物和器材

宣传语旁边是一个四格窗户的卡通图案，长着棍子一般的手脚，脖子上还挂着一个听诊器。卡姆并不感到惊讶，男孩没能给出汽车的更多信息，因为他毕竟还是个孩子。但是他已经提供了详细的商标和图案，而这些可能已经足够。

"街对面的一个邻居也记得，有一辆深颜色的货车停在那个位置，不过她没能提供车子或者司机的更多信息。钱宁医生的住所是那条街上的倒数第二家，带一个小后院，各面都与相邻的院子交界。"

珍娜轻轻敲了一下，调出索菲公寓后部的示意图。"我们发现她公寓的后门没有安保系统的保护，而其他出口仍然处于系统保护之下。所以那人可能是从后门把她带走的。她的院子和东侧邻居之间没有栏杆，与西侧院子之间只有一道六英尺高的木头栅栏间隔。"他按顺序指出每处地方，"她正后方公寓的院子围的是一座黑色铁丝网围栏，这样就为他的逃窜留出了两条路。"他用一支激光指示棒指出铁丝网围栏周围的每一条路。

"我们认为在她被绑架之前，曾被注射过某种东西，注射的目的可能是为了让她无法动弹，好将她搬出去。可能是用从她床上扒下的被子将她包了起来。这样他的最短逃离路径就是这条。"他画出一条从索菲后院尽头通往西侧的路径。

"房子外面的这个角落，街对面是一个带客用停车位的死胡同。我们的调查证明，那里没有任何居民注意到昨晚那片区域有深色货车停靠。当然我们目前仍安排有一组动态多相位检测技术（DMPD）探员在那片区域排查，向居民出示明尼苏达州那个男人以及货车的素描图，也许会碰上运气。一个调查小组已经完成了钱宁医生公寓的搜查，目前正专注于寻找绑架犯走出屋子后最有可能走的路径。"

卡姆朝汤米转过身："弗兰克斯探员一直在追索窗户公司的那条线索。"他让到一边，让汤米接管话筒。

"窗格医生这个公司是真实存在的，总部设在得梅因，在沃基、安克尼以及厄班代尔都设有分部。"弗兰克斯说道。珍娜翻到一张幻灯片，上面并排展示出商标素描和真实的公司商标。"男孩给出的描述与实际的商标非常接近。但是该公司用的货车是黄色的，而非蓝色，而且公司所有人没有发现钱宁医生家拨打服务电话的记录，他们也没有过去曾为她提供过服务的记录。我们目前正在查看他们过去和当下的雇员名单，同时也在交叉查询这些人的犯罪历史。此外，我们也在调查他们全部四座分部的所有物业。"

该公司的调查是卡姆亲自进行的。他们成立已有十五年历史，而且他没发现有针对他们的严重公众投诉。但这并不能说明公司内就没有行为异常的员工。也有可能是公司以外的某个人能出入他们的物业。

他抑制住心里泄露出的恐惧和不耐烦。感情用事可能会让知觉变得麻木，遮蔽他的眼睛让他看不清事实。他将需要他所能召唤的每一分逻辑，来抓捕这个混蛋，赶在索菲被……

……强奸之前……

……杀害之前……

他完全靠着理性的力量，将内心那可能将他拖入无用的愤怒深渊的声音推到一边。现在能帮助索菲的最好方式就是，尽可能地保持客观。

这是他所面对过的最难以完成的任务。

"你怎么能确定，钱宁医生的绑架案和你正在调查的案子有关？"提问的是斯托里县的杜蒙特治安官，他坐在塞满人的会议室的后面，两边分别是来自布恩县的治安官贝克特·麦克斯维尔和帕特·格罗根。

卡姆上前一步，解答这个问题："我们不能确定。"他直截了当地回答，"不过这是一个合理的推测。我们认为此案是她目前参与的唯一一个法医案件。"他朝坐在前面的一名DCI探员点点头，"搜查令发下来后，洛林探员用了下午一大半时间，来检查她的电脑和办公室里的文件夹。目前我们正在等待一纸搜查令，以便搜查她市区的办公室。洛林将持续关注钱宁医生过去曾提供过咨询的案件，调查她帮助处理过的罪犯。"

"那可是有一大堆人渣要查了。"贝克特·麦克斯维尔插嘴道，会议室里响起一阵低声赞同。

"确实如此。我们将把他们同尸体调查案中正在搜寻的同类型罪犯作对照检索，伊代纳公园那人的素描将提交进数据库。与此同时，我们也将聚焦窗格医生这条线索。如果钱宁的失踪被定义为当务之急……"他看到坐在后部的冈萨雷斯的视线，后者轻轻点点头，"更正一点，因为该事件已被定义为当务之急，我希望能在几天内拿到实验室痕迹证据的反馈。"

他拒绝考虑，索菲亚可能维持健康的时间期限。

"贝克特，对加里·普莱斯住所的监视有什么值得汇报的消息吗？"

麦克斯维尔站起身，愁眉苦脸地摇摇头："我倒是希望有情报可以分享。那里有一些车辆进进出出，可能与他所宣称的修车生意有关，没有看到货车。不过我们只能抽人轮流去监视。有一位副官一连八小时地待在那里，昼夜交替，还有一位治安官下班后会去几个小时。"杜蒙特也轻声回应："我完成了我们县罪犯名录的交叉核对，报告应该已经交到你办公桌上了。没发现什么情况，不过排除法是办案过程的一部分。本县已经推迟了两起司法紧急案件，以对杰里·普莱斯的武器持有控诉提起审判。"他说完坐下，卡姆冲他点点头，以示感谢。

"在此期间，我们也初步识别了另一位受害者的身份，是来自苏福尔斯的艾丽莎·温特沃什。"他身后屏幕上闪出一张照片,是受害人在开心时所拍下的,"随着范·惠顿失踪案的消息传遍全国,艾丽莎案子的探员联系上我们。他认出了珍娜为温特沃什所绘的素描。"那个电话,卡姆是在索菲公寓的那天下午接到的,"之前我们在追踪ViCAP数据库中类似案件时,他去度假了,不过他保证会在一周内给我们受害者的DNA样本件。"

他停了一下,等待珍娜翻到显示地图的那张幻灯片,图上用标有数字的小红旗标记出了每处公墓的地址,"我们现已能够确定尸体埋葬的顺序,这样就缩短了原本墓穴下葬的时间同抛尸时间之间的间隔。在简报会报告中,你们会找到一份嫌疑犯素描副本,此图是特纳探员在伊代纳一名目击者的帮助下完成的,此外还有一张照片,内容是柯特妮·范·惠顿绑架案中用过的货车。"相同的复印件还将发送到全州,以及邻近地区的执法部门。

"没有确凿的证据表明范·惠顿的失踪案与我们正调查的案子相关,但是与她失踪相关的细节却指向了这样的结果。比彻姆和罗宾斯探员将领导已辨明身份的受害人同范·惠顿的监控视频的比对工作。塞缪尔斯和帕特里克一直在排查每座乡村墓地周边,询问是否有居民看到过什么可疑情况。"

他看一眼珍娜的方向:"特纳探员已经收集了一份总表,列出了每座乡村墓地的看门人和志愿者名单,并对他们的犯罪历史,以及同任何一位已辨明身份的受害人之间的关系做了交叉核查。我正在调取从明尼苏达州边境南下的公路的交通监控视频,以确定是否能发现绑架范·惠顿的那辆货车。"

"我们有多长时间来调查,卡姆?"

他震惊地瞥一眼布罗迪·罗宾斯,本案中最年轻的探员。布罗迪是卡姆去明尼阿波利斯出差期间,冈萨雷斯给案子增加的额外探员之一。这人看上去似乎已经在后悔自己的问题了。但是既然已经吸引了案件领导的注意，他只能继续说："我的意思是，我已经读过案子的档案，但是没能记住。钱宁医生——如果她是被这位未明嫌疑人绑架了——我们还有多少时间……"

他提问的声音逐渐减弱，但是意思却已足够清晰。

"现在我们已经辨识出几名受害者的身份信息了，还有她们的近似死亡时间，已经可以确定，罪犯每次把她们每个人都关押了好几周。基于我们目前已了解的情况，时间在三到五周之间。"

卡姆试着把话说得鼓舞人心，但是脑海中浮现出的索菲被那个性虐待狂控制几周的画面，却完全没有任何鼓舞人心之处，"显而易见，在范·惠顿和钱宁这类案子中，时间就是关键。"

冈萨雷斯站起身，朝出口走去。打开门后，她的视线与卡姆交汇，接着稍稍动了动头示意，然后离开了。

卡姆将任务书推给弗兰克斯："你们的任务书将由弗兰克斯探员分发。到明天同一时间举行简报会之前，每隔两个小时，各小组都要向我汇报一次进展。只需用邮件简要汇报进展即可。如果事情紧急，给我打电话。"

他大步走出会议室，穿过大厅，心里已经在为与玛丽亚接下来的会面担忧了。除非她有消息告诉他，不然与这女人一对一会面并无意义，而且还可能点燃怨恨的炸药桶。自从他得知这女人在他们上次见面刚结束，就将那份罪犯简况透露给公众之后，那怨恨便一直在他体内蓄积。

因为无法相信自己能控制那即将达到沸腾状态的怒火，卡姆便利用这段路程，试着将脾气抑制住，隐藏起来。一直等到他觉得怒火已经牢牢控制住，他才匆匆敲了敲玛丽亚办公室的门，然后推开。

"库珀法官联系了我，表达了他对钱宁市区办公室搜查令覆盖范围的关切。"她开门见山地说。她坐在办公桌背后的椅子上，抬头看着他，然后不耐烦地打手势让他坐下。"因为要为病人信息保密，所以法官不希望打开钱宁的客户档案，除非我们能出示证据，确认某位顾客与她的失踪案有关联。"

"该死的，布伦南法官已经退休了。"卡姆咬着牙沮丧地说道，"库珀这家伙打起交道来很讨人厌，不过我知道布特勒法官在度假。但既然钱宁现在有性命之忧，我想这种紧迫情况已经够有说服力的了。"

"库珀是新人，他目前还处于过度谨慎的阶段。"

这番话让卡姆在心里思考着，下次需要搜查令，他会把这位法官放在名单的最低位。他想了一会儿。"接管索菲诊所的那位心理学家叫什么？"片刻之后他想起来了，"雷德洛。我们今天在索菲的文件夹里找到了信息。告诉那位法官，我们不反对雷德洛参与调查。涉及病人档案的地方，我们可以请这位心理学家代为阅读，然后只透露那些与我们提出的有暴力倾向的病人相关的信息。"

"你能接受这样的做法？"

"不能，这太荒谬。但是我想最迟要在明天进入她的办公室。"这项调查并没有那么急迫。他怀疑索菲把私人法医咨询业务的复印件都保存在市区的办公室了，但他想彻底搜查。比起索菲曾提供过咨询的人，那些她曾做过简况侧写的之前的罪犯对她的威胁更大，而且他们已经在她家的电脑里找到了那些人的档案。

"那好。根据新的搜查范围和界限，重新写一份要求书。"冈萨雷斯干练地看了他一眼。

他没有落座。他对那个眼神感到很不安，但是如果屈从于体内涌动的能量，在她的办公室里来回踱步，那样可能会泄露太多。所以他只靠在她为访客准备的不舒服的木椅子中的一张上，手指紧紧地握住椅子。

"你还好吗？"

他想自己探测出了她语气中那股最明显的同情色彩。这让他汗毛倒竖，一如指甲刮在黑板上那般让人感觉刺心。"还好，玛丽亚。你呢？"

她深色的眼睛眯缝起来。卡姆这才第一次发现那眼睛下面的皱纹。但他无法为此多做一分的思考。

"别给我来这样的腔调，卡姆，我了解你，我们一起共事过多年。我听说今天你在钱宁的公寓提供了自己的指纹，以供排除之用。"

"我是最早抵达现场的。"

"刑事专家说，你告诉她，你私下里也曾去过那里。"她的目光定在他身上，似乎想要读懂他的思绪，"你什么时候私下里也和索菲亚·钱宁有交集了？"

他体内有某种东西冻住了。他甚至从未想过，与索菲已经结束的那段关系，将把他自动排除在追查她的绑架者的行动之外。如果这个绑架者碰巧就是之前强奸和谋杀了六名女性的人，那么这种排除将意味着，卡姆完全无法参与此案了。

他感觉自己似乎是在地雷周围走动，声音中透露出不耐烦："我和许多同事都有私交，比如汤米、珍娜、卡斯特尔、博格斯还有你，至少我以前是这样。"他从椅子上直起身，似乎急着要离开，这完全不需要动用任何演技，"至于我保持私交的人，都是工作中认识的同事，这有什么大问题吗？"

"就没有别的了吗？你和钱宁医生之间就没有其他关系了吗？"她正密切地注视他，但他已不再担心，她是在引他上钩。即使可能心存怀疑，但她对他和索菲过去的关系一无所知。

卡姆也很擅长摆扑克脸，而且他可以做到不露任何痕迹，他能从卧底工作中生存下来就取决于此："我们没有暧昧关系，如果你指的是这方面的话。"

她往后靠在椅背上，摆弄着桌上的文件。她不是在愚弄他。玛丽亚·冈萨雷斯不会轻举妄动。她可以像条蛇一样，在监视中一坐就是好几个小时："你今天早上是怎么进入她的公寓的？"

"后门开着，记得吗？不用你问，我去是想提醒她，你已经把那份简况公之于众了。那新闻今天都还在《纪事报》上登得到处都是，我听说消息登报已经有几天了。我不想她对此毫无准备，或是被某个在四处打探的记者所骚扰。"他试着抑制住自己对她的行为所感到的憎恨尽量不在声音中表现出来，但只成功了一点点。

她目光闪烁了一下，但因为过于迅速，因而很难捕捉到："我想发布罪犯简况，与她的失踪案并无任何关联。"

她的话语带着参差不齐的尖牙从他身上耙过，离开后留下血迹斑斑。这番话差一点就让他原本压抑的对她的行为所产生的怨恨全部爆发出来。差一点，直至他看到她稍微歪了歪头，那动作并不是出于羞愧，而是不想让他读到她的表情。

她是在玩弄他，她想刺激他做出回应，一种足以彻底证明，他和索菲之间是否有任何私人情感的回应。意识到这一点，他感觉自己那如旺炭一般燃烧的怒火上面，被泼了少许的冷水，"我们必须达成一致，你我对此事意见不一。"

听到他讽刺的口吻，她的脑袋猛地扬了起来："我仍然坚持，那个决定是对的。"

卡姆已经受够了。他需要控制自己的情绪，假装玛丽亚对自己行为的辩护只是单纯想要激起他过激的反应而已。然而，他无法说服自己相信这一点。

他转身离开："等我找到钱宁医生，我会问问她对此作何感想的。"

第9章

　　卡姆是被自己粗糙不齐的呼吸声惊醒的。他躺在那里，眼睛适应着房间里的黑暗，等待心跳放缓，肌肉里的紧张感消散。

　　这个噩梦的内容是新的，但是反应却是熟悉的。恐惧引发的肾上腺素飙升导致他的脊柱刺痛，血管里的脉搏依然在剧烈跳动。他深吸一口气，强迫自己做深呼吸练习，以平复剧烈的身体反应。

　　直到这时，他才意识到身边有人在平稳地呼吸。

　　索菲。

　　卡姆睁开眼睛，目光定在天花板上。他被一再重演的噩梦困扰，已经有一阵子了。在卧底工作归来的几周内，由各种回忆引发的惊恐就开始一再出现。症状最终退去，但是噩梦却成了从那时起就一直尾随他的创伤后压力症候群的最后残存形式。至少它们现在是可以控制了，方法就是几分钟的深呼吸，或者在跑步机上做惩罚性的冲刺运动。

　　可是这一次深呼吸没有作用，跑步机在卧室的一角，这个选择并不可取。

　　他轻手轻脚地下了床，走到旁边的浴室，轻轻带上门。他将双手撑在洗漱台上，支撑住身体，这才第一次意识到，他的身体已经被汗水湿透了。

好几个月来，他一直在抱怨症状的反复，以及自身的缺陷。因为不管有多强的决心，都不足以将这些症状推开。正如他曾鄙视过同政府指派的治疗师在一起所耗费的时间一样，他也极不情愿地接受了在对抗心魔方面仅靠意志力完全就是见鬼的观点。

这时门开了，一个声音柔柔地叫道："卡姆？"

他闭上眼睛："我没事，我很快就出来。"

但是片刻后，他感觉到她的双臂环在他的腰上，她的脸颊贴近他的后背。

"你不舒服。"她小声说，她的头发在他的皮肤上轻轻擦动，"你又湿又黏，做噩梦了？"

"我很好。"他又说了一遍。在那一瞬间他意识到，这句话并非谎言。他的脉搏已经平复，心率也已减慢，"既然你醒了，那我就冲个澡。"

"好主意。"当她放开他的时候，他不是那么肯定这是他想要的结果。但是她很快又回来了，往他手里塞了条毛巾，接着走进淋浴间放水。灯依旧灭着，他对此心怀感激，不过有月光斜斜地从百叶窗透了进来。

他依从了她，将毛巾挂在一只挂钩上，走进淋浴间。而她再一次出乎他意料地跟在他身后。

"索菲……"作为抗议，这一声叫得相当不坚定。他可以想到一个办法，将逗留不去的黑暗从梦里驱逐出去，但是他不想利用她来做那种事。那是软弱的行为，而他是个不惜一切代价也要避免脆弱的男人。

站在他身前的女人将湿漉漉的头发顺到脑后，由此展现出另一种完全不同的脆弱感。而那可能正是他的努力失败的原因所在。"从没有人那样叫过我。"她双手环在他腰上，缓缓向下，进而揉捏着他的臀部。

他的思绪一团混乱："叫你索菲？你在开玩笑吧。"

"我一直都是索菲亚，即便从童年开始。"她双手正灵巧地忙碌着，"索菲听起来像是在叫别的某个人。那个人没那么严肃，更有冒险的热情。有时候你这么叫我，感觉就像是你在叫别的女人。"这时候她将他握在手中，当她的手指紧紧环住他的时候，瞬间紧绷的呼吸让他嘶了一声。

"我不想要别的女人。"如果能冷静下来，这句宣言可能会将他吓破胆。他将她抱起来，而她用腿环在他的髋部，把手伸下去引导他，"只要你。"

而当他滑进她体内时，他脑中模模糊糊地想到，治愈感应该就是这样吧。

卡姆的办公室一片安静，只听得见纸页翻动的窸窣声，以及敲击键盘的声音。珍娜是第一个过来的，虽然他坚持要送她回家。很快，弗兰克斯也来了，他看了一眼办公室，一言不发地从员工休息室拖来了几把椅子。卡姆甚至没有试着说服这男人回家。他看出来了，这两位探员和他一样，在索菲失踪期间是不打算睡觉了。

他们都安顿下来，准备熬夜。卡姆从员工休息室借来了咖啡机，空杯子在办公室里摆得到处都是。他坐在自己的桌前，脱了西装外套，解了领带，还松开了衬衫领口。弗兰克斯也一样，他和珍娜都将脚搭在面前的另一张椅子上，笔记本电脑放在大腿上。珍娜除了脱掉了鞋子以外，其余方面看上去都和早上刚上班时一样，如果有时间思考的话，卡姆可能会为这一事实而感到困惑。

但是他的注意力聚焦在他们平分的数据上。在大量政府委派的工作信息中的某个地方，可能就隐藏着他们定位索菲行踪所需要的线索。

弗兰克斯今晚早些时候就碰了壁。他之前一直在查看窗格医生公司过去和现在每一位雇员的犯罪历史，但是一无所获。之后他又复印了珍娜汇总的墓地看守人名单，试图从中查找两份名单上都出现过的名字。

卡姆之前已经完成了墓地看守人的犯罪记录核查。他发现，名单上有几个人曾被提起过轻型犯罪控诉，但是他没觉得哪个人有危险。现在，有了窗格医生雇员名单的副本，他又开始梳理车管局的数据库了，搜查每个员工所拥有的车辆，寻找那些货车的名字。

"我的眼睛流血了吗？它们应该流血了。"一小时后，珍娜用掌根揉了揉眼睛，"光是阅读索菲亚这些年来给那些变态做过的面访和简况侧写……那些人中是否有人有能力朝她伸出黑手，这问题简直都不用问，变态杂种们。"她被分派到的任务是深入洛林之前的工作，查找索菲曾提供过咨询的罪犯的信息。卡姆知道那些文件读起来不会轻松。

"实际出狱人数有多少？"

她瞅一眼自己做的笔记："入狱后由她面访过的人中，有三人已经死亡，可喜可贺。有一人进了临终关怀病院，患了肺气肿正奄奄一息。阿尔伯特·兰瑟去年被释放，但他已经八十七岁高龄。我给他的假释官发过一封邮件，但是我们正寻找的罪犯是八旬老人的可能性很小。"她剥开一个什么东西的包装纸，拿起来放进嘴里。

卡姆死死地瞪着她，两小时前从自动贩卖机上购买干酪和饼干已经是遥远的回忆了。"你在吃什么？"

弗兰克斯朝这边瞄了一眼。

珍娜咬了一大口，一脸满足地咀嚼着："从我手提包里找到的一个格兰诺拉燕麦棒。手提包真是有用的东西，各种必需用品都可以放在里面。"

"还有吗？"

他这种哄骗的语气似乎没能打动她。

"或许你该找找自己的钱包。你们男人需要的东西，都放在钱包里面，对吧？"

"你还欠我人情呢，珍娜。"汤米说，"记得上次我帮你搬家吗？"

"那都是五年前了。"她说着又咬了一大口，"偿还时效是三年，所有人都知道。"

"别那么吝啬。"卡姆的肚子隆隆作响，"我今晚还为你泡了咖啡，还帮你倒好。"

"你搭脚的椅子还是我从员工休息室给你搬来的。"汤米说，他的瘦脸看起来很阴郁，"我也可以把它们搬回去，现在就搬。我敢保证，你坐在地上会更舒服。"

"又是抱怨，又是威胁。饥饿真是把你们俩最优秀的特质都消磨殆尽了啊。"她伸手从包里又掏出两个燕麦棒，扔给他们一人一个，"下次再想拿红发女人开玩笑，可得记得我的慷慨。"

当卡姆和汤米在迅速解决零食的时候，珍娜仰坐着。

"如我在吃东西之前所说，到目前为止，在索菲亚面访过的已经出狱的罪犯中，可发现的线索很少。考虑到他们犯罪的性质，还没有人出狱超过二十年的。"她停下来，吃完剩下的燕麦棒，卷起包装纸，利索地扔进卡姆的垃圾筐中，"而且在她过去十二年中，提供过咨询的案件中的卑鄙混蛋们，也还没有一个获释。当然了，这些人我还没有全部辨认完。但这并不是说，他们心怀怨恨的家人就不会成为绑架索菲亚的罪魁祸首。或者也可能是某些变态的连环杀手追随者做的。但是……"

她的声音越来越低，但卡姆很容易脑补完她剩余的陈述。那条线索跟下去毫无意义，可能性无穷无尽。他们应该只聚焦最有可能性的线索。他允许自己去思考那些没那么合理的情况，不管它们是否保持着微弱的可能性。

可能性更大的是，导致索菲被绑架的正是本案。而这就意味着，她正在那位性虐狂罪犯的掌控之中。他推开这个想法让他心里产生的绝望。

"如果她曾受过某种威胁，如果她帮忙送进监狱的某个家伙伸出了黑手，那她可能早已告诉某人了，对吧？"

"完全正确。"卡姆甚至不用多想弗兰克斯的这个问题。我的骨子里没有那么勇敢。她曾经说过的话在他记忆里回响。虽然他并不赞同，但他也知道，按照索菲的习惯，如果有那种可能性，她不会不通知相关部门的。

"我浏览的这些案子里，还没有发现那样的威胁。"珍娜在她用来伸展双腿的椅子上坐得更舒服些，"我再回头查查。但是读这些变态的材料简直就像一头扎进了粪坑，难以想象索菲亚要整天埋首其中。"

卡姆没有说话。他经常会有类似的思考，但是作为一个日常工作就是要与黑暗势力打交道的人来说，索菲平衡得非常好。除了显而易见的那些方面之外，这女人还有许许多多不为人知的部分，而这一点他本人早就知道。

如果他想追寻到她目前正被关押的地方，那他就不能，也不会去思考，她现在正在面对的是怎样的黑暗。

索菲亚在充气床垫上蜷成一团，心里一片凄楚。她发现从自己床上拿来的被子在那里揉成一团，随意地扔在牢室的一角。温度虽然很暖和，但她还是将被子裹在身上，拿它当盔甲。哪怕是那一点点的熟悉，也能让她感到舒适。其余能安抚她的东西很少。几个小时前，她因为尖叫求助而叫哑了嗓子，结果还是徒劳。

她孤零零一个人在这里。这地方很大，黑黢黢的，像个山洞。细碎的光从墙壁中穿透进来，辨不出是什么时候的阳光，稀疏的光线也无法帮她辨别这里是什么地方。牢室的门大约有六英尺高，粗大的圆柱间隔三英寸排列。这地方被固定起来，像个长方体的小箱子，整个被锁在某种空间的内部。将双脚踏在牢门的铁栏杆上，她可以像爬梯子一样爬上去，但只能爬几英尺，就会被网在上面的铁丝网所拦住。铁丝网的边缘被拉到木墙上，固定到位。

牢室的约束使得她无法分清左右。她前方能看到的只有虚无。她所在的是建筑中唯一一间牢室吗？她不能确定。

这地方闻起来有些年头了，混杂着一丝难以辨明的臭气。头顶高处有天花板，但如果说那上面还有一层，却并没有声音传下来。她的监狱可能是某种地下室，或者仓棚，而她所在的牢室很可能曾是一座畜棚，或者甚至有可能是由某个原本固定在老仓库中的箱子改造的，还带着围栏。

但这些也完全无法将地区范围缩小。

思考！索菲亚一边在自己牢室的范围内踱步，一边命令自己。这地方面积大约为十乘十二。里面是空的，只有一个充气床垫。地面上更多的是碎石和尘土，而非混凝土。这也只能告诉她，这里很古老，而这个她已经猜到了。

这些信息中，没有能帮助她完成逃跑计划的。

她对这个空间已经做过一次彻底的搜查。然后她跪在地上，又开始了新一轮的查探。她用手指划过后部的石灰岩墙壁，摇晃每一块石头，测试其松紧程度。所有的石头都固定得很紧，无论她多么用力地推拧，都无法撬动其中的任何一块。

　　爱荷华有无数的石灰岩采石场，一百年前这里的许多地基都是用这种石材建造的。她和道格拉斯在爱荷华城租住的第一套公寓，就位于一座漂亮的安妮女王式的旧建筑中，里面有一座泥土地面的地窖，墙壁就和她后面的这面一样。无论什么时候走进那座地窖，总能发现大量的爬虫，因此她总是猜测，那里的石墙中有数不清的裂缝和罅隙。

　　而她牢室中的这面显然不存在缝隙。

　　徒劳无功地找了一个小时后，她放弃了，走到木板墙边。之前她曾用右肩撞击木板条，希望能撞断一块，此时肩膀仍在阵痛。这一次她更加谨慎，把组成侧墙的木板条上上下下研究透。她的手指能伸到板条下方多出的一英寸空隙里，往前钻四英尺，然后被一块垂直的木板挡住。钉在一起的板条似乎有四英尺宽两英寸厚，中间还有竖条加固，意识到这个，她的心绝望地沉了下去。除非她找到一块年久腐朽的板条，不然她是不可能撬得动的。

　　她开始一块块地研究，使出全身的力气去拉动底部的板条。有两块能松动，但她又试了试，却没有力气能拉掉任何一块。高处的板条是一块挨着一块钉的，间隙太近，她的手指伸不进去，甚至无法透过缝隙去打量旁边有些什么。

　　木墙毫无疑问已用过很久。她把两面都分别研究了一会儿。每一面中最薄弱的地方，应该都是外面加固的立柱之间的区域。索菲亚将被子扔到床垫上，退回一条腿，用膝盖骨对准其中一个缝隙狠命撞去。

　　一股钻心的疼痛从腿上涌来，但是木板依旧原封未动。她恶狠狠地盯着那地方，抓起被子包住一只脚，然后再次发起攻击。这一次脚上是有防护了，但依然是没能取得成功。

她下定决心，放下那一直在威胁她的绝望感，试了一次又一次，不停地踢打她能够到范围的每一块木板。虽然她的踢打造成了一些活动，但板条仍然坚固地挡在那里。

沮丧之间，她开始重新研究牢室。这时她才意识到，那偶尔透过缝隙照进来的光线正越来越暗淡。

她是在淋浴时被人绑走的，那会儿时间已过午夜。昨晚苏醒过来时，四周一片漆黑，也可能是今天凌晨。那么这位不名嫌疑人离开有多久了呢？

更让人魂飞魄散的问题是，那男人再过多久会回来？

双膝被泪水打湿，她跌跌撞撞地返回床垫，灰溜溜地沉在里面。她心里毫不怀疑，绑架她的人就是杀害从墓地挖出来的六名受害人的凶犯。绑架柯特妮·范·惠顿的也是同一个人，但是之前她曾呼叫过柯特妮的名字，却没有得到回应。

十几年来，索菲亚一直在研究那些同此案一样吓人的犯罪案件的每一处细节。而她为类似于本案的凶犯所瞄准的不幸受害者们编写简况，也有将近同样漫长的历史了。为了完成工作，她必须在情感上保持距离。

但这时要保持距离却不可能做到，她正深陷于噩梦之中。恐惧的小小触须盘卷在她身体的每一寸，越来越难以推开。脑海中有一个时钟，正计算着流逝的每分每秒，以至于很难保持理性。但是她突然意识到，在牺牲之前，自己有能力进行最清晰的思考。

想到这里，索菲亚从床垫上跳了起来。她将注意力转移到牢室顶部拦住的铁丝网上，无论是站在地面还是床垫上，都无法够到顶棚。

她重新回到门前，试着不去注意正逐渐变暗的光线，但是行动却又充满了紧迫感。她用两手抓住一根铁柱，以最快的速度爬上去。

在攀爬的过程中，铁柱绕着合页晃了晃，她攀爬姿势的每一个细小的变化，都会让那铁柱与头顶的铁丝网顶棚隔开一小段距离。铁门在关闭时，最上面一级的横档会接触到铁丝网，为了避开顶棚，开门必须是向外开。

她伸手去推右上方角落里阻挡的铁丝。在她所能触及的范围内，铁丝网都罩得很紧，不过她的力量却让铁丝稍稍弯曲了些。她微侧着抬起头，心里开始分析。

就她估计，铁丝网上的孔洞面积在二乘三英寸。为了连结成网，铁丝上每隔两英寸远，就被紧紧地扭结在一起。这张网里的铁丝不如人们院子周围设置的铁丝网粗，但也不像细铁丝网那么脆弱易折。她小时候从来没被允许养过宠物，但是一个小伙伴曾经养过两只兔子，用的笼子上的铁丝就和这种类似，只是稍稍粗一点。

她换了个姿势，开始打量相反的方向，然后伸手去抓两根铁丝盘结在一起的部分。她的手指很快便被割破了。

她将割破的地方含进嘴里，重新思考。接下来她伸手够到门顶上，用最大的力气推那里的铁丝，很牢固。她爬到所能抵达的最高处，低下头，使出全身力气推动铁丝。那铁网与门顶之间似乎出现了一条小裂缝。

她的心里闪现出一丝希望之光。那裂缝虽然只有约两英寸宽，但却让她有了新的目标。她只需要有某样东西能像楔子一样插进去，将铁丝网与门顶隔出足够空间，让她从这两样东西所铸造的牢室中钻出去即可。

她立即爬下去拿被子。纺织品不是最有用的材料，但却是她所能利用的全部工具。她将被子铺开，然后尽可能紧实地卷起来。

被子的米白色调和蕾丝镶饰，在这间牢室里看起来极其不搭。在她将精神大门合上之前，她看到卡姆伸开四肢趴在那上面的情景，他的手臂将她紧紧地搂在胸前。与他结实的男性气概相比，被子柔美的背景显得突兀极了。

回忆的痛苦涌过心头，她赶在决心被瓦解之前，迅速将那些抛在一边。她不能让过去扰乱她的心神，或是削弱她的决心。不能依赖其他人……卡姆……来解救她。

时间就快耗尽了。

她体内重新被急迫感所填满，于是跑回门口，爬上两级横档，一边奋力维持平衡，一边伸出手，将被子卷楔进门与铁网之间的罅隙。铁丝弯了一些，胜利的喜悦涌上心头。她将力量加倍，扭动被子卷，让它变得更坚硬。然而铁丝勾住了蕾丝之间的细小孔洞，减慢了进程，她耐心地解开每一处被勾住的地方，将被子推得更远。待被子卷楔进一半之后，她试了试由此隔开的距离。

她的心猛然一沉。铁丝压在那绵软的织物上，之前隔出的两英寸宽的空隙在她的眼前越来越窄。被子卷空有体积，但却缺乏她所需要的能用作楔子的硬度。

挫败的泪水蓄满眼眶，索菲亚强迫自己思考。或许她能用这被子护住手指，然后试着将铁丝扭结在一起的部分解开。但即便她想到这办法，她也知道这注定是要失败的。她需要某种工具，但是她在搜寻过程中一无所获——

一阵噪音响起，穿破她洞穴般的牢室，她的思维碎裂开来。陈旧的合页保护般地咔嚓作响，她的身体像是完全被冻住了。

接着一个声音穿透黑暗，她脊柱一阵颤抖。

"我回来找你了，婊子医生。如我承诺的那般。"

"我可能找到线索了。那个记录本州最近获释的暴力性侵犯的罪犯的文件夹在哪？"

珍娜和汤米都从椅子上站起身，后者拿起卡姆所说的那个文件夹，从桌子上推到他面前。卡姆甚至没有移动翘起的双脚，就俯身抓了起来。他翻动着，直至找到自己正在寻找的名字。"史黛西·马钱德。"

"史黛西？哪个家伙要是叫这种名字，进了监狱可是会备受关注的。"珍娜说着压低声音打了个哈欠。

"不是男人。"卡姆心不在焉地说，一边仍在试图寻找他要找的纸页，"是一个罪犯的姐姐……啊！"他抽出想找的表格，举起来，"吉尔博特·汉弗莱的姐姐。他因谋杀未遂而入狱，服刑十二年后于十八个月前获释。"卡姆之前在过名单时，亲自查过这个男人。他说着停下来，重新熟悉了一遍细节，"他在百货商场的停车场里，拿枪绑架了一个坐在车里的女人。然后驾车将她带进一片树林，反复施行强奸。后来为了掩盖罪行，企图纵火将那女人焚烧致死。"

"就判十二年？"弗兰克斯咒骂般地说道。

"他在另一次调查中同意为FBI提供信息，得到了减刑。出狱后，他同姐姐住了一段时间，就是史黛西·马钱德。"肾上腺素沿着他神经末梢迅速点燃，"几个小时以前，我看到他姐姐的名字。根据窗格医生的雇员记录，过去的八年里，她一直在那个公司的得梅因分部工作。车管局记录她拥有一辆2005年产的白色厢式货车，2010年购入。"

弗兰克斯盯着他："所以他用姐姐的货车，将范·惠顿从伊代纳绑走。如果我们要找的是同一个家伙，那他在绑架索菲亚前，还要把车子漆成别的颜色。问题是得梅因警察局（DMPD）已经在窗格医生公司所有人的允许下，搜索了该公司旗下的所有产业，一无所获。"

"但是我们还没查奇普汽车和消防物业公司。"卡姆将自己正在看的那页递给汤米，"根据汉弗莱的假释记录，他目前就在那家公司供职。"他关掉电脑上的页面，重新打开一页，搜寻该公司。不等完成搜索，珍娜发言了。

"他们在东榆树街有个废料场，业主是一个叫欧内斯特·齐普希的人。我来查一下他名下的财产，看看他还有些什么。"

卡姆转移重点，先查找齐普希。几分钟后，珍娜宣布："另外还有两处营业财产登记在欧内斯特·齐普希名下：一处是在邻近榆树街的浣熊街，可能就是那个废料场的总部；另一处是在马丁·路德·金林荫大道以南，根据评估的税率来看，应该不算是一个建筑。"

"那就意味着，那里目前不是本地区城市发展改造的目标。"卡姆知道那个街区有许多老建筑正被改造为时尚的阁楼公寓和精品写字楼，但是别的街道两旁仍然满是废弃建筑和仓库。

他说着停了下来，迅速扫一眼已经找到的关于这人的信息。"二十年前，齐普希离开那里，去开了家汽车销赃店，干了五年。他似乎自此清白了，或者说至少没被抓住。"

卡姆打定主意，然后看看弗兰克斯："呼叫特里洛德。"史蒂夫·特里洛德是领导协助索菲亚绑架案的城市执法机关DMPD的警官。"让他派个人，在这段时间注意汉弗莱的公寓。"监视这人至少能保证，如果他确实是他们正在寻找的罪犯，那他就无法再随便威吓受害者，"查查汉弗莱是否有驾照，是否有行车违规。说不定我们就交了好运，找到这人曾在我们正搜查的地区附近被摄像头拍到的影像。"

他拿起自己的手机，拨了个熟悉的号码。"我给芬顿打个电话。"他看到珍娜的表情，并作了精确解读。唠叨嘴阿尔·芬顿是DCI刑侦实验室的主任，找他无异于浪费时间和精力。已搜集到的有关索菲的证据，他查完多少都是个问题。

154

不过唠叨从来不会伤害人。

卡姆一开始还以为会听到一串语音留言，于是便打算挂断电话。但是出乎他意料的是，第一声铃响时芬顿就接了电话。

"其实我也正准备给你打电话的。"卡姆想象得出，那主任正用手指梳理日渐稀疏的头发的情景。芬顿今年五十五岁左右，脸上一直有一种不堪烦扰的表情。卡姆心想，应该就和他一直在接的电话一样，芬顿也是想打听情报更新情况。

"今天的工作已经有结果了吗？"对话往往以这样的挑衅作为开头。接着不可避免地，两人会开始兜起圈子，为什么时候出结果讨价还价。他知道实验室只开到五点钟，而有些测试需要做上好几天时间，这些都是程序要求的一部分。

"我们正在进行一项DNA比对试验，把从钱宁医生浴室地面上获取的血液样本同她牙刷上的样本相比较。"卡姆一定是惊讶得出了声，因为珍娜和汤米都抬头看着他。"如果加快速度，明天应该就能出结果。指纹比对需要的时间长一些，还有比较消除要做，等做完后，你们就可以将不明指纹提交给AFIS。"

卡姆过了片刻才发出声音："干得够快啊，阿尔。"

"还有。"那男人的声音里透出一种满足感，"我们从车库通往公寓的入口处，提取到两个脚印，一个是在钱宁医生的卧室，另一个是在厨房，都是运动鞋，十一号半。我已经叫了分析师来查对市面上叫得上名字的品牌的鞋底花纹，可能会碰上好运。还从两个地方采集到了压碎渗进地毯里的泥土，奥布里目前正在作分析。"

希望越来越大。卡姆想起，那天看到有个刑事专家在为斑斑点点贴标签。如果那泥土是来自于鞋底，那就能为他们寻找罪犯的下落提供线索，甚至可能会指向一个住所。

接着他一阵震惊。

"奥布里？"他看看手表，"她还在办公室做什么？"实验室主任这个时间还在上班并未让他多么惊讶，因为那人是著名的工作狂，但是实验室的预算是无法支持加班的。

芬顿的语气变得像是在辩护："我还没走是因为有文件要赶。如果有些分析师坚持要熬夜，利用自己的时间来完成正在做的实验，那我只能睁一只眼闭一只眼。我们很多人都同钱宁医生一起开过法医会议。去年她帮我们写过一份拨款申请书，让实验室得以负担得起一个独立式风柜。我们大家……"他顿了片刻，继续说话的时候，声音听来有些沙哑，"好吧，说直白点，就是我们很多人都对她评价很高。"

卡姆吃了一惊，但他原本大可不必的。索菲对人就是有那种本领，她天生就有一种能力，能将人们联系在一起。她让实验室员工对她也产生了和DCI探员们同等程度的忠诚感，对此他只能心怀感激。"她会很感激的，阿尔。"

"好啊。"芬顿清清嗓子，"你只需要确保，她一回到家就能知道我们所付出的努力，没问题吧？泰勒·斯卡利斯会对早晨最先在医生浴室里发现的注射器做毒理学分析。还说不准要花多长时间，具体要看里面的东西是不是我们一般测试的物质。"

与实验室这群刑事专家打了这些年交道，卡姆知道，斯卡利斯在同事们眼中堪称天赋异禀。考虑到实验室长期累积起来的工作，再加上本案到目前为止已被确定为优先级的测试任务的数量，芬顿及其队员为索菲所付出的努力实在令人震惊。

"听起来你们事情都处理得井井有条。"卡姆还是有些难以置信，他本来没想到会得到这么多新信息的，"那我就不打扰你们工作了。"

"我随时向你汇报。"芬顿承诺。

挂断电话后，珍娜不耐烦地盯着他："这是你同芬顿通过的最长一通电话，而且一句含蓄的威胁和收买的话都没说。"

"我从不威胁人。"他感到有义务纠正这样的印象，但眼神中却写满惘吓。但无论如何，那位实验室负责人并未理会，"贝纳利才会经常索取贿赂，但她的合作精神才只及芬顿今晚向我们展现的十分之一。"他将刚从芬顿那里得知的消息告诉其他两位探员。

弗兰克斯轻声吹起口哨："我不得不说，我同他们部门打了三十年交道，这种情况还是头一回看到。"

"因为是索菲亚。"有那么一刻，卡姆认为他在珍娜眼中看到了闪光。但过了一会，他觉得是自己产生了幻觉。"她对人就是有那样的影响。毒理学测试结果可能会为我们提供宝贵的线索。"

"或许。"卡姆不置可否。注射器中的物质越常见出结果就越快，他知道的。但那样的话就意味着，要追查起来更难。

他将注意力重新放回吉尔博特·汉弗莱身上。尽管实验室正以前所未有的速度推进工作，但要想拿到结果，仍然需要十五至二十小时的时间。而在那段时间，索菲亚依旧身处险境，时间宝贵。

一种无助的孤寂感笼罩住他，他要费一番力气才能将其打消。冈萨雷斯或许是对的，或许他根本就不应该靠近这次调查。因为上帝会帮助他的，而现在，每当一想到索菲这时正在经受些什么的画面，他就备受折磨，集中注意力完成工作就越来越难。

时间走得很慢，似乎是停止了。索菲亚开始疯狂地拉扯被子，想将其从之前楔进的门顶上拉下来。被子的一部分松开来，在她的拉扯下展开了，但其余部分却被铁丝网夹在里面。

索菲亚听见未上油的合页又嘎吱响了一声，一扇门砰的一声关上了。这时她几乎发了狂，奋力想将蕾丝被铁丝挂住的所有地方都扯掉，但手指却笨拙得不听使唤。

恐惧的鼓点在她胸中滚动。她像是在倒数闪电和随后一定会响起的雷声之间的时间那般，计量着他的脚步。一想到又要看见他了，她五脏六腑都吓得紧缩起来，但双耳仍在竭力捕捉那脚步声。被子的又一个角拉下来了，接着又是一个。一道光芒照在她牢室的前面，一只鞋擦在混凝土地面上的声音。光亮更近了，更亮了。

她爬下门，拾起散落的被子，用尽全力猛地一拉。她听到撕裂的声音，接着被子猛然落下，使得她也伸开四肢倒落在地。才刚爬到床垫边缘，拉起被子裹住自己，灯光就突然照了过来，晃得她什么也看不见，于是她伸出一只手挡住双眼。

"都不打个招呼？太不懂礼貌了。看来我需要教你些礼仪啊，还有其他一些课程。"

索菲亚拼命地往肺里吸入空气。她所能做的就是，尽量避免爬到角落、缩成一团、吓得瑟瑟发抖。她强迫自己看着他，思考他的身份。她整个职业生涯，都在帮助执法机关将他这样的人绳之以法，这样的想法为她的脊背注入了些许力量。她有可能为他所害，但是她拒绝成为受害者。

不过当她注意到门口铁丝网上垂下的几缕丝线时，那份勇气便烟消云散了。那些丝线就如同广告牌，宣示着她刚刚的逃亡尝试。她无法移开视线，恐惧在喉咙里打了个卵石大的结。他会注意到吗？

但下一刻她就发现，这种担忧纯属无稽之谈。那人为她准备了种种叫人意想不到的折磨。一次未遂的逃亡尝试而已，不会让她的命运变得更糟。

男人穿的是去健身房的装备，速干型无袖T恤衫在他宽厚的胸膛上绷得紧紧的，下身是运动短裤和运动鞋。他手臂上的肌肉块隆起，以致于垂下来时只得与侧腰隔开一段距离。这样子让索菲亚想起灵长目动物，她再度想起所有那些被扼死的受害者的姿态。她丝毫不怀疑，这男人的双手只需在脖子上迅速掐一下，就足够达成那样的效果。

"我突然想到，之前我对你存在严重的误解。"这平静的语气听起来像是别的某个人说出来的，某个此刻并未吓得瑟瑟发抖的人。男人眨了眨眼，于是她知道，这句不带感情色彩的论述让他吓了一跳。

"我就说吧，对不对？"他让光亮落在他身旁的地面上。她这时才发现，那根本不是手电筒光，而是某种便携式泛光灯。那种灯的电力足够将牢室内部照得犹如白昼，而外面却一片柔和。"别担心。你将有许多机会道歉的。"

"当然。这是我应该做的，因为我让你失望了。"上次交谈时，他用过"失望"这个词。她体内的心理学家之前就辨识出了该词的重要意义，并将其记了下来。奇怪的是，即便在她身体吓得直发抖的时刻，分析的习惯依然在无意识地运转。她的嘴里似乎灌满了沙子，每个词都要用力强迫，才能从她闭合的喉咙中发出来。强烈的灯光定在她身上，一如将虫子钉在硬纸板上，她就像一只几近赤裸的虫子。"但我是专业人士。我感到很困扰，因为我做的简况侧写实在错得离谱，让公众都对你产生了误解。"

男人离开她视线片刻，返回时拿来一把钥匙。他将钥匙插进锁里，牢门哗啦作响。"你就要为此作出补偿了，婊子。你要为你写的每一个字付出代价。"

"我应该的。"将心理与身体隔离开来至关重要。索菲亚必须找到方法，从感情上将自己与这场景远远剥离开来，哪怕她的身体正因恐惧而不住地颤抖。她不能寄希望于从身体上对抗他，之前在她浴室里所发生的那次短暂的挣扎就是证明。

那心理战呢？成功的机会很小，却是她唯一的机会。"在我的职业领域中，错误往往会带来不菲的代价。它们不应该被容忍，尤其是在有机会纠正的情况下。"

门吱嘎响了一声，然后摇晃着打开了。接下来——啊，上帝啊，接下来他便大步走进了她的牢室。理智溜走了，本能占据了上风。她爬到床垫的另一头，一只手徒劳地想把他挡住。

他庞大的身体罩在她上方，然后伸出一只手，掐住她的喉咙，单手将她提了起来，钉在牢室的木墙上。她的脚踝离开地面，无助地悬在空中。"你不是犯了错吗，好啊。"他说着用更大的力气将她按在墙上，脸几乎要和她的脸贴起来了。她肺里喘不上气来，眼前直冒金星，"或许我该把惩罚你的过程拍下来，传到网上什么的。叫人们看看，做错事会有什么后果。"这时他一把将她放开，她随之倒在他的脚下，大口吸气。

她在那里躺了片刻，奋力将急需的氧气吸进备受折磨的肺里。再说话的时候，虚弱的声音已经完全无需伪装：" 你说了算。"因为像他这类的罪犯，行事都是出于对力量和掌控权的渴求，所以她只得迎合那种需求，假装赞同那样的行为，"你如果觉得，那么做能让大家相信我给你写的简况错得有多离谱，那你当然就该那么做。我的想法可能完全不如你的聪明。"

男人弯下腰来，一把薅起她的头发，猛地一拉让她站起身，然后另一只手紧抓住她一边乳房，狠命地挤捏。"想法？瞧瞧，这就是问题所在。女人每次只要觉得她们有脑子，我们就会看到这样的错误。要是狗或者猪觉得它们比人要聪明了，会发生什么？女人就和它们一样，甚至还要低贱，狗至少还能学会打猎。"

男人说着咯咯笑出声来，接着狠狠地将她甩在一边，她随之被摔在床垫上。下一秒钟，他就压在她身上了，两手在她全身游走，又掐又探，到处挤捏。恐慌攫住了她的喉咙，她比自己预想中费了更大工夫，才抑制住本能的挣扎反应，她的四肢因为无法动弹而发起抖来。

"当然，你说得对，发布一份新的简况侧写可能是个笨想法。接受我的访谈，把简况弄得更准确些，你应该不想做这样的事，而且就算我们做了，恐怕也没有任何办法让媒体报道。"

男人定住了："你到底在瞎说些什么？"

她知道，机会这才刚刚开始。

"向公众发布一份有关你的全新简况。只不过，这一份会以你自己的话为基础，而不是靠我对你的不准确的猜测。我曾经面访过许多著名人物，他们一辈子都在和警察斗智斗勇，完全按照自己的喜好行事，但是媒体却可能完全不感兴趣。"

"这么说你是个医生？蠢婊子，媒体会轰动的。"男人从她身上翻起身坐下，瞪眼瞧着她，"大部分媒体听到这样的故事，都会吓得咬掉自己的胳膊，不过我还没蠢到那个程度，给自己引来更多关注。我可不想给警察留下更多线索。"

他们之间哪怕只是隔开这么一小段距离，索菲亚都能感到极大的安慰，以至于她体内又涌出了力量。她仍然能感到极大的厌恶，很想把自己卷进被子里，远离他的视线、他的触碰。

但是他正坐在被子的一个角上，这样的动作无法实施。而且她知道，任何试图掩盖自己的行为，都只会更加刺激他。最好是锁定在一个办法上，阻止他再次触碰自己。

"警察在本案中毫无头绪，不然他们怎么会让我参与进来呢？他们是孤注一掷，想让公众相信案子取得了进展，所以才会把简况发布出去。人们不知道里面有多大的错误，于是他们当然会相信DCI。他们没有发现，你的智谋比他们高明太多了。"

"我必须得告诉你，婊子，这没你想得那么难。既然我能从他们鼻子底下把你绑走，那么所有人应该都已经知道谁才是有脑子的人了。"

"哦，不过……"听到她的反驳，男人突然露出威胁的姿态，她条件反射地畏惧起来，"我很抱歉——当然你是知道这一点的。我会给全国各地的执法机关提供咨询，同时参与的案件数量不等。我敢肯定，你已经想到办法了，该怎样让媒体知道，我的失踪与我一直在参与的其他案件并无关联。"

他的殴打来得如此之快，索菲亚根本没有时间躲闪。那手背扇来的力道将她的脸打得扭到一边。

"你的麻烦程度真是远超你的价值——你知道吗？我应该现在就杀了你完事。"

"那是你的决定，你说了算。"索菲亚眨眨眼睛，将那被耳光扇出来的刺痛双眼的泪水憋回去，"我只是希望能帮着消除公众对你的错误印象，毕竟过错在我，是我写的简况错到离谱。"

"我会想个全新的办法，让你为此付出代价。已经想到些点子了。"男人唇边涌现的微笑让她身体一阵发抖。但是他接下来的话语，却让她生出了小小的希望之翼，在胸中扑扇。"州警可能会把你的绑架案弄得看起来像是，与其他案子互相关联的样子，这样他们看起来就不那么像一群该死的蠢蛋。"

"他们不希望公众知道，你的聪明程度比他们高出了那么多。"

"谁会发布新的简况侧写，我知道得一清二楚。"他坐的位置足够近，索菲亚能看见汗水湿透他的后颈，闪出光泽，但建筑之内的温度其实相对凉爽。这时她开始怀疑，那身过于发达的肌肉是否来自于使用了类固醇，"我记得两天前看到过一个新闻女郎。不过我并不介意晚点再去拜会拜会她，以表达我的谢意。"他说着又笑起来，音调很高，听起来像有根冰冷的手指滑下了她的脊柱，"这样难道不是给了警察当头一棒吗？我不仅仅抓住了他们请去帮忙的蠢蛋咨询师。我还要让公众看看，他们对我无可奈何的样子。所有人都会知道，他们只是翘着脚在袖手旁观而已。"

"人们会发现，谁才是掌握局势的人。"

男人朝她的方向伸出一根手指："完全没错，所以这才是我们要做的。我会给你一些纸张，你重新写一份简况，然后我亲手交给能将其公之于众的人。到时候，警察就会成为全州人的笑柄。"

男人突然站起身，索菲亚重重地松了口气。他现在就会离开，然后取来一个便签本和一支笔。她要利用这段时间继续突破牢室。或者她应该将注意力转移到将大门和牢室固定起来的那个锁上。

男人一把将T恤衫拉到亮闪闪的秃头上，她的心一下子沉到谷底，停止了跳动。接着才又畏畏缩缩地在她胸膛里重重敲响，像一只逃亡的火车头。

"不过，要紧的事先做起来。你还有些东西要学，我已经准备好要开始教你了。"

第10章

可能是培根的香味叫醒了他，要么就是咖啡。

卡姆睁开一只眼睛。绝对是咖啡，他的大脑向那能提供燃料的物质做出了本能回应，不过让他坐起身的必需动力却是培根提供的，他看到索菲正端着托盘在他面前挥动着诱惑他。

"我做了什么，能得到在床上用早餐的待遇？"他伸出手，赶在她改变主意，让他起床上桌吃之前，抓起一片培根。

"你什么都没做。"她在床上坐下来，靠在他身边，将托盘放在他膝头，此举解决了他的担心。"事实上，你应该深感歉疚，因为你做得太少，根本不配这顿丰盛的款待。"

她偷拿走半块涂了黄油的吐司，咬上一口，然后露出天使般的眼神，看着他伸手去拿托盘上正冒着热气的咖啡杯。

"现在我的疑心得到了证实，我敢肯定，你会告诉我补偿的办法。"他大大地喝下一口，感觉精力充沛了，于是便放下咖啡，拿起叉子去吃煎蛋。煎蛋是全熟的，正是他喜欢的口味，边上还配有番茄酱。显然她并没有放弃她在烹饪方面与他所持的不同观点，没有把番茄酱淋在煎蛋上，这是他的习惯。不管怎么说，卡姆挑起一块煎蛋，在番茄酱里蘸了蘸才送进嘴里，跟着又吃了一块培根。

"补偿我？"她眨眨睫毛，露出惊喜的样子，"我想不出该怎么补偿。啊，我猜我得去购物，你今天下午可以同我去商场，帮我提包。"

听到这想法他不寒而栗："要不你干脆现在就开枪杀了我算了。"他指着额头正中，"子弹往这打，一枪完事。"

她没回应，而是继续说："今天像是个好天气，他们说气温会在华氏七十五度左右，很适合打扫车库。"

卡姆伸手又抓过一个枕头，垫在背后。索菲亚幽默的这一面对他来说还是全新的，让他觉得有趣。他没想到，在他看惯了的职业化行为之后，她身上还隐藏着这一面。她有很多地方都是他原本不可能料想到的。

"我可以在你车库的地板上吃东西。车库里应该有油脂，而且总是乱七八糟。所有东西都挂起来，收拾得整整齐齐才不正常。要是我将你的车库收拾干净了，那我就丧失做男人的尊严了。"他为自己的幽默乐不可支，摇摇头又开始挖鸡蛋，"抱歉。我不想上缴我的男人尊严，哪怕是为你。"

见她凑过来，像是要端走托盘的样子，他又匆忙加上一句："但这并不是说，我就不会在别的方面补偿你。"

她抓住这个机会，从托盘下拿出报纸递给他，是一叠《得梅因纪事报》。"爱荷华生活"版已经从里面抽了出来，整整齐齐地放在最上面。

"真的？碰巧……"

他露出纵容神色，浏览一遍身前的新闻标题。

"得梅因艺术节？我记得按往常的惯例，要下个月才举行啊。"

"今年提前了，因为夏天市区要修路。"

他冷淡地哼了一声，然后继续吃早餐。

"你以前也去过。你说过，你家里的那张照片就是在艺术节上拍的。"

"要走好多路。"他假装抱怨，看到她垂头丧气的样子，便将咖啡杯举到嘴边，掩盖住偷笑，"人多得不得了，到处都是推车。而且今天还有一场职业棒球联赛，辛辛那提队要连打两场。"

他伸手去拿最后一片培根，但却被她抢了先。她将培根慢慢送到唇边。

"当然我一般都会把比赛录下来看。"他立即说。

她把培根重新放到托盘上。

"对啊，不是吗？"她说着俯下身子，给了他一个极为短暂的吻，然后便从床上起身，"我先快速冲个凉，然后回家换衣服。你十点来接我。"

卡姆吃掉培根，一边品味，一边将报纸翻到运动版。阳光明媚的五月下午，不管艺术节人多人少，比起同索菲一起闲逛来说，更坏的情况还多得是。他知道活动现场会有啤酒卖，这或许是吸引男人前去的唯一办法，但是对他却很奏效。还有冰激凌，他绝对会去吃冰激凌，如果他们要一直待到——

一个马尼拉纸的信封落在他身旁的床上，他皱着眉头拾起来，翻个面看一眼，一定是之前夹在报纸里面的，但是信封两面都没有写字。他迅速地看了一眼旁边关着的浴室门，能听到流水声，索菲已经在淋浴了。

他撕开信封，本以为里面又是一个让他今天陪伴她的诱因。但当看到眼前的影像时，他的整颗心都绷紧了。

信封里是一叠照片。有一张的拍摄地点是在他公寓前面的街上；另一张放大影像，拍摄的是他前门旁边贴着的地址牌；有一张大特写，拍的是他的汽车牌照；有一张拍了DCI的总部；最后一张拍的是他和另一个男人，那是自从在加利福尼亚度过的那宿命一日之后，他再也不曾见过的一个男人。

最后那张照片他研究的时间最久，那男人是马修·鲍德温。他记得照片的拍摄时间，是马修的妻子加芙列拉在他们孩子的洗礼仪式当天下午拍的。卡姆想方设法，没有接受孩子教父的角色。如果接受了，其中所蕴含的虚伪将使他无力承受。但他并未逃避仪式，本来就不该逃避的。

任何卧底工作的危险性，都不仅仅包括一直存在的身份曝露的问题，或是与那些视人命如草芥的人打交道，还包括对于他们正调查的人变得太过熟悉，与他们过从甚密。不只是把他们当作罪犯，而是承认他们既有缺点，也有长处。

要对付人渣很简单，但他在秘密特遣小组调查中所遇到的人，并非全部都是人渣。

尽管他已全力避免，但马特①还是成了他的朋友，而且那份友谊最终导致的决定，直至现在都会让卡姆整夜整夜地失眠。

他盯着手里的照片，恐惧地担心着，那个决定还要让他付出怎样的代价？

在阅读ViCAP的报告期间，卡姆的视线再度模糊起来。他一定是漏掉了某些信息。他们正在追查的这种罪犯不可能凭空出现。

这种人是逐渐发展成熟的。

索菲曾这样说过，这话应该是正确的。从他早期犯罪的行为到抛尸公墓之间，应该有相似的攻击细节。卡姆已经重新发起了一份范围更大的搜索，将强奸、香烟烫伤和中西部都作为关键词，搜出

---

① 马修的昵称。

来的大量数据他还未能全部浏览完毕。当然，也没有在爱荷华州发现满足上述全部三项条件的罪犯。

尚未有所发现。

弗兰克斯挂断正在讲的电话，看向卡姆："特里洛德派去监视汉弗莱的警员是戈麦斯警官。他已经在那家伙的住址门外等了几个小时了，但是到目前为止还没发现他的踪迹。"

"汉弗莱的假释条例中有一条是六点钟宵禁。"卡姆说道，"给他们电话，我要确认他确实待在家里。"

弗兰克斯在暴力重罪犯文件夹中查找号码。

"如果他不接电话，那就让警察去敲他的门。"

卡姆拿起手机，重新拨通米奇·米德的号码，还是没有应答。假释官们应该早已习惯，即便是在下班后也会有执勤任务，因此这种电话无人应答的情况使得卡姆有些担心。倒不是说米德就没有资格享有私人生活。但是卡姆还从未碰到过假释官不接电话的先例，无论是在什么时候。

他站起身从弗兰克斯手中接过文件夹。汉弗莱的信息中不仅列出了齐普希营业场所的电话，还登记有他自己的一个号码。卡姆按下号码，在不耐烦地等待接通之际，他看了弗兰克斯一眼，后者摇摇头。汉弗莱没接电话。

电话铃响了几次后，卡姆耳畔传来一个暴躁的招呼声："齐普希先生，我是刑事侦查部的卡梅伦·普雷斯科特探员，抱歉现在打扰你。我们想定位你的一名员工，他名叫吉尔博特·汉弗莱。你能否告诉我，你上次看到他是什么时候？"

"是前员工了。"他声音充满挫败感，"你要是找到那狗娘养的，也请你通知我一声。我原本想着，给这个劳改犯放个假，就当扶持他一把。可这狗娘养的，却打了我的脸。"

"他今天来上班了吗？"

"如果他来上班了，我也不会炒他鱿鱼，不是吗？我有两天没见着他了。假释官打过电话来，询问汉弗莱的情况，我也是这么告诉他的。那家伙一开始还规规矩矩的，嘿，雇佣犯过罪的人，能得到相当多的减税额呢。但是如果那家伙害我人手短缺，那减税也无济于事。"

卡姆梳理过这连番的抱怨，然后集中精力去对付引起他兴趣的那一点信息："那么你上次和米德先生讲话是什么时候？"

"和谁讲话？哦，你是说假释官啊。我大概是在昨天中午给他打过电话，告诉他汉弗莱没有来上班。我们说好的，汉弗莱要是生了病，或是有什么情况，应该先向假释官通报，然后再给我打电话。但是他二人都没给我来电话，所以我就联系了米德。他说会帮我找汉弗莱，那之后就没他的消息了。"

从齐普希说话的声音中，很难听出他对谁更不满，是米德还是汉弗莱。

"那你有没有见过汉弗莱先生开一辆白色或深蓝色的厢式货车？"

那男人轻蔑地笑笑："开车？他哪有钱买车？汉弗莱上下班都靠公交。"

"那他在替你干活时，具体是要做些什么？"

"我让他做什么，他就得做什么。打扫办公室，有时还要归置东西，不过多数时候，我是派他向人们展示他们感兴趣的汽车零部件。那家伙壮得像头牛，那是他的一个优点所在。他帮我开装载机，搬运较重的零部件，不过我曾见过他用肩膀扛起一排汽车长座位，穿过院子送到一名顾客面前，轻松得像是空着手一般。这样的人在我这行当中用处很大。"

"所以他主要是在你的修理厂工作。"汤米也在收听电话，不过珍娜却全神贯注地在网上看什么东西。

"那他妈的……"那男人显然话说出口才想起来是在和谁通电话，于是便换了换语气，"那他还能去哪儿工作？"

"我知道你还有另外一处营业场所。"卡姆拿起一张纸，念出珍娜之前在上面潦草写下的地址，但还不等他念完，那男人就回答了。

"是的，我是有，不过那里已经不营业了，只是座旧仓库，我主要拿来存东西用。只是几个月前，我让汉弗莱和另外一个员工过去做了清理。那片街区正在重新开发，要建阁楼式公寓和写字楼。我想早晚会有房产中介来敲我的门，出价买那块地，我可不打算贱卖。"

卡姆不等那人解释清楚自己谨慎的生意观，便插话道："那是你拿着唯一的一把钥匙吗？"

"我办公室里还有多余的一把，不过，是的，我是唯一能进入的人，而且我对办公室的物品看得很小心。我是说，当你雇佣有犯罪前科的人时，你不得不这么做，对吧？"

"我很感谢你肯花时间解答疑惑，齐普希先生。如果还需要更多信息，我会再给你打电话。"

从说话的口气中，能觉察出那男人耸了耸肩："不明白原因，旁的事情也无法告诉你，不过你请便吧。"不等多做解释，他便挂了电话。

"有了！"卡姆刚说完，珍娜就自我庆贺般地挥了挥拳头，"卡姆，你应该去心理咨询热线工作，你的天赋在这里真是大材小用了。汉弗莱有驾照，但没车。他一直是个安全的驾驶员，没有违章记录，但是五天前有交通监控拍到了他的照片，地点是在齐普希那座弃置的仓库以北的两个街区。当时他驾驶的是一辆白色厢式货车。"她将笔记本电脑的屏幕转过来，给他们看。

弗兰克斯斜眼看着那照片："要赶在昨天绑架索菲亚，留给他给货车换漆的时间不够啊。"

"他不一定非得要给车子喷漆，可能是贴了膜。"卡姆扬起眉头看着珍娜，"你听说过这办法，对吧？有一种薄膜，可以贴在汽车上，暂时改变车子的颜色，就像给车窗贴的玻璃纸一样。想贴得专业些，需要花大价钱，不过要是掌握了方法，厢式货车贴起来不像汽车那么难操作，因为没那么多曲线和角度要对付。"

卡姆唇边慢慢浮出一个微笑："她有时候会叫你感到惊喜，不是吗？"他小声对弗兰克斯说。

而弗兰克斯却正在看自己的手机："比起叫我惊喜，她吓到我的时候更多。"他显然是找到了目标，于是便按下按键，然后将电话拿到耳边。

"我有个叔叔是老师，同时还帮汽车喷漆做副业。"珍娜说话的声音中依然能听出那个发现所带来的激动，"我曾经亲眼见过他给车贴膜。除非你能找到像我叔叔那样收费低廉的人，不然贴膜比专业汽车喷漆也便宜不了多少，不过如果你能自己动手，买材料的花费不过几百美元而已。"

卡姆盯着珍娜，同时听到了汤米的提问："那他们会去哪买材料？"

珍娜已经开始摇头："我知道你在想什么。汽车用品店和带汽车分部的百货公司都能买到，不过我叔叔一般会从网上的一家打折店订货。网上有很多中国人开的设备用品店，你需要的一切都能买到。"

卡姆将这条信息放在一边，以备进一步参考。他首先想确定的是，马钱德的汽车确实换了颜色，而且他需要亲自同汉弗莱谈谈。

他本打算让米德陪他去找那人，但又不想干等。

"重要发现，珍娜。"

弗兰克斯收起手机："我刚给我的一个假释官朋友打了电话。就碰碰运气，问了他认不认识米德，他说认识。这倒没什么可惊讶的，因为第五区的人相当少。他说他们今天在安克尼开了个培训会，但米德没去。"珍娜耸起一只肩膀："可能是休假了，或者请了病假。"

卡姆猛地推开面前的桌子："我现在就要答案。才刚过八点半，我们今晚就去找史黛西·马钱德，亲自看一看她的货车。如果等到周六去她家，找到她的可能性应该会更小。我想问她几个关于她弟弟的问题。"

珍娜和汤米也起身。

"然后呢？"珍娜说着弯腰拿手袋。

卡姆穿上西装，耸耸肩说："然后我想找到吉尔博特·汉弗莱，跟他聊几句。"

恐惧让索菲亚的大脑像是被冰冻了一样。她用目光估量着到门口的距离，男人进来时没锁门。这时他转了转身子，她的心骤然下沉。有他在场的时候，她连动都不敢动。她看一眼男人脸上得意的笑容，明白他是在等自己先尝试，那样他就可以实实在在地享受她的挣扎了。

男人的胸肌鼓胀得像是卡通人物。他身上有几处文身，有些她能认出来是监狱文身。她在这些年来面访过的罪犯身上也曾看过类似的文身。他文了两个半臂，背上也有很大的一个。

她想到，这个男人施虐倾向的每一处细节，都和她做过简况侧写的最臭名昭著的罪犯毫无二致。恐惧像触须一般，缠住了她的大小血管。

最主要的区别在于，她之前面访的人都被严严实实地关在铁栏之后。面访中他们戴着手铐和脚镣，而在这里，她才是被囚禁在笼子里的人，只能任凭这个施虐狂摆布。

男人将手伸向腰带，他的运动短裤已经因为勃起而像帐篷般支了起来。索菲亚在恐惧和战栗之间抓刨着寻找理智："对于发布新的简况侧写来说，时间至关重要。不过，当然了，你是知道这个的。"

男人双手停下动作："做那个的时间很多的，先来给你些教导。四肢着地爬过来，给我舔。把我伺候舒服了，我们就可以轻轻松松地，先操，然后再打。"他大笑着，左边的下门牙缺了一颗，"像你这样趾高气扬的婊子医生，估计还从来没被狠狠地操过。我来教教你，让你学些永远都想象不到的方式。"

她狂跳的心这时平静下来，取而代之的是一份坚定的决心。她已经尽可能地拖延了那不可避免的事情了。接下来……

"我渴望学习，但是我也渴望弥补之前发布的简况中的错误。"

你天生就有一种同理心，会叫人想要回应。弗莱恩很久以前说过的话语在她脑中闪现，这可以作为一件有利的工具或武器，用以对抗那些想要掌握控制权的研究对象，善加利用。

"如果你同意接受采访，让我忙上一整晚，那样我就能赶在早间新闻播出之前，准备好一些材料，发布出去。你肯定想立即行动，我们可不想新闻评论员对新的简况侧写大加贬损，说些什么我已经患了斯德哥尔摩综合症①之类的鬼话。"

男人的表情一片茫然："你究竟在说什么？"

索菲亚小心翼翼地试探着。她现在完全是在放烟雾弹，而且她希望这陌生男子不会发现。

---

① 又称为人质情结，指被押人质对绑匪产生怜悯之情的一种心理状态。

"我敢肯定你看过相关的电影，或是读过此类文章。有一个理论说，受害者被关押的时间越长，他就越容易对俘虏者产生怜悯。如果所谓的专家们在媒体上大放厥词，说我失踪的时间已经很长，足够患上斯德哥尔摩综合症了，那新的简况报告就无法引起应有的关注了。"

这个理论虽然在过去曾得到接受，但近年来却正在丧失专家的支持，索菲亚自己还从未归咎过此症。与该症相关的表现更容易被归为洗脑，以及受害者适应了新的环境后，推理能力开始自动下降。

但是她祈祷这个男人不要发现。

"斯德哥尔摩综合症，我想我在一个电影里听过这个词。"

男人没有朝她走近，希望展开了小小的一角。

"这一切你当然全都知道。不过手写的简况文件最好，这样笔迹专家就能拿去和我的字迹作对比，证实其书写人。"她强挤出一个小小的微笑，"最重要的是，能够纠正不正确的简况。这样媒体就能围绕着这一点谈上好几天。所有人都会知道，我给你的描述错得有多离谱。"

对于一个体型巨大的人来说，他的速度快如闪电。她的头上挨了一击，向后倒去，耳畔嗡嗡作响，疼痛的泪水涌满眼眶。

"那我就应该相信，你是真的想把关于我的正确消息传递出去，哈？你一定觉得我他妈的蠢疯了！"他每说一个字，声音都在加大，最后几乎冲她尖叫起来。

疼痛的涡流穿透了她的右下颌，就连牙齿也在痛。他的怒火来得如此突然，如此残暴，让索菲亚知道自己之前的推测是正确的。如果这男人没有服用类固醇，那他一定也服用了其他会增强暴力倾向和冲动心理的物质，这让他更加危险。

"我想做这件事，并不是因为你！"她声音中的颤抖几乎没有伪装的成分，但她所讲的内容却纯属谎言，"我不能忍受失误，无论是我自己的，还是别人的。我必须改正错误，这是我欠你的，也是欠我自己的。然后我必须为错误接受惩罚，这是我母亲教给我的。我希望受到惩罚。"

男人观察她的姿态，这让她的身体止不住地发抖。在他的瞪视之下撒谎，假装自己很顺从、服从管教，真是莫大的折磨。

但还有更糟的，那就是想到再过多久，这男人会将这份谎言变成现实。

"有个老头子，也教过我同样的事情，他对我很严酷，不过那并没有伤害到我。他教我怎样成为一个男人。"

索菲亚相当确信，男人父亲对待他的方式，把他教成了什么人。施虐狂是逐渐成长的……那种倾向往往从童年时代就开始发展了。在这场将她自身也卷入其中的猫捉老鼠的游戏里，她必须用上她对这种人所知的一切，以及她对这个凶手的全部假设。

她只是希望自己能坚持演完这出闹剧。

"好啊。那我们就来完成这个狗屁访谈，这样你就能发挥作用，纠正你讲的关于我的错误，等着。"他咯咯笑着弯腰抓起T恤，心不在焉地套上，"不过我猜你除了等，也没有别的选择，不是吗？"

索菲亚仔细地看着他打开牢门，走出去后又关上。他很快就走出了她的视线，但是片刻之后他又回来了，用钥匙锁上牢门。他走开了，拿走了泛光灯。低沉的脚步声越来越远，接着是门打开的嘎吱声。

不过她并未放松注意力，她没听到他关门，这就是说他并未走远。但是那男人刚一离开，她心中就充满了安慰，那感觉几乎将她淹没了。她只是为自己争取时间罢了，而比起那男人为她准备的其他计划，时间弥足珍贵。

她必须找到某种办法，将已经开始的伪装再多坚持几小时。如果她能拖延足够长的时间，或许能将他阻止到明天。这样她就能有多一天的时间，来寻找办法逃脱。

而在这段时间里，她还必须避免再度激得那罪犯发脾气，这样就等于是要在不知道他发怒点的情况下达成目的。她小心翼翼地碰了碰自己抽痛的下颌。与他这样的男人交谈，撰写详细的分析文件介绍他们，分析是什么塑造了他们，她在这方面已经有了十多年的经验。

但将自己的性命依附于此，这还是第一次。

"我刚才跟你说过——我不能给你看那辆货车，因为我丈夫开走了。"史黛西·马钱德声音里的粗野也映射在她的表情和肢体语言里。她双手紧紧抱在胸前，一绺金发软绵绵地搭在脸上，她扬起下巴，将那绺头发甩回去，

"话说回来，你们为什么想看那辆货车？那车又没出过车祸，如果你们怀疑的话。我们俩开车都很小心的。我们在保险上达成了协议，因为谁都没那么多钱去交罚单。"

"那你弟弟吉尔博特·汉弗莱呢？"卡姆紧紧盯着她的表情，"他开车小心吗？"

但这女人的表情中看不出太大的情绪波动。

"这和我弟弟有什么关系？"

"那车他也开过，不是吗？"

听到卡姆的问题，马钱德不停地摇头："没啊，只有我和我丈夫开。孩子们又还没到能驾驶的年龄，所以我们是仅有的两名投保司机……"

但当汤米调出两天前交通监控摄像机拍到的画面的放大版时，

她的声音渐渐低了下去。图片上的车牌和司机都能看得很清楚。

她耸起瘦削的肩膀："好吧，我是让我弟弟开过一两回。他有合法驾照，他开也不违法。至少……"她突然间露出担忧神色，"把我的车给别人开，这不算保险诈骗，对吧？我敢肯定这不算，不过那班警察有时候很难对付。我可不想搞砸了，失去我的好司机保险折扣价。"

"我们不是来查保险的。"卡姆尽量保持耐心地说。

这时，三名探员都站在马钱德家那座整洁的砖建平房外的混凝土小门廊上，而马钱德则站在纱门里面。她没有打开纱门的意思，卡姆明显觉察出，这女人此刻最想做的就是把门摔在他们脸上。

天色虽然已经黑下来了，但时不时地，还是有孩子踩着滑板车或滑板经过。因为马钱德并不看他们一眼，所以他猜测那些都不是她的孩子。但房子里不知什么地方隐隐传来孩子的声音，也许都是她的孩子们发出来的。

"听着。"现在她的语气听起来很疲惫，"我有工作。我按时交税。看在上帝的份儿上，我还加入了孩子学校的家长组织。我弟弟是不算什么好人，但他总还是我弟弟，所以他问我借过几次货车。如果他欠了交通罚单，我敢肯定我会知道的，然后我就会告诉他，他会妥善解决的。他有工作，而且他也在努力尝试，你知道吗？"

根据一个小时前他们获知的信息，卡姆还是不相信这番话。但是他没有证据来怀疑，马钱德不是她所展示的辛苦干活的妈妈的形象。而且他也知道，有个像汉弗莱这种背景的弟弟，该是多么的艰难。

"你丈夫把货车开去哪了？"

"他和哥们开着去南达科他州猎草原犬鼠了。"她耸耸肩膀，然后又放下，"他们每年都去，不过是一帮成年男人找个借口去度假罢了，喝喝酒什么的，要是你问我有什么看法，我觉得他们的行为就像傻子，不过要是这样能让他开心……他三天后回来。"

"你丈夫开走那车时，车子是什么颜色？"

马钱德眉头皱了起来："你这话什么意思，什么颜色？你从那位探员的照片里能看到啊，是白色。"

"那你弟弟开那车时，最长开了多久？"

她一双蓝眼睛机警地盯着卡姆："我听不明白，你到底是对吉尔①感兴趣，还是对那车感兴趣。他有两次把那车开去过了夜。出狱那会儿，他需要车来帮忙搬家去公寓。他有些东西存着，需要拖走。两天前他也用过车，说是会还回来，但最后没还。我丈夫吉姆为这个还大发雷霆，因为这样他就必须开车载我上下班。不过第二天晚上，我们去把车开回来时，也没怎么抱怨，你知道吧？和吉尔这种人犯不上计较。"

"那你弟弟的朋友们，你有什么了解吗？他不上班的时候，会去些什么地方？"

屋子里面有摔门声，接着是一声响亮的"妈妈"。马钱德回头瞄了一眼，大声喊道："等会儿。"接着便又回过头来面对他们，"我只认识几个他在进去之前交的朋友，没一个是好人。我不知道他们现在是不是还在来往。而且我特别注意不去打听吉尔的事，不过我知道他在奇普汽车和消防物业公司上班。我见过他的假释官一次，那人叫米德。除了上班、去教堂、和假释官会面以及时不时去一趟杂货店以外，吉尔不应该去其他任何地方。这样我倒是可以轻松一些，能阻止他来我家，因为跟你说实话吧，我不喜欢他围着我的孩子转悠，尤其是在我女儿们身边晃。这让我觉得自己是个很差劲的姐姐，

---

① 吉尔博特的简称。

178

虽然他已经偿清了欠社会的东西，但我首先是一个母亲，然后才是姐姐。所以我觉得很愧疚，当我能做出弥补的时候，我也会帮他解决困难。我能告诉你们的就这么多。"

又一声"妈妈"传来，语气更加急迫。

"我就来！"马钱德大声答应着离开门口，显然是想要结束这场对话。

"我想你可能还记得你弟弟的朋友们的名字。"卡姆立刻说，"说完我们就不打扰你和家人了。"

"杰森·道斯，迈克·奎因，还有帕特·……麦考密克，我记得的是这些，是很久以前的事了。都是一群失败者，说不定现在都进了监狱。我不知道，也不关心。"说完门关上了。

探员们返回汽车。来的时候，是珍娜开车载的卡姆，弗兰克斯则另开了一辆，以防需要分头行动。"听起来足够真实。"珍娜说道，"跟那样的弟弟住在一个镇上，还要抚养孩子，她过得不轻松啊。"

"但我们不知道，她愿意帮她弟弟到什么程度。"弗兰克斯插话道。他们说着继续往停车的路边走去。"不过很明显的是，那辆货车要过几天才能回来，所以我们暂时还无法去搜查。"

"我们可以随时查看I-80号公路上的交通监控视频，以验证这女人所说的信息能不能派上用场。"不过卡姆在内心深处相信，马钱德说的是真话，"我现在更想做的，是亲自和汉弗莱谈一谈。"

"你来开车去汉弗莱家，我趁这段时间查查汉弗莱以前的朋友们。"珍娜向卡姆的车走去，"有某种直觉告诉我，我们的运气不会比戈麦斯好。"

汉弗莱住的是一座砖建公寓，外表已经没有任何可观之处，条件正不断恶化。探员们下车后站在街对面，打量那建筑。那一片的路灯只有少数几盏还亮着，卡姆猜测其余的应该是有人故意弄灭的。

在这片街区，维修的请求应该会拖很久才会得到处理。而新的灯泡一换上，其余的就又会熄灭。

一辆停在几码之外的黑白车子打开了门，一位身着制服的DMPD警察下车朝他们走来。卡姆向他作了介绍。

"我是警察瓦尔·戈麦斯。"那警察斜眼看向那座建筑，"实话和你们说吧，天黑后这地方看上去还好了一点。还是没有汉弗莱的影子。那建筑有一个侧门，旁边有条小路，不过在我的位置，每个出口都能看得清清楚楚。四十分钟前，我还进去过，如果汉弗莱在里面，那就是他没应门。"

"他之前的两天都翘了班，所以说不好他上一次离开这里是在什么时候。"卡姆告诉他。或者说，不知道他到底有没有离开，离开了多久，"我们准备进去看看，找他的邻居聊聊。如果你看到他，就给弗兰克斯打个电话。"

"明白了。"戈麦斯说着回到自己车上。

"有没有可能，汉弗莱过去的某个哥们也住在这幢楼里？"三人等一辆锈坏了的黑色小卡车经过，才走过马路。

"马钱德很会看人。她告诉我们的那几个名字，有两个人的下场如她所言。"珍娜汇报。这位红发女探员很容易就能追上另外两人的步速，"麦考密克因为接受偷来的物品，刑期被延长五年，而这已经是第二次延长刑期了。道斯因为过失杀人被判刑十年，两年前出来了，他住在松山拖车营。奎因没坐牢，要多花些力气才能追踪到他的下落。"

通往大楼的台阶是混凝土建的，两边有很宽的砖混结构的栏杆。到处都破破烂烂，需要修缮。前门因为多年来曾无数次受袭，上面疤痕累累。卡姆转动门把手，推开门。

门厅里点着一盏用铁丝围起来的灯泡，光线昏暗。与前门外相对来说较安静的街道相比，卡姆能听见大楼里某处传来婴儿的哭声、立体音响声和电视的刺耳声响，还有高声说话的动静。

"他住哪层？"

"三楼。"珍娜回答。

"当然如此。"他小声说一句。

他们经过一座小电梯，门上贴着"故障"的字样，他推测那电梯应该是二十世纪八十年代安装的。他们走向将门厅分割开来的宽阔木头楼梯，三人排成一列纵队爬楼，途中遇到的人谁也没看他们，谁也没搭腔。

但是上到二楼后，情况发生了变化。有两个黑发男人靠在一扇窗的两边，一脸冷酷地打量他们，那两人都没刮胡子，都穿着白色带罗纹的汗衫。卡姆甚至懒得去猜他们为什么会那个样子站在那里。他一看到就认出来了，两人都是把风的人。当他们转过楼梯拐角，接着爬下一层时，其中一个人掏出一支手机。

"有人把我们的到来通报给楼里的某个人了。"弗兰克斯小声说。

卡姆也看出他说的是对的，在不到一个小时之前，戈麦斯身穿警服出现，并没能阻止209号公寓中正在进行的非法活动，不过卡姆甚至无暇关注这些。

到今天午夜，索菲的失踪时间就将达到二十四小时，他体内的时钟每分每秒都在滴滴答答地响着。他需要有强大的意志力，才能阻止自己不去思考她在此刻可能正在遭受的折磨。

十二天。他沿着狭长的走廊行进，脚步声似在回应着脑中的想法。时间太短，还不足以构建起一份关系。其开始和结束都是索菲的意愿，而且说实在的，结束的时机刚刚好。他仍在等待鲍德温的另一只脚落地，自从那封信寄到后，这人就没有进一步的动静。如果卡姆和索菲已经建立了更深层次的关系，那他可能根本无法正确处理她的失踪案，他可能根本无法将那纠结成一团的恐惧推到一边，每当他允许自己去思考她的命运时，那种情绪便会在他心头涌起。

然而，他脊背上的汗水却并不是因为这番行动而起。他们停在汉弗莱公寓的门口，卡姆握紧拳头。正当他做好准备，要去敲318号公寓的门时，隔壁公寓的门开了，一个女人钻出头来，但看到是三名探员，便又缩回身去。

"汉弗莱先生。"卡姆叫道，"我们是DCI。开门，我们想和你谈谈。"他们等了一分钟，然后又一分钟。卡姆仔细倾听里面的动静。走廊其他关闭的门后传出各种纷乱的声音，但都不是从318号房里传来的。他又敲门，"汉弗莱先生，开门。"他向珍娜和汤米示意，两人分开来，分别走向汉弗莱公寓两边的隔壁，敲响房门。卡姆再次敲门，不过心里已经接受了这间公寓里现在没人的事实。

珍娜那边也没有人应门，不过他们几分钟前看过一眼的那个女人开了门，她并没放下安全锁链。卡姆走过去，站在汤米身后。

"抱歉打扰您，女士。"汤米的声音很平稳，"我们想找您的邻居。您能告诉我，上次见到他是什么时候吗？"

那女人身穿一件黑色无袖紧身上衣，迅速摇摇瘦削的肩膀："不知道。没关注过他，他走他的路，我过我的日子。他喜欢这样的关系，我也不想惹麻烦。我说得够清楚了。你听清了吗？"

弗兰克斯继续问："您今天见过他吗？"

她摇摇头，鬼鬼祟祟地瞄了汉弗莱的门一眼："他不喜欢有人在背后议论他，不过他最近都没怎么露面。我们平时都是差不多时间去上班，这么一说我想起来，我今天和昨天早上都没见着他。之前也有人来敲过他的门，可能和昨天来的是同一个，不过我没看。你们可别惹他那样的家伙，知道吧？他刻薄又邋遢。"

"在此之前，您见过有人来找他吗？"

"前些日子，看到一个金发女人和几个男人一起来过，他们为了一辆货车吵得不可开交。"女人说着已经在轻轻关门了，"我能告诉你们的就这么多。我甚至连那家伙的名字都不知道，不过我倒是有点希望他别再回来了。"

他们又敲了敲走廊里其他几扇邻近的房门，不过没有一扇门被打开，哪怕里面明明有声音传出来。卡姆意识到，他们出现的消息已经传遍整幢大楼了。而且在这地方，人们都不想同执法人员讲话。

"希望在拖车营运气会好些。"他们转身准备离开，卡姆说道，"不过能知道米德上一次看见汉弗莱的时间，也算是个收获。"他看着弗兰克斯，"再给他打个电话。"后者掏出手机拨号，"等出了门，我再找找玛丽恩·汤普森的电话。"汤普森是管理本地区的惩教处司法管辖区的部长。此外，她还负责监督被分派给本州中南部县市的罪犯的假释官和缓刑监助官，"至少她会知道米德的下落。"如果米德休假了，那汉弗莱就可能被临时分派给其他假释官了。

他们没走几步，就都停下了脚步。卡姆看着弗兰克斯，后者此时仍将手机按在耳朵上，接着他又看看珍娜，然后三人一句话也没说，变换成一列纵队，走回汉弗莱的门口，倾听里面的动静。

他们不会听错，从门内传来的声音，那是手机铃声。

第11章

索菲悄悄看了一眼卡姆。他正慢条斯理地进食，好似那行为让他感受不到任何乐趣似的。她本以为问题出在自己准备的食物上，不过他有一次曾说过，他爱吃意大利菜，而烤宽面条又很容易做，此外，那还是她少有的几道拿手菜之一。

他一整个晚上都心不在焉的样子。这种情况甚至从昨天就开始了，当时他打了个电话，之后便请求取消了艺术节之行。那通电话听起来很不自然，讲得很冷淡。那会儿她非常失望，不过她当然也明白，她俩都可能突然收到工作任务。最后她和两个邻居一道去了艺术节，玩得很尽兴。只不过每当她开始放松下来时，都会感到一丝担忧。

考虑到他们之间的关系才刚开始没多久，这与卡姆没去艺术节让她所感到的失望程度并不相称。这些年来，除了他去加利福尼亚参加特遣小组的那段时间，他们只是偶有合作的同事关系。他们在社交聚会中很少遇见。不仅如此，如果那天她在米奇家的派对上郁闷地喝玛格丽特时，他也没有碰巧出现，那过去几天里的事就都不会发生。

她拿起一块蒜蓉面包举到嘴边，若有所思地咬了一口。一想到他如此迅速地让她感觉到他已是自己生活的一部分，这件事让她深感震惊。而事实上，他当然不是。索菲亚虽是逢场新手，但她相当确信，在这样的关系中，哪一方都不能太认真。所以，或许是时候有意识地让自己保持一点距离了。

"我一定是个糟糕透了的陪伴者。"她看到他金棕色的眼睛里写满认真。

"你是有心事，还是饿瘪了？"她稍稍控制情绪。

"我也不知道，也许两者兼有？"他伸手多舀了些宽面条，"不过顺便说一句，这菜好吃极了。我妈常说，通往男人心的路是胃。"他眨眨眼，稍稍露出顽皮的神色，很像他平时的样子，于是她的担心也缓解了些，"不过我很乐意，给你指一条更直接的道路。"

"我不知道。"她拿起自己的葡萄酒，假作思考状，"在童话故事里，捷径似乎总会让主角陷入麻烦。像是小红帽啊，金发姑娘啊。"

"但是抄近路好玩儿啊，走起来更快，而且你永远不会知道，一路上会碰到什么。"

她视线越过杯沿打量他，然后喝了一口红酒，放下杯子："那恐怕我更喜欢路标、GPS、谷歌地图之类的，我喜欢明确即将前往的目的地是何处。"

卡姆用叉子挑起宽面条吃一口："你缺乏创新性，我们要做点什么来纠正。"

她突然意识到，他们这无恶意的玩笑还有着更深层次的含义，至少对她来说是如此。在把卡姆带回家的第一个晚上，她就严重偏离了自己的正常轨道。自那以后，她就像是被卷入了海图尚未标明的海域。而且，话说回来，他是对的。这次全新的体验很可口，让她兴奋，甚至可以说是激动人心。

只是没有地图，她还是不安心，况且，不管怎么说，感情中是没有捷径可走的，不是吗？

　　她虽然并无食欲，但还是又吃了一口面包。也许她也可以适应随便的关系，但是她不确定，自己是否能适应心中没有明确目的地的旅途。

　　门再次关上的声音让索菲亚一瞬间绝望地闭上了眼睛。片刻之后，她重新睁开眼，决心让她鼓起了勇气。之前她也曾有过恐惧，尤其是在职业生涯的早期。即便是坐在对面的嗜虐成性的卑鄙男人已经被关进监狱，她还是感到备受折磨。要倾听他们故事中让人憎恶的细节，要识别出他们在麻木不仁地描述自己所做过的残酷行径时，声音中所流露出的享受。他们中有一些曾极为详细地讲述过，如果有机会，他们会怎么对待她。他们的意图就是要吓唬她，而且他们成功了。但是她想方设法控制住了，没有表现出来，此前她还从不知道自己竟拥有这样的演技。表现得像是不害怕的样子，这样你就不会害怕。这句话成了她的行事准则。

　　可是，对了，当她没有被关在怪物旁边时，那样做要容易得多。

　　男人将泛光灯放在她牢室门前的地上。索菲亚惊讶地发现，他另一只手里拿着满满一袋子从热门的布莱森斯得来速餐厅①买来的食物。将食物放下后，他到旁边去了片刻，然后开始打开门锁。

　　索菲亚在心里琢磨起这个信息。男人两次进来时，都不是从口袋里掏的钥匙。所以钥匙就在牢室外面，可能就挂在不远处的钉子或钩子上。现在既然她知道了钥匙在那里，或许就可以去够过来。牢门铁柱之间的空隙足够她钻过一根胳膊去。就算可能会把钥匙弄掉在地上，那也可以——

---

① 美国的一种司机可将车开到窗口，点单、付费，然后取走食物的餐厅。

"我知道你在想什么。"男人把手伸进袋子，掏出一个三明治。而她的肚子也在这时候咕咕叫了起来。在从伊代纳返程途中，他们去过一家快餐店，从那以后她还没吃过东西。不过在这时，口渴的问题比饥饿更严重，她口干得连唾沫也咽不下，"你是在想，能不能够到钥匙？他有没有那么愚蠢，会把钥匙放在你能够到然后逃走的地方？"

男人把钥匙举起来给她看，以示羞辱。接着他不等她反驳，便拿走钥匙打开牢门，弯腰抓起袋子走进牢室，然后把门在身后关上。

"以前我母亲要惩罚我的时候，总是会把我推进走廊里的壁橱，然后关上门。"她默默在心里为这个谎言向母亲道了歉。海伦·钱宁从来都不会想到用这样残忍的方式来对待小孩子。但是从这男人所有的抗议行为来看，她比之前更加确信，她所写的罪犯简况中，绝大多数情况都再准确不过。男人如果发现他二人之间有共同点，会更愿意提供信息，无论有意无意。

"壁橱门上没有锁。有一次她忘了我还在里面，于是我就被关了一整夜。但是我没有偷跑，而是一直等到她来找我。"

男人将袋子向她扔去，她笨拙地接过来，但却没有打开，尽管饥饿的爪牙正在她体内抓挠。

"因为那样做，她会更狠地揍你屁股。"

"不是，因为我的惩罚还没结束。"她看到他脸上迅速掠过的神色，尽量让自己的表情显得诚实。

男人眯缝起眼睛，一股恐惧沿着她脊柱蜿蜒而下："你在等什么？难不成现在喂你还太早？或许我该等到明天再给你食物。"

"我在等待可以进食的许可。"

她见男人的惊喜表情中有胜利的神色一闪而过，他已经放下了警惕。索菲亚不知道该怎样利用那一点，但却发自本能地意识到，她成功的关键就在于，让他相信自己编造的故事。

"继续说。"

袋子里有一个带盖子的塑料杯，里面插着根吸管，索菲亚先拿出那杯子喝起来。水是温的，不过却能立即缓解她干渴的嘴巴和喉咙。她喝了半杯后强迫自己停下来，一直到这时，她才被饥饿感压倒。她所能做的全部，就是强忍着不去撕扯三明治的包装纸，狼吞虎咽，而是强迫自己小口小口地咬，慢慢咀嚼。那东西已经凉了，而且毫无味道。

"谢谢你。"

"你以为我会饿着你吗？我不是怪物。"他朝她走近一步。她于是拖着裹在身上的被子边缘，走下床垫，坐在水泥地面上，希望男人会将这个举动当作顺从的标志。但说实在的，她不能确定，如果男人再来触碰，她是否能把这戏演下去。

"况且，我还为你准备了别的计划。想听一听吗？"男人渴切地看着她的脸，并活灵活现地详细描述他为她做的计划。

索菲亚紧紧抓住她对从前面访过的监狱中的重刑犯的记忆，那些人中有些也曾用过同样的计策。而眼前的男人也和他们一样，期待看到她的反应。对于那些人来说，外表的冷静是正确的回应，但这个人需要的是不同的对待方式。她没有流露出任何厌恶神色，但表情中的恐惧是不必伪装的。从男人眼中闪过的满足之中，她知道这取悦了他。

"最好快些把这个访谈搞完，这样我们就可以快活快活了。"他把手伸到下面，轻轻抚摸他膨胀勃起的部分，"我家老头总是说，浪费好木头可耻。"

他这种一直持续的性兴奋状态，一定是服用药物达到的。索菲亚心想，是不是他正在滥用的什么药物导致了他的性无能，或者说他是把勃起功能紊乱药物当作了工具，借以持续他的性虐行为。索菲亚一时口干舌燥。当证据就摆在面前时，要想再主观忽略这个问题就显得很难了。

"我该用什么来写呢？"男人没拿便笺簿来。她希望是这样，这样男人就不得不离开去取。或许得耽搁一小时，或者更多，长到她足够试着再逃跑一次。

"你读书行，混社会却不在行，对不对？一贯如此。"男人从衬衫盖着的腰带里掏出一支钢笔，朝她扔过去，"写写清楚。"

她的心往下一沉，男人不会去任何地方，绝望的翅膀在她胸中扑扇。而这一次，她光靠意志力是无法摆脱了。索菲亚感觉自己摆脱男人控制逃走的最终机会正在渐渐远去。

不过尽管这访谈或许只是在拖延时间，让最终不可避免要发生的事情晚些发生，但每分每秒在她看来都像是暂时的解脱。她感到自己又恢复了些坚定，男人之前说过的话在她脑海中回响。

我不是怪物。

听起来像是真正的变态者才会说的话。她拿起那装食物的袋子，因为杯子冒出来的水汽，纸袋稍稍有些软。她小心地将其理平整，接着弄平三明治的包装纸，放到一边。之前她为那些被囚的重刑犯做面访时写的报告文件有几百页之多，光是为这个男人做的简况侧写也有将近二十页。

但现在给她用来写纠正文件的纸才只有两页。

"好的。"她根据这些年来的经验，抬头满怀期待地看着他，"我住的公寓不允许养宠物。"她撒谎道，"不过我想如果允许，我会养只猫。我小时候从未被允许养宠物。你养过吗？"

"养猫。"他声音里充满嫌恶，"我猜你就会养猫，毫无价值的畜生。宠物太麻烦，不过如果让我养的话，我会养只狗，至少它们能学会服从命令。"这番话并不叫人吃惊。精神病患者和反社会者一般出于这个原因，都会更喜欢狗。猫是任性的动物，狗却能无条件地付出爱意，值得信赖。

"这一点对你很重要，教会你周围的人和动物学会服从命令。"

男人迅速看了她一眼："很快你自己就会发现答案。"

她没有迟疑地继续问道："你小时候养的是什么？"

男人的微笑中毫无笑意，反而叫人恐惧："我们什么都没养过，我就是宠物，就和你以前一样。不过我不像你是个好学生，而且我妈也不用壁橱。"

他说话间提到了她刚告诉他的有关她童年的谎话，索菲亚感到一丝满足。这说明，男人相信了。最重要的是，她必须一直编下去，在他们之间建立起一条联系的纽带。

她不能欺骗自己那样的联系就能影响他为她做的最终计划。他会用她分享的故事来羞辱她。但是他对她行动的期待，却会不同于他对她的第一印象所产生的那样。而索菲亚就将利用这一点来操控他，假如有机会的话。

男人令人厌恶地在床垫上伸展四肢，双臂枕在脑袋下："你的病人们会这样做吗，医生？"

"有些会。许多人会坐在我对面的椅子上。最重要的是，让他们感觉自在。"

"如果你过来，给我吹吹喇叭，那我就更舒坦了。你会给病人干那事吗？"

索菲亚的一举一动都小心翼翼。她需要尽量表现出专业的一面，这样才能让他敞开心门。但是如果她不表现出顺从的一面，那又会引得男人大发雷霆。"我不会，不会。不过话说回来，我也从未遇到过有你这么高智商的客户。他们大多数似乎连生活中最小的障碍都无法克服，你已经冲破了所有此类的障碍，犯下了最天衣无缝的罪行。"她冲他摆弄着手中的笔，"实在是天差地别。"

"绝大多数人都是白痴。干着没有价值的工作，接受老板丢在他们面前的各种狗屎，抱怨事情有多糟糕，他们不会试着让事情变得好起来。"

"你会建议人们怎么去改善自己的生活呢？"

男人姿态流畅地坐起身，一根手指向她指来："世界上有两种人，绝望的人和自助的人。如果我十分迫切地想要某样东西，你觉得我会怎样做？"

她不用思考就给出了答案："你会找个办法，把它拿走。"

男人笑得很狡猾。她再一次注意到他那颗缺了的牙齿，记住其具体的位置。或许她可以想个办法，将男人的外貌特征隐藏在简况中。

"可能说到底，你在什么地方还是藏了半个脑子的。对，我会拿走。不过要是那人不蠢，我不会拿走任何东西。比如你吧，安了那么一套可笑的安保系统，甚至连车库到房子的入口都保护了起来。你以为自动车库门能保护你，但其实不然。"男人眨了眨眼，令她脖颈上汗毛倒竖，"我最擅长干那种事。正如你说的，我的眼中没有阻碍，我能绕过它们看到通路。"

索菲亚并不感到震惊。良心是犯罪行为的阻碍，缺少良知让这人的行为变本加厉。因为一个不受同等道德准则束缚的敌人，是很难对抗的。

下一秒钟，男人的神态却发生了变化，变得越来越吓人："你一个字都还没写。"

"我有几近完美的听觉记忆。"这是她对他说的第一句实话，她放下袋子和包装纸，继续说话，"我的简况报告会一连好多页，但是这一次我必须让每个字都具有可信性。所以我不会做笔记，而是依赖自己的记忆。"这做起来并不太难，因为她要写的是一份迎合他自尊心的谬见，而非专业性的评断。

"希望你的记性真如你所说的那么好，这可是为你好。"他在床垫上换个坐姿，背靠在一边的木墙上，"我叮不是什么有耐性的老师。"

"耐心不过是允许人们一再犯同样的错误罢了。"这句话是她几年前面访过的一个罪犯说的。不过这男人并不知道。

"随便怎么说吧。"他耸起一只肩膀，坚定的目光让人心生不安。索菲亚发现自己宁愿他再次躺下，这样她就不用直接面对他，"我的耐心正在耗尽。所以我们为什么不开门见山，你可以问问我最喜欢的童年记忆。也就是我杀了我家老头的那天。"

"我不知道。"艾萨克·麦基说着暂停寻找汉弗莱的房门钥匙，"等消息传开，说我带警察进入住客的屋子，那谁还会从我这租房？"

"如果你枉顾搜查令，最后因为妨碍公务进了监狱，谁还会从你这租房？"卡姆声音强硬，"开门。"

麦基身穿一件破破烂烂的T恤衫，留着一把乱糟糟的山羊胡，个人卫生状况让人十分怀疑。他咬着下嘴唇，似乎是在费劲地思考："或许我该打电话找个律师。"

"你明白搜查令是什么东西吧？我们在找一名失踪人士。"他的沮丧很难抑制。自从刚才他们一起站在这扇门前，弗兰克斯第二次拨打米德的电话后，时间似乎在加速冲刺。从电话铃响的时间来判断，那声音毫无疑问是从汉弗莱公寓传出来的，"我们有理由相信，他之前来过这里，他的手机还在里面。开门，不然我就自己动手了。"

"你最好按他说的做，"珍娜小声说道，"卷进别人的麻烦事里，对你也没有好处，对吧？"

麦基偷瞄一眼卡姆的表情。不管他看到的是什么，总之他加快了速度，从自己的钥匙圈中找出了正确的两把。其中一把是用来开锁的，另一把是开锁定插销的。两处都打开后，他推开门，但自己仍然定在走廊上没动，"我就不进去了，不进去了。要跟这家伙解释发生的事情就够糟的了。那伙计坏透了。"

卡姆从他身边轻轻擦过，"再拨他的电话。"他越过麦基的肩膀说，不过弗兰克斯已经掏出了手机，在按"重拨"键了。这套公寓引以自夸的一个格局特点就是，在一个角落里楔有一间厨房，敞开通往一块巴掌大的客厅。片刻之后，公寓中响起电话铃声。屋内只有两扇门，应该分别通往浴室和卧室。

铃声是从浴室传来的。卡姆掏出手枪，另外两名探员也做了同样的动作。他的视线与珍娜交汇，后者无需言语便向卧室走去，卡姆和弗兰克斯则往关闭的浴室门走去。片刻之后，珍娜返回，迅速摇了摇头。卡姆站在浴室门的一边，伸手拧动门把手，在打开的同时，他和弗兰克斯都用手枪瞄准里面的空间。

但浴室里面极为狭小，才刚刚能够容纳里面的那个人。

那人正被布基胶带绑在位于马桶背后，斑驳墙壁中向上贯通的铸铁下水管道上。

卡姆立即将手枪塞回枪套，向那人冲去，弗兰克斯则离开了浴室。那人的头昂着，卡姆查看了他喉咙上的脉搏。很微弱，但还算平稳。

珍娜拾起掉在那男人脚边的钱包。里面没有钱，但那假释官的驾照和工作证都在里面："是米德。"

"汉弗莱。"那被绑住的男人张开嘴唇，口齿不清地说出这个名字，卡姆一下子惊醒起来。他没意识到米德还有意识。他的身体软弱无力，两只眼眶都呈现出彩虹色的淤伤，有一只甚至肿得完全睁不开，"走了。"

"你知道他去哪了吗？"

但说出这句话似乎已经耗尽了那人的心力。卡姆能听到珍娜在另一个房间打电话叫救护车，之后又呼叫了戈麦斯。弗兰克斯返回浴室，卡姆从他在厨房抽屉里东翻西找发现的刀具中挑了一把，两名探员开始将米德从胶带里解救出来。

"看见这里了吗？"卡姆叫汤米来看米德后脑勺上已经流了很多血的那条伤口，"他一定是昏迷了很久，汉弗莱才能把他拖来这里绑起来。"

"从他两只拳头的样子来看，他们之前恶斗过一场。"弗兰克斯在割胶带时发现。两人将假释官解开后，卡姆扶起他，将他尽可能轻地放在地板上。"给特里洛德打电话，再弄一份针对汉弗莱的警戒令。把奎因在松山的住址给他。他们还需要去搜查马钱德的住址。"虽然他倾向于相信史黛西·马钱德，但很明显，这女人害怕她弟弟。如果汉弗莱坚持，卡姆怀疑马钱德是否能拒绝给她弟弟提供藏身之所的要求。

卡姆去卧室扯下床单，盖住受伤的假释官，接着他自己也打了个电话。

"齐普希先生，又是我，普雷斯科特探员。我们今晚需要去你那套空置的房子中看一看。是的，先生，就现在。"这时他的目光落在米德身上，后者正不安地动来动去，"我知道现在很晚了，不过我恐怕必须得看。我们三十分钟后去那里同你汇合。"

过了快四十分钟，卡姆敲响那辆停在仓库门前的汽车的窗户，车窗降了下来。

"这里就是一堆破烂。"

卡姆从未见过齐普希，所以无法确定车窗后的人的身份，不过他听出了急躁的声音，"为了个愚蠢的差事，就把我从床上拖下来。没有什么事是等不及明早，一定要今晚完成的。我保证，一定会把这件事告诉你们的上级。"

"这地方除前门外，还有多少个入口？"卡姆打断那人的抱怨。

"有一扇单开门，还有两扇升降门，前后各一个。不过我禁用了前面的那扇升降门，我不想惹麻烦。后面的那扇单开门也用木板封起来了，去年有些狗屁倒灶的家伙想闯进去，从那以后就封了。"

那人准备下车，卡姆阻止了他："我来拿钥匙，齐普希先生。你就待在这里等吧。"

"我听你的才怪！"借着那破烂汽车里灯光的帮助，卡姆能清楚地看见男人昂起了下巴，"记着，这是我的房子，我才能进去。"

"恐怕我不能答应。你坐在这里吵嚷的时间越长，你损失的睡眠就越多。"

那上了年纪的男人又争了一会，不过最后看出卡姆是坚决不会让步了，于是便给车子熄了火，掏出钥匙圈，从上面取下两把，因为怒气冲冲，动作显得磕磕绊绊。

"上面那把开门，另一把开锁定插销。等你进去发现里面空无一物，到时我们再算账。"他说着把钥匙从窗户递出来，卡姆接过走开，"你现在就可以想想，该怎么道歉了。"

"与乐意合作的公民一起工作总是很舒服。"在他和珍娜随卡姆一道迅速向那座黑暗的建筑走去时，弗兰克斯嘲笑道。

这片区域完全笼罩在阴影中，甚至连时不时碰上的安全灯也无法照亮那黑暗。似乎这些建筑的业主很久以前就放弃了保护他们的资产。

卡姆拧亮从车厢里拿来的手电筒，等待其他两名探员也打开光源。

"根据齐普希所言，只有后面的那扇升降门还能用，不过要做好准备，以防有人从里面冲出来。"他说着将灯递给珍娜，将上面那把钥匙插进门把手，接着用另一把打开锁定插销。他等了片刻，才将两把钥匙放回口袋，然后从珍娜手中拿回手电筒，掏出手枪，慢慢打开门。

他花了片刻时间，才让眼睛适应里面的黑暗。他们迅速用手电筒将整个屋内都扫过一遍，光线划破黑暗。接着他们放慢动作，仔细查看这地方。

这里上一次使用显然是为了接货。两面石墙边各摆着一排分成多段的存货围栏。卡姆设想了一下，这地方曾经熙来攘往的场面，各种半成品在其中打包和解包，滑移式装载机则绕着较重的货物迅速移动。

而现在这里却空寂到叫人害怕。

探员们分散开，以网格形式搜查整片区域。有一次卡姆以为自己听到头顶上有鞋子摩擦地面的声音。他停下来，仔细倾听，但下一秒他就觉得，那声音是另外两名探员发出的。于是他继续向远处那面墙边的存货围栏走去，打算挨个查看。这地方现在是空的，但并不能说明汉弗莱之前就没用过。

在距离最近的围栏还有一半路途的时候，他又听到一个声音，这一次绝对没有听错。

是楼上传来的脚步声。

卡姆转过身，用手电筒照向珍娜，以引起她的注意，然后将灯光移动到楼上。珍娜和弗兰克斯距离他们刚刚进来的门要近一些。等卡姆与他们会合后，三人一同将灯光聚到内墙一角上安装的一扇破旧的铁门上。门把手已经没了，弗兰克斯伸出手，用掌根将门推开，而珍娜则一直将灯光聚焦在里面的楼梯上。

每一级台阶上厚重的灰尘里都能看到清晰的脚印，至少有两对。

三位探员排成一列纵队走上台阶，卡姆打头。他竭尽全力保持安静，但旧木板不可避免地时不时发出嘎吱声。每当他的体重或其他探员的体重对它产生压力，响起这种泄露行踪的声音，他都会屏气凝神，等待着头顶的脚步声向门口移动。或者看看楼上的人是不是在寻找藏身之地，准备伏击。

在狭窄台阶的顶上，还有一扇疤痕累累的铁门，上面也没了把手。他用了片刻去思考，移走门把手的会不会就是楼上那人。

手枪已经准备到位，他走到台阶的对面，然后慢慢推开门。里面是一片敞开的空间，没有内墙阻隔。一盏便携式闪光灯点亮了整片区域，所有窗户上都贴了黑纸。卡姆立刻就明白，为什么楼上会被选中。这里的天花板极其低矮，而且还横着很大的金属通风管道。那被光线点亮的空间正中，有一个四肢展开、光着身子的人。有绳索捆绑住那人的手腕和脚踝，然后穿过通风管道，系在用螺丝固定在墙上的钩子上，那些钩子似乎就是为了这个目的才安装的。

那俘虏的脚下有一滩血，另有一个人蹲在那里晃了一下，然后传来一个含混不清的声音，似乎在苦恼地说着什么。

"你有两个选择。"是男人的声音，这时他起身站在那被绑住的受害者身前，"按我说的做，不然你马上就会死，就像一坨毫无价值的狗屎一样。你的生命对你有什么价值？"

卡姆已经听够了。他冲进门，另外两名探员紧随其后。

"放下武器。"他大喊着沿一面墙侧身前行，找到一个子弹不会受到阻挡的角度，"立刻！"

"举起手来！"

"举起手来！"

珍娜和汤米几乎是异口同声地喊道。吉尔博特·汉弗莱立刻朝受害者刺去，卡姆朝他的脚边开了一枪，被击碎的木屑飞溅起来。那男人尖声骂了一句，跳回原处。

"下颗子弹可就直接往你胸前正中打了。"卡姆一边靠近，一边用谈话的语气说道，"你的胸口被开过洞吗？很难康复的。不过你要是觉得运气不错，就尽管来吧，再用那刀试试看。"

汉弗莱的手指就像不听大脑的使唤似的，慢慢地张开来。刀哗啦一声掉在地上。

"退回去，远点儿。"他一直等到那人退出手枪射程之外，"趴在地上，双手背在脑后。我敢肯定，你知道什么是正确姿势。"他等到那人遵从了他的指令，才上前将其铐上。随后卡姆站起身，看向受害人。

是个男人。虽然身形纤细娇小，但无疑是男人。不知怎地，卡姆脑中早已意识到这一点，失望之情碾压过来，让他几乎难以承受。

他放下武器。另外两名探员开始解决那名绑着绳索的俘虏。那人的躯体和腹股沟上遍布红色的伤痕，都是些浅浅的刀伤，足够叫人痛苦不堪，但却都不至于危及生命。他和另外两名探员在汉弗莱从这人身上得到满足之前赶了过来。

这时候，卡姆甚至无法思考汉弗莱的目的何在。他掏出手机叫了救护车，要求出警，这感觉似曾熟悉。他没看手机屏幕上的时间，不过这根本就没有必要，他体内的闹钟已经尖声响起来了。

索菲被绑走已经将近二十四个小时了。这段时间里，两名受害者得到了解救。但两人均不是他们要找的。与早上七点钟的时候相比，现在的他们在寻找她的路途上并没有任何进展。

这时候他感到珍娜一只手扶在他胳膊上，但他不敢看她，他太害怕珍娜会从他眼睛里看出些什么。

索菲。她的名字如一声凄凉的嚎叫，穿透了他的五脏六腑，留下一道形如冰封的尾迹。你究竟在哪里？

"你想跟我说说你父亲的死吗？"索菲亚小心翼翼地不让语气中透露出评判的意味。

"当然。"绑架她的人在床垫上俯下身，眼中透出一丝寒意。但这次那情绪并非冲她而来，那情绪是向内的，似乎是在享受一份宝贵的回忆，"我拿了他的猎刀。那杂种把刀磨得很锋利，只要出去打猎他总会带上。我一直没弄清楚，他最爱的到底是打猎，还是揍人。我把那刀藏起来了，等下一次他试图用皮带抽我的时候，我就割开了他的喉咙。"

"那滋味一定让人非常满足。"

这时男人大笑起来，那样高音调的咯咯笑声与他肌肉发达的外表相比显得极为不相称。

"那滋味一定让人非常满足。"他模仿道，"本来是会让人开心的。我想过十二种结果那混蛋的不同办法，但他最终死于工作的油井架爆炸。真是谢天谢地。然后就只剩下我和我妈两个人了。"

"跟我讲讲她吧。"索菲亚邀请道。受过虐待的孩子，长大后并不一定会犯下这男人有过的暴行，而且并不是所有的连环杀手都出身于不正常的家庭。但是就她曾采访过的许多罪犯来说，他们暴行的根源都可以追溯到童年时代。

"想知道关于我亲爱的老妈的事？"他露出嘲笑表情，"照照镜子就知道了。她是个毫无价值的娼妇，就和世界上行走的其他所有女人一样。我父亲是浑蛋，不过至少他还去工作。每次在油井架上一待就是几周，我们对此都没有意见。问题在于，我长得就和他一样，所以当他不在家时，她把对老头子的那一套都拿来对付我。"

"她也虐待你。"

男人耸起一只肩膀，仿佛不想承认，在他人生的某个时间，曾经有个女人，拥有比他更强大的力量。

"最好的事莫过于老头子回家时，能看他痛揍她了。有一次，她躺在地上，姿势刚刚好。"听到男人幸灾乐祸的语气，索菲亚感到身体一阵刺痛，"他就在那里，在厨房的地上插入她。也许他忘了我在场，也有可能他并不在乎。那是我最爱的另一段童年记忆。我看着看着就硬了，不得不跑出去找到一个木节孔或别的什么东西，到里面自慰。"

于是对这个人来说，暴力和性从此便永远结合在了一起，索菲亚想。人类是难懂、复杂的生物。其他人可能会挺过那样的家庭恐怖暴力，变得好支使人、好斗，但却并没有犯罪倾向。有些人会穷尽余生，来打造一种与他们曾经历过的截然相反的生活。然而这男人心里的某种东西，却驱使着他，将童年时期所经受的暴力延续下去，甚至超越过去。

记忆似乎打开了一道闸门。索菲亚在倾听男人讲述内容的同时，也在关注他的措辞方式。自恋型人格在讲话中使用"我"、"我的"这类词汇的频率要高得多。她引着男人讲出了他的学生时代，并不惊讶他会吹嘘自己的霸凌行为。他在家里虽是受害者，但却从早年时代就开始迫害他人。

当他开始厌倦时，她就插话表示赞赏，以此刺激他继续讲。如果他要依靠药物来增强性能力，那么时间就是她的盟友。

她努力作出一个既能表达理解，也能展现自己的恐惧的表情。这样的反应将抚慰男人的自尊心，鼓励他继续讲下去。但是她的注意力却有些走神。男人之前说过的某些话在她的脑海中回响，她想回忆起具体的出处，但一时没找到。应该是他讲父母的时候，说父亲对母亲施暴。男人当时对那场面起了反应……不得不跑出去，找了一个木节孔或是别的什么东西……

一个木节孔……

这时她突然领悟了。她的目光落到男人身后的木墙上。那木头很旧，上面点缀有一些节孔，而如果她没记错的话，那些地方应该是木墙上最薄弱的位置。

一道希望之光闪过。索菲亚将目光重新转回那罪犯身上，手指懒散地玩着手中的钢笔。或许他会把钢笔留下，不过她不能多作指望。然而，笔盖夹……

"是不是你根本就不感兴趣。相比于光讲述，我展示给你看，说不定能做得更好。"

不等男人将话语中的威胁意图付诸实施，她就做出了回应。她沉着地睁大眼睛："你为什么会说我不感兴趣？"

男人肌肉发达的身体绷紧了。他看起来就像是一只已经准备好发起袭击的丛林猛兽。

"别想糊弄我。你走神了一阵子，我可不蠢。"

"不，我觉得你在智商水平表上的打分应该排到才华横溢的等级。"又是一个谎言，说得有些心不在焉，但语气却很专业，"当然，不实际测试一下很难说清楚，但是根据你的表现，以及你愚弄执法人员的那份自如，你绝对才华横溢。"实际上，他的得分可能处于平均范围。这人做事有条不紊，喜欢做计划，但身体行动却很懒散、不够熟练。此外他还会因为一阵阵的冲动而产生情绪波动，一旦被逼急了，很有可能做出鲁莽的行为。

"你刚才在探讨女人的价值，你将你所锁定为目标的每个女人的价值，等同于她们银行户头里能取出来的钱的数量。你是这样说的，我引用一下：'反正所有的猫关了灯都是一团灰，那为什么要在贫穷的婊子身上浪费时间呢？'"

他盯着她看了很长时间，然后大笑出声，他庞大的身躯松弛了些。

"我正是那么说的，哈。不过，把我的话重复说来给我听，这并不能让你变聪明。鹦鹉经过训练，也能说出我们教的话。也许你长了个鸟脑袋，你想过这一点吗？"

他突然发作的好斗情绪像是一块地雷区，需要小心操控。

"我当然意识到了，我的水平不配和你相提并论。这样就让我更急着想要纠正那份简况文件，然后尽快发布给公众知道。"

"我已经说完了。"男人的大腿在床垫边缘晃悠了一下，然后站起身朝她走来，他的意图很明显。

恐惧犹如冰河泛滥，将她淹没了。理智被冰冻后，就很难再思考。男人弯腰一把薅住她的头发，将她猛地拉到脚边。

"我很抱歉。"她结结巴巴地说，焦急地寻找逻辑，"我误解了，我本以为你想将简况报告发布在早间新闻里。早间新闻不是清晨六点就播送吗？"

"时间很多，足够让你了解一下你来此的目的。"他把她的头发紧紧地挽在拳头四周，把她的头拉得往后仰去，叫她痛苦不堪。

"当然，你说得对。也许他们可以改到周六晚上播放。"

男人停了下来："人们要尽快听到关于我的真相，要在六点播送。"

男人的手指在她头发间拧动，疼痛让她的眼眶涌满泪水。

"我需要几个小时来撰写。然后……不管你准备用怎样的方法将稿子送给新闻主播，但我敢肯定她需要提前两个小时做头发和化妆。"索菲亚对于电视新闻主播的日程一无所知，但她的思绪已经一片混乱，"那样你的时间还足够吗？"

这时男人恶毒地扇了她一个耳光，如果不是那只薅住她头发的手将她往上提的话，那力道原本可能将她打倒在地的。

"要不是你一开始在公众面前污蔑我，这份新的简况本来是根本就不需要的。"这时候他已经是在冲她吼叫了，挫败感引发的愤怒突然暴增，"满口谎话的死贱货。"男人将她往石墙上扔去，等她摔在地上后，男人又大步走上来一脚一脚地踢上来。

索菲亚蜷成一团，想尽可能地把自己缩小，每次踢打都让她体内仿佛有疼痛的浪涛在一波波冲击。最后，男人的怒火发泄殆尽，停了下来。

"你有两个小时写作，听见了吗？"

"听见了。"她低沉地说。她无法再承受更多了，哪怕是吸一口气，对她受了猛击后瘀伤的肋骨来说，也是折磨。

门嘎吱运转的声音传来，然后被重重地关上。她听到钥匙插进门锁的声音。男人走远后，灯光散去了。

轻轻呼吸会有帮助。索菲亚小心翼翼地把自己推着坐起来，那动作引得她的身体一阵穿心刺骨的疼痛，她呜咽起来。她为自己争取来一些时间，但却是有代价的。

不过与让男人待在这里相比，这代价还不算高。

两个小时。此刻她没有力气站立，于是便理了理被子，围在身上，然后往钢笔掉落的地方移动。她伸手捡起袋子和包装纸，因为这一连串动作所引发的疼痛，让她呼吸中发出嘶嘶的声音。她每次只能挪动一英尺远，慢慢够到钢笔，接着又担心该怎样写字。垫在墙壁上是不可能的，在垂直的平面上，钢笔无法长时间书写。她之前曾想过趴下来写，但现在却疑心能否做到……

男人的声音从建筑某个隐蔽的地方传了过来。她体内的血液吓得冰冷，几乎凝固。

"……不……看我？你需要……学习……另一门课程。"

索菲亚迅速扭头，慌乱地寻找男人回来的证据。他怎么回来了？他说过有两个小时的。他才离开了没……

他没有离开这座建筑。她突然明白过来。没有光线穿透牢室外面的黑暗照进来，没有脚步声，但她心里还是拒绝承认那唯一的可能性。

接着一个凄惨的叫声在建筑中响起，但却很快停止，然而其中的苦楚却一直在向她发起攻击，让她的头皮一阵发寒。怜悯的泪水涌满她的眼眶。那声音又响起来了，还有殴打的声音，她不会听错。

"停下！"她身体深处的某个地方，本能地呼喊起来。那是不受她控制的发自原始本能的呼喊，"停下！放开她！"

在这座建筑里，除她之外，还关着其他某个人。有另一个女人此刻正在遭到攻击，她承受了男人因索菲亚而引起的所有失望和残暴。

很有可能是柯特妮·范·惠顿正在代替索菲亚，遭受强奸和殴打。

第12章

"告诉我，为什么我们又来了这里？"

"我要帮邻居一个忙。"索菲亚在走道上的一个个笼子间徘徊，频频停下脚步，发出喜悦的咕咕声，"莉维想给卡特一个惊喜，为他准备一只小狗做生日礼物。卡特一心想要只比格猎犬，莉维倾向于搜救犬，她本来准备趁今天带卡特去他爸爸家时去动物收容所里看看的。不过计划有变，她必须去接卡特……啊，你真是个可爱的小家伙！"

卡姆看着她正在逗弄的那只杂色猫咪，心里对她那句夸赞不以为然。那猫看起来似乎是在群猫大战中落败过。尾巴断了一半，一只耳朵疤痕累累，以至于毛都秃了。

"你一定是在说我可爱。"

索菲将手指伸进笼子，轻轻抚弄那公猫的腰侧，全然不顾提醒她不要这么做的警示牌。那猫发出呜呜的声音，像是一架正要起飞的小直升机。

"你做梦的时候还算可爱。"

"你会吓一跳的。我的梦境都极其生动，而且让人开心的是，你在每个梦里都很贴心。"看到她因为这番话脸颊泛出红晕，他咧嘴笑了。

204

最后他们挪动到下一个笼子前，但在那里他们又停住了。

"做梦太多也没什么不好。"她小声说着，冲狗屋里一只蜷成一团正在打哈欠的小绒球发出亲吻的声音，"除非快接近精神病了。这时就建议要服用强力药物。"

"不是我想要的建议啊。"卡姆环视着收容所的规模，推算按照他们现在的速度，要转完需要六个小时，"我没发现，你这么喜爱动物。"

看到她脸上的震惊表情，他满心困惑。

"啊，我没有啊。我是说，当然我喜欢动物，但从没养过宠物。老实说，我完全不知道该怎么养。"

"你从没养过宠物？"他设法赶在她再次停下之前，领着她走过三个笼子，"小时候也没养过？"看到她摇头，他继续说，"甚至连鸟这类的也没养过？"在他和母亲独自过活后，家里一贫如洗，但他总是会有条狗。经常会有脏兮兮的流浪狗跑过来，然后就忘了离开。很难想象没有宠物的童年是怎样一番景象。

"我父母并不认为，宠物是孩子健康成长必不可少的一部分。现在可以养了，但我又不知道，每次要出差几天时，该拿它们怎么办。说不定哪天我会养只猫，猫倒是可以单独丢下一阵子，不是吗？"

"我也听人这么说。"他试着不要让语气中流露出个人偏见。他不养狗也多半是出于这个原因，不过他并不介意养一只需要大量训练的狗，这样他就可以带着它出去跑步。但到目前为止，他一直在推迟承担这种责任。

他们走到一只关着一窝猫咪的笼子前。他一边嘴角撇了撇，既是因为那窝好笑的小家伙，也是因为索菲看到它们的反应。

他的手机震动起来。他从口袋里掏出来，看清上面的来电显示后，之前的好心情一扫而空。来电的是他的前任FBI领导，做卧底工作时，他曾需要向这位探员汇报工作。在特遣小组的那段日子，他曾很信任这人。直到后来，他意识到这探员多么恶劣地背叛了他的信任。

这通电话是对前几天他转发那些藏在报纸中的照片的回应。很明显，FBI的探员们都对这些照片的意义紧张不安。

卡姆自己也仍在怀疑这件事。

"我喜欢从这样的收容所里援救动物的点子。"索菲终于挪动脚步，经过了好几排笼子，"给它们一个家，一个可以爱的人。这会给卡特好好上一课。"

"每个人时不时地都需要援救。"他举起电话，"我得回个电话。"

他大步走开，感到她的视线仍落在自己身上。现在他说过的话回过头来嘲笑自己了。人每天都要做选择，有对有错。

卡姆完全无法确定，两天前他所做的那个决定是否能有任何援救措施。

"汉弗莱囚禁的人身份已得到识别，是迈克·奎因。"卡姆靠在办公椅上，汇报刚刚和DMPD警员特里洛德的通话，"据马钱德说，奎因是汉弗莱的一个老朋友。虽没有案底，但禁毒处很熟悉他。他在这个圈子里已经混了几十年了，没有被捕历史。"他用掌根揉压眼睛，感觉里面像是灌满了沙子似的，"要做到那一点，本身就像一个奇迹。"

"说不定他就是运气好。"弗兰克斯说道，这位年纪稍长的探员需要刮胡子了。卡姆知道，自己看起来应该也一样邋遢，"不过昨夜他的运气耗尽了。"

"据奎因交待，他是两天前被绑架的，这段时间一直在断断续续地受刑。显然在汉弗莱入狱前，有一宗毒品交易挣了一大笔，所以他想要自己的那份钱。但钱不在迈克手中，他也没有办法偿还。"他说着耸耸肩。这些人渣都是出了名的，他们之间的龃龉，卡姆并没有太大兴趣。探员们本以为汉弗莱会将他们引到索菲的面前，现在看来这想法纯属浪费时间。

"但愿芬顿能尽快来电。你想要让我再查一遍交通监控影像，看一眼那货车吗？"珍娜说着打了个大大的哈欠。

"我们已经查过你找到的所有影像了。"

"我可能漏了——"

卡姆摇头。真希望他能像掀毯子一样轻轻松松地，将那层覆盖在他心头的绝望去除。

"我们已经查过那些货车的车主，一无所获。这个不明嫌疑人应该很聪明，查过此地到伊代纳之间交通监控器的位置，然后选了能避开所有监控的路线。"

"信息在网上就能查到。"弗兰克斯的声音听起来比平时要沉重得多，"这样就解释了，为什么博林局长查不到任何有关那辆白色货车离开伊代纳的信息。"

"或是在伊代纳和爱荷华州边境之间的任何地方看到那车。"

交通监控影像原本是他们押的最大的宝，但这条线索没有成功。为了追踪白色厢式货车的影像，然后浏览每辆车的驾驶记录，他们已经浪费了大量人力和时间，还调查了司机的背景，但这会儿没得出任何结果。

"我们或许可以再过一遍影像中识别出的货车名单。"不过卡姆知道，这将是很大的一个任务量。所有的车主都没有被捕记录，至少没有任何暴力犯罪记录。而且如果车主曾将车子借出，就像马钱德那样，那实际上就可以说，追踪无法完成。

他需要采取些积极行动。他知道，自己之所以会感到沮丧，部分原因在于睡眠的缺乏，但最主要的原因还是在于，调查缺乏进展。虽然他感觉不到困意，但最好还是能补几个小时的觉，那样思维会更灵敏，精力会更充沛。其他两名探员也是。

"回家睡两个小时吧。"他突然命令道，"我们现在无异于原地打转。等芬顿打电话来了，我再叫你们，到时再开始工作。"

那两名探员没有反对。卡姆明白，他们也意识到了他话语中透露的真相。他们没再多交流就站起身出了办公室，把之前搬来的多余的椅子留在那里，显然是觉得这里还将会作为这段时间的调查指挥中心。

两人走后，他盯着空落落的椅子开始沉思。调查过程就是追随最有希望的线索的过程，有些线索会成功，其他的则会引向死胡同。但在一条并未引导他们找到索菲的线索上投入的时间，并不应该被视作浪费，因为这样一来，他们就把汉弗莱从嫌疑人名单上去除了。

但是目前还没有任何线索能解救索菲，他的皮肤下就像有一把微型匕首在来回刮擦，时间弥足可贵。专业的做法，或者说是客观的做法，在于停止担心她此时可能正在承受的磨难，转而集中注意力寻找将她平安带回家的方法。

但是想明白这一点容易，要遵循可就难了。

手机铃响惊得卡姆从椅子上一跃而起，膝盖一下子撞在桌子上。他拿起手机，看了看时间。他已经小睡了两个小时了。

接下来他看到屏幕上显示的来电人的名字。

"告诉我，你有情况发现。"

"我会让你来判断。"芬顿的声音虽疲倦，但却充满欢喜，"不过，你说对了，我想我们发现了一些有趣的信息。我们已经将鞋子的品牌缩小到了三种，等天亮我们给生产商打过电话后，就能给你确定的鞋子的信息了。"卡姆的兴趣一下就被调动起来。但是只有当他们手上有嫌疑人的时候，那结果才能派上用场，那样才能同嫌疑人的鞋子进行对比。

所以这条信息无法引导他们找到索菲。

"还有别的发现吗？"

"你对鸵鸟有什么了解吗？"芬顿这样答复。

卡姆眨眨眼。他心下开始怀疑，这位实验室主任是不是想报复他，因为多年来卡姆一直烦着他索要测试结果。

"呃……我知道它们体型庞大，有羽毛。我还知道绑架索菲亚·钱宁医生的不是鸵鸟。"

那人咯咯笑了："当然不是。但是我们分析的泥土样本不是你的鞋跟带来的，也不属于调查现场任何穿着鞋套的人。它们很有可能来自绑架者，而且在我们提取的一份样本中，我们发现一根鸵鸟毛。"

卡姆大吃一惊，很久没有说话。

"可这里是爱荷华。"他最后说道，"我们有母牛，有猪，也许还有绵羊。"

"州境内也散落有一些鸵鸟养殖场，这是我们从互联网上的搜寻结果得知的。"

这条信息需要一定的时间才能消化。

"我听说，将毛发分析作为法医鉴定手段的思想还在审查之中。"在他曾读过的案例中，就至少有一例定罪，因为毛发证据的可信性受到质疑而被推翻了。他不想浪费时间和精力，再去追随一条不会有结果的线索。

芬顿的语气透露出不耐烦："你说的那个案子里，他们定罪的基础，是一个科学家认定犯罪现场的一根毛发来自于一个确定人士。

我们在讨论的，是将发现的一根毛发，与一种动物进行匹配。那毛发不是人类的，这一点很容易确定。人类毛发的色素沉积是一致的，整根毛发的颜色也会保持一致。但动物的毛发却会呈现出带状，短短的一截上就会有好几种颜色。发根和髓质也有不同。FBI有一本手册，里面收录有常见动物毛发的显微照片。"

卡姆坐直了些，稍稍抑制住激动的情绪："所以你已经将那根毛发同书里的哪张照片匹配上了？"

"是显微照片。"芬顿纠正道，"不过还没有。鸵鸟并未常见到会成为犯罪现场的证物。但是我们有个叫杰克·沃尔什的刑事专家，我不知道你是否认识，倒是个很了不起的人才。他在论著中，对FBI的那本毛发手册做了拓展。他花了一个夏天的时间，在圣地亚哥动物园收集样本。我现在就可以告诉你，沃尔什几乎可以断定，这是一根鸵鸟的针毛，可能是长在头或腿上的。他甚至可以肯定，那不是鸸鹋的毛，虽然这两种鸟有一定的相似点，而且常常一起饲养。要提醒你的是，虽然无法跟真鸵鸟进行对比，但毋庸置疑，现场采集到的泥土来自于一个养有鸵鸟，或是曾经养过鸵鸟的地方。"

卡姆转身朝向电脑，迅速搜索一番。根据过去与刑事专家打交道的经验，他知道，还不曾有过哪位专家能百分之百地断言。他滚动光标，浏览屏幕上搜索出的结果，发现列出的此类饲养场不少于十个，在得梅因半小时车程范围内的就有三座，不过有两座特别吸引他的注意。

它们分别位于斯托里和布恩县，这两个县都曾有尸体发现。

兴奋如闪电在他体内划过，他过了片刻才意识到，电话那头还在说话。

"……还发现了粪便的迹象，应当是来自于家畜。在本州境内，这算不上什么线索，但是再加上我们发现的毛发，我得说，你们要找的嫌疑人曾在有家畜的养殖场附近待过一段时间。"

"谢谢你，阿尔。"肾上腺素开始飙升，卡姆已经在考虑下一步的行动了。附近有些鸵鸟养殖场是属于相邻的DCI辖区，这就意味着会有别的特派探员指挥官和重案组探员。玛丽亚还要处理领区问题。

他的脑筋加速运转，开始在一张纸上潦草地涂涂写写："等案子破了，我请你吃菜单上最大的牛排，餐厅随你选。"

"啊，好啊。"实验室主任听起来很开心的样子，"我其实是个素食主义者，但是如果有庆祝的由头，也算上我一个。还有，卡姆……等你找到她了，会告诉我们吗？"

"一定会。"

挂断电话后，他立即呼叫了珍娜："帮我呼叫弗兰克斯，我来联系其余的探员，一个半小时后开简报会。"

女探员的声音听起来虚弱无力："我们有线索了？"

"我们有线索了。"他挂断电话，转身回到电脑前，发送了一大堆邮件，通知整个团队，包括DMPD的特里洛德，以及相关县市的治安官。接着他给他的指挥官打了电话，将今晚发生的事情以及实验室的新进展简要地向她陈述一番，"我们碰到管辖权问题了，"他最后说，"至少有两个邻近地区的养殖场必须搜查。"

"我三十分钟后就到。"

"简报会要一个半小时后——"

"我三十分钟后就到。"这是玛丽亚的典型做派，她说完便挂了电话。卡姆无法因为她缺少谈话技巧而挑剔她。紧急程度越来越高，他有一种感觉，调查终于进入了快车道。

为了索菲着想，他希望这一次自己是对的。

听到手机铃响，他皱起眉头，看了看时间，凌晨五点半。虽然电话号码隐约有些记忆，但他无法立刻辨识出来。不过，电话一接通，他就认出了那头的声音。

"卡姆，我是鲍勃·杜蒙特。"

是斯托里县的治安官。

卡姆扬起眉头："治安官，你起得真早。"

"到了我这个年纪，睡眠质量一文不值。我查了邮件，看到了你的信息。只是想说一句，乔和薇拉·霍斯泰德与我做邻居多年了，他们是你提及的那座鸵鸟养殖场的所有人。我来参加简报会的途中，可以绕路过去与他们聊聊。他们会允许我进去看看的，这没问题。我以前也去过，只是我讨厌那些该死的鸟，一看到你就要啄。"

卡姆的兴奋感消散了些："如果你能完成这个任务，我很感激。不管怎么说，我们要找的可能不是这两位农场主，可能是他们雇来帮忙的人，可能也有成年子女会帮忙做些杂务。"这时他突然有了一个想法，于是又补充一句，"再问问他们最近有没有接待游客，有没有访客拜访。我想知道他们亲戚的名字，儿子、堂表亲、侄甥、女婿之类的。"汉弗莱用来绑架迈克·奎因的货车就是史黛西·马钱德借的。索菲也可能根本没被关押在农场里。他们要找的不明嫌疑人应该是曾去过养殖场的某个家庭成员。

"我会的。我知道他们有两个女儿，玛西亚和克丽茜，她们都住在西边。当然，霍斯泰德夫妇出门时，她们会帮忙做些杂活。平时大多数是邻家的孩子在帮忙，不过等我见到你时，会告诉你我的发现的。"

"谢谢。"

挂断电话后，卡姆转移注意力，开始打字撰写接下来简报会的相关要点以及任务分配。

冈萨雷斯指挥官几乎是踩着她承诺的时间点走进了他的办公室。

她眼神阴郁地看了一眼里面乱七八糟的椅子和喝空的咖啡壶，但并未作评论，而是直切重点："等其他的特派探员指挥官一上班，我就给他们打电话。我还会通知副组长米勒，要扩大搜查范围。需要我帮你隐瞒，派你去其他管区的鸵鸟养殖场调查吗？"

卡姆摇头："我这里还有许多事要忙，而且我希望调查能尽快结束。如果我不坚持深入每个调查现场，那所有的搜查几乎都能在同一时间完成。"

她用深陷的眼睛打量着他，而他无法读懂她的想法，这并不是第一次了。

"你对此没有意见吗？"

他知道她这话是什么意思。

"不管这些，只要是能让调查从现阶段取得成功，我都没有意见。"

冈萨雷斯点头。这虽是一个为了政治正确而准备的答案，但对这个案子来说却是实话。他希望能找到索菲，速度越快越好。

"你觉得钱宁医生会在附近找到吗？"

她很擅长读懂他的心思。在她升职之前，他们曾共事过多年，经常并肩战斗。

"我一直会回头查看地理剖面图。"他朝占据了一面墙一大部分的地图点点头。之前索菲在每具尸体的抛尸地点都用大头钉钉了红线，看起来就像是车轮的轮辐，而所有轮辐的交汇地，是在波尔克县。黄线代表的是几位已辨识出身份的受害者被绑架的城市，"钱宁医生说起过一个锚定地点，就是某个能让那人渣感觉安全的地方。某个能将他与作案地区联系起来的东西。从他藏匿的地方，到每个抛尸地之间的距离应该差不多远。"

"你的直觉告诉你，她就在附近？"

卡姆只是看着她，不愿意承认，在自己决定把注意力放在哪里的过程中，直觉所占的成分有多么大。

"听从你的直觉吧。"她直白地说道，"以前你的直觉就很少有出错的时候。"

冈萨雷斯离开了他的办公室，但声音还在回响，同时也回荡在卡姆的脑海中。他一味地盯着地图，心想着玛丽亚的想法错得有多离谱。在之前的那个禁毒特遣小组最后解体之前，他曾违背了一个重大的职业道德规范，而那次违例行为最近回头来反噬他了。

但涉及解救索菲，他不能再犯类似的错误，他付不起那个代价。

尖叫声一直在持续，刺透了索菲亚的耳朵，烧过了她的脑海。她能看得到，那位女性正在经历的每一个受刑的画面。能想象得出，在那个时刻，那折磨原本是要发生在自己身上的。

受刑的原本应该是她。

无法承受的愧疚如利箭一般穿透了她。她用双臂抱住头，堵住耳朵，将那声音堵在外面。但那尖叫声在她脑海中激起了回声，最后她无法确定，那声音是真实的，还是之前听到的嵌在了里面，无法摇晃摆脱。

她本意是为自己争取时间，又多了一天时间，她就可以尝试逃走，进而寻求帮助。但她从未想到，除自己之外，还有其他人被囚禁在这里。之前索菲亚叫喊的时候，她一直没回应。她为什么不回应呢？

下一声尖叫射穿了她的耳膜，肋骨的疼痛早已忘却，与那人正在遭受的折磨相比，肋骨疼痛的时间是多么的短暂啊，那受刑人……是范·惠顿？还是其他女人。

索菲亚之前也曾体会过绝望的滋味。她曾协助执法机构进行过一次调查，但已为时太晚，未能拯救那杀手最新锁定的一名受害者。她站在那里，看着一个五岁男孩的尸体被恋童癖者为他挖掘的浅浅坟墓中挖出来，一动不动地躺在那里。

但现在……那滋味在她心中凿开一个参差不齐的空洞，里面满是绝望。她知道，她将永远也无法原谅自己。她没有任何办法能阻止那个女人正在承受的痛苦。

这个想法如凶狠的拳头一般，不断地捶打着她。随之而来的凄凉逐渐削弱。

只是，她还有一件事可做。她下定决心，泪水几乎是无意识地从她脸颊冲刷而下，她啪的一声打开钢笔盖，检查一番，接着她将笔盖夹在破裂的水泥地面挫了一下，然后就得到了一个利刃，锋利到足够用来干活。

她爬过这片空地，将利刃藏在床垫下，尽可能靠近木墙的位置。接着她返回牢室中央，拿起那个撕烂的快餐袋。

那尖叫声令人毛骨悚然，一声接着一声，听起来与其说像是人类，不如说更像是动物。每叫一声，都把悔恨的匕首往索菲的脑内钉得更深一点。她不顾肋骨发出的抗议声，趴在地上。然后开始构思一个书写"简况"的方法，同时要将一条信息嵌进去，叫那个几码之外的施虐狂不会发现。

而卡姆却很有希望看到。

如果要用一个词指代那个男人，除了怪物别无他选，他发出一声愉快的声音："如果你开始就这么写的话，我们就不会搞得这一团糟了。"

"我很高兴你能再给我一次机会，让我纠正错误。"索菲亚支起耳朵，竭力倾听另一位受害者的动静，但是什么声音也没有，甚至连低声的呜咽也没有。她想着那女人是不是昏过去了，或者更糟。

她眼神呆滞地看着男人一边阅读新写的简况文件，一边心不在焉地抓挠胸口。他会不会发现她藏在那文字之中的信息呢，她本该怀有担忧的。但她却又很难为自己产生担忧，她所拥有的只是一片空茫，那虚空与另外那名受害者所发出的寂静交相应和。

门照旧上了锁，关闭着，他甚至都没走进牢室。若是在几个小时之前，她可能会为此而感到解脱。但那是在男人对另外那个女人施暴之前。

你要怎样把这份文件交给新闻主播呢？男人在期待着这个问题，或是类似的提问，但是索菲亚并不关心。她的担忧都集中在附近另外那名女人身上，还有渗透在整座建筑中的死一般的寂静。

他把她杀了吗？

不管他做了什么，从表面看来，他的性欲得到了满足。他勃起的部位不再清晰可见，暴脾气消失无踪，尽管她已经知道，那怒火会多久突然地复燃，这位施虐狂已经得到了满足。

至少暂时。

男人抬起头："你这个东西写得真的很棒。当然，我本来可以直接告诉你，什么该写和什么该跳过这类心理学狗屎的，来节省我们的时间。现在你可能感觉受了忽视，尤其是你刚才又听到了，你所错过的那所有的狂欢享乐。"

"你很明智，允许我用一贯的方式来写这个文件。"索菲亚不能，也不准备回应他煽动性的话语。但是他漫不经心地提起他在那女人身上施暴的口气，却还是点燃了她心中的怒火，烧透了她的震惊和悲伤，"执法机构会召集专家鉴定我的笔迹和写作风格。他们将能够辨别出，这份简况文件是用我特有的方式写的。"

"我就是这么想的。"男人小心地将三明治包装纸放在撕破了的纸袋上，然后用这两张纸卷住之前拿给她写字用的钢笔。她疑心了一阵子，不知这男人稍迟些会不会注意到笔盖夹消失的事实。如果他意识到那其中的意味，白天他一定会尽早回来找她。

接着男人抬起视线，他灰蓝色的眼睛刺穿了她，那眼神中有某种东西，刺激得她厌恶地动了动身体。

"但是想到你这段时间一直在听我们的动静……是这个想法让我坚持了更长时间。我已经准备好给你们的计划了，等我回来该怎么对你们，你和那个婊子。今天没有什么比女女之间的那点小把戏，更让我值得期待的了。"

这么说，尽管曾遭到凶残殴打，但那位受害者还是活了下来。索菲亚先是松了口气，跟着感到一阵暴怒，如此激烈和狂热，几乎让她发起抖来。她低下眉眼，希望男人会将之视为顺从的标志，或是恐惧。她不想男人读出她眼神中的真实情感。她的工作要求客观，即便面对的是案子中最骇人的细节。

但是这已经不再只是一个案子，现在已经牵扯上了她的性命，她的，以及那个有可能是柯特妮·范·惠顿的受害者的。如果想要她二人都活下来，那索菲亚接下来的逃跑尝试必须取得成功。

男人最终转过身去。她听到男人跨越那段距离，脚步声逐渐消失，留她在黑暗中。时间每过一秒，她伤口里就有某种东西拉得越来越紧，她等待着那意味着又只剩她一个人的标志性声音的响起。

不过，不对，她并不孤单。另外那个女人也在期待她的成功。

那将她困住的古老合页发出吱嘎一声，响彻整个牢室，仿佛有一个巨大的弹簧松开了。她不顾肋骨那让人不敢呼吸的刺痛，将床垫从墙边拖出来，摸索着寻找之前藏在那里的金属笔盖夹。如果等到黎明降临，微弱的光线最终点亮建筑内部的时候，找起来要更容易。

但她不能停下。她手指沿着墙边盲目而狂乱地摸索，直至找到她正在搜索的物件。索菲亚紧紧抓住那个金属物件，好像抓住了一个法宝，然后走到床垫最靠近石灰石墙壁的那个边角。

在木板上使蛮力是没有用的，她必须等到有光亮照进来，能看清纹路。她要用这段时间来做准备。她用两根手指捏住那个笔盖夹的尖端，拖拽着那破损的利刃在粗糙的石块上摩擦，以将其打磨尖利。因为无法承受失败，所以她不让自己去思考，如果这个主意没能奏效，会发生什么。

有两条性命悬在上面，所以必须奏效。

"这个团队会派人去参加其他管区的养殖场搜查吗？"

"不会。"卡姆注意到，珍娜听到她的提问的回答后，脸上浮出淡淡的震惊，于是他便开始向简报会议室中的其他人解释，"那样将需要太多时间，而我们希望这次搜查能尽快完成。如果能在其中某个养殖场找到钱宁医生会很好，但我们必须考虑到，更有可能的情况是，我们会发现是某个曾去过这类地方的人留下了证据，可能是养殖场雇佣的帮手。我们也在索求布兰科公园动物园里所有雇员和志愿者的名单。"那里也有家畜和鸵鸟。

他低头看看自己的笔记："比彻姆和罗宾斯负责将我们从动物园拿到的名单，同之前一直在调查的性虐狂罪犯名单进行对比。我已经浏览过爱荷华州每一座鸵鸟养殖场的所有者，他们的背景中都没有值得注意之处。其余管区重案组探员将总结有关养殖场雇佣的帮手、家庭成员以及访客名单的信息。等到完成，他们就会发送数据过来。"

他将目光转向斯托里县治安官所坐的位置："鲍勃，你想和我们说一说，在霍斯泰德养殖场搜查的发现吗？"

那人站起来清清嗓子。如果说从第一具尸体被发现以来，他皮肤变得更黑了的话，那么配合上他瘦削的身材，那肤色让他看上去像头饱经风霜的老牛。

"正如我告诉卡姆的那样，我认识这对养殖场主已有多年，到他们家也去过上百次了。不过今天我又顺道拜访了一次，乔带着我查看了养殖场的每一座附属建筑。他几乎不能理解我想查看地下室的要求，但我还是看了。"他用长长的食指挠挠下巴，"从某种程度上来说，这一行动让我搭进去一瓶肯塔基产的最好的酒，不过我可以告诉你，除了乔和薇拉之外，那里没有其他人的任何痕迹。我拿到了应急来农场帮忙干杂活的两个高中小子的资料。最近没有访客。夫妇两人以前每年春天都会组织一个幼儿园班，但因为债务问题已经停办。上周一个女儿和女婿才刚刚离开，他们的信息也在名单上，不过他们住在夏延。"他说完走到会议室前边，将一张纸递给卡姆。卡姆迅速浏览一遍，上面整齐地写着名字、电话号码和住址。

"谢谢你，鲍勃。"卡姆的注意力转向贝克特·麦克斯维尔，他正没精打采地坐在杜蒙特身边的椅子上，"普莱斯地界的监视情况有什么新进展吗？"

"如果你说的新进展，意思是农场周围有一群鸵鸟奔跑的话，那没有。"会议室里响起一阵笑声，"两天前我们去探访了加里·普莱斯一次。"他耸耸肩，"那附近只有玉米地和大豆田，很难进行周密的监视。我礼貌地听了他的话，也告诉他，我们打算继续监视。那里有车辆进出，我们也同镇上的人谈过，显然他确实是在做汽修生意，正如他所宣称的那样。我们还进机库看过一两次，装修得也确实是汽车修理铺的样子。"他揉揉下巴，"我真正想做的，是看一眼那个屁股对着修车铺的旧仓棚。"

"你知道地产所有人在那座仓棚后面就种有庄稼吗？"

贝克特听到卡姆的这个问题，咧开嘴慢慢笑了："我现在知道了。昨天我得到他的允许，沿着他的围墙线走了一趟。进入了离仓棚只有四十英尺的距离内，那棚子有一扇很大的双开门，但门关着，而且有一根长度和大门宽度相同的大木栓插在外面。"

"那普莱斯老弟呢？"

"杰里·普莱斯的案子有延迟，另有人订好了开庭日期，他仍在消耗布恩县纳税人的钱，能摆脱他就真是幸事了。他总是喋喋不休地抱怨县财政预算的……这都是鸡毛蒜皮的小事。"他改口道，"你会乐于听到下面这个消息的，他对我们的这次调查很热心，一直问东问西的，似乎是觉得他有一些信息能帮助我们，这样又能帮帮他自己，不用再回监狱。"

"除非他能帮助提供些他哥哥，及其地产上建筑的信息细节，不然我们没工夫听。"

贝克特摇摇头，在椅子上溜得又更深了些。在卡姆看来，他坐成这个样子还没摔在地板上，真是奇迹。

"我要求过。当然他说的都无甚关联，只说起他在监狱里遇到的某个神秘陌生人的事。"

DMPD正在处理的内部消息净是些这类模棱两可的信息。为调查从中抽出头绪的"线索"，所需要的人力投入到这时为止就已经耗尽了他们的资源。

"如果普莱斯想让我们重视，那他就要再说得具体些。"

卡姆从身前桌上的文件中快速翻找一番，找到他需要的那一份拿起来："这里有个文件，可能性更大。你们县也有一个鸵鸟养殖场。我们需要同霍斯泰德夫妇联系一下，看看他们认不认识其他以前养过鸵鸟，现在歇手不干的人。鲍勃？"

"那我给乔打个电话，问问看。"

卡姆点点头，等贝克特上来领走他手里的那份文件才继续发言："我们又有一位受害者的DNA数据得到了匹配。她名叫希拉里·凯奥，年纪四十二岁，来自圣路易斯。珍娜和汤米，我需要你们与负责她的失踪案的探员联系，熟悉案子细节。与最后见到她的银行工作人员谈一谈。让探员把银行监控影像发过来作对比。洛林。"他目光转移到那位黑发女探员身上，"本州内还有一座鸵鸟合作养殖场，去查查看。把那里之前出现过，现在已不再露面的人员的姓名和地址列个清单出来。"洛林点头，在便笺簿上迅速记下。

　　"帕特里克和塞缪尔斯，搜查身份已得到辨识的受害者，同她们被抛尸的坟墓原本埋葬的死者之间的联系。"卡姆想着打了个冷战。这是个风险很大的赌注，但必须调查。他面色严肃地浏览一遍组员，"你们有很多人都在本案上付出了大量的时间。感谢你们，真相现在正要开始显现了，我们要尽最大努力快速过一遍这些线索。之前在伊代纳得到的那份罪犯素描还没派上用场，这是我们针对这位不明嫌疑人的第一个有力线索。"

　　"那我们就用这素描来钉死他。"

第13章

索菲亚弯着腰，两腿环在卡姆的臀部。他在她体内的缓慢动作让她已无法忍耐，急切地想要摆脱。她用脚跟重重地钻他的背，但他并不理会她这无声的要求。取而代之的是，他停止动作，将她两手从自己脖子上解下来，举到她头顶上。他们十指紧扣，他开始从她体内退出，以极小的幅度，一寸接着一寸。

"卡姆！"那语声更近于恳求，而非命令。他以激吻回应，从而掩饰了自己挑逗性的动作。

"你想要什么？"他抵着她的嘴巴，声音沙哑地说，"告诉我。"

她不安地将脑袋抛在枕头上，又拱起身体，想要贴得更近："我不要……我不能……"

他沿着她下颌的弧线，用吻给她围上一条项链。"你想要的一切，我都会给你，任何事情。告诉我。"

"你。"她放开双手，伸出一只抓住他的头发，另一只则紧握住他强健的肩膀。她双腿爬得更高，"……的全部。"她体内正在焦急地翻搅，她已无法再思考。只有炽烈而狂热的渴求，深邃的欲望熔化了，在她的血管中沸腾。她体内的每一根神经都绷得紧紧的，如拉满的弓。

这时候，他的臀部向她用力撞击，那力量正是她所希求的。索菲亚也迎合着他的节奏，返还给他，然后又索求更多，直至抵达某个难以抵达的地方。

她能感觉到他结实的肌肉，在她手指之下绷紧了。听到他急促的呼吸。感受到他的控制力粉碎的时刻，而他的动作也愈发地不受抑制。

他的失控是灼热的，犹如尖利的长矛，沿着她的脊柱向下穿透。她的世界变狭小了，直至其中只剩下卡姆和她两个人。他们的身体拧在一起，拉紧，加速穿透黑暗，朝着最终的释放冲去。

当她的时刻来临，将她撕裂开来，击破她的心神，粉碎她的理智，她轻启嘴唇叫出他的名字。

时间应该已经过去了几个小时，但感觉却像是只过了几分钟。索菲亚仍觉得身心虚弱，但却叫她愉悦。她有些困倦欲睡，而且就像是被抽去了骨头一般。但听到卡姆的呼吸也仍未恢复正常，这叫她很开心。如果不是确定卡姆也达到了同等疯狂的状态的话，她可能会为自己之前的完全失控而感到尴尬。在那爆发性的高潮时刻过去之后，她感到了前所未有的满足。

但这时另外一种需求展露出来了。虽然她极不情愿离开卡姆的床，但那需求不容忽视。

她不情不愿地从他胳膊下溜出来，双脚落在地面站定。卡姆抗议地哼了一声，但她绕过床铺，朝浴室走去，打算尽快结束就回来。她赤裸的一只脚踩到一个异物，平整又方正。

"什么……"

"唔？怎么了？"

"没什么。"索菲亚弯腰捡起踩到的东西，然后匆匆走进浴室。她关上门，打开灯，然后盯着手里的东西，慢慢明白过来，心下一片慌乱。是安全套的箔纸包装袋。

是一个未开封的安全套。

她轻轻摇头，似乎是想摆脱脑海中一直不肯散落的蛛网。她目光重新落回水池上方镜中自己的影子上，惊恐万分。

索菲亚回想起来，是卡姆把它从床头柜抽屉里拿出来的。她明明记得自己从他手里接过来，想要为他套上的。

而她也同样清楚地记得，在那个时刻，他含住了她的一个乳头。用舌头和牙齿逗弄着，直至她用双手紧紧抱住他的头，而那动作到底是想停止这折磨，还是将其延长呢，她也不知道。

但她记不起来的是，那之后她到底拿那安全套怎样了。不过有一件事是可以确定的，他们没有用上。他们没有采取任何防护措施。

那一时失神所引发的后果，成功地驱散了原本还绵延不去的声色迷雾。

索菲亚这一生中，还从未大意至此。

当然，之前，她一直是服药避孕的。直至两年前她都还选择那样的措施，后来她的妇科医生建议她停止服药。但那也不妨事，至少在当时是如此，因为自打她离婚后，性生活就并不频繁。

直至和卡姆开始交往。

她在心里迅速合计一番，四肢逐渐绷紧。她应该是安全的，但事实上，安全意识甚至一开始就不在她的考虑之中。

这个事实吓坏了她。她天生就是一个谨慎细心的女人。但自从上周在米奇家同卡姆共饮过后，她平素的小心便突然消失了。

而索菲亚已不能再让体内的警钟停歇，再做出判断失常的行为了。

当微弱的晨光一照进那座建筑，索菲亚就开始了搜寻。节孔就意味着木头上的薄弱之处，所以她便把牢室两侧木墙上有节孔的木板都查看了一遍。她限定自己只找那些方便够到的地方，找到四个有可能突破的节孔。然后挑了一个，开始在上面做工。

这是一份耗时长，且枯燥乏味的苦工。那木料都已岁月悠久，笔盖夹粗糙的金属头很容易就能在上面划出一条沟，但是要把那围着节孔的沟槽挖到足够深，足以突破那一小块木板，却耗费了她数小时之久。

这一成功让她心内一通狂喜。但是当她反复踢打，木板却依旧纹丝不动时，那狂喜之情迅速消散了。所以她只能重头再来，现在要多用些力了，以便将那空洞凿大。

她暂停动作，让抽筋的手指歇息一番，又就着现已浸湿的纸杯喝了些温吞吞的水。喝完杯中最后几滴之后，她将纸杯扔到一个角落。直到这时，她才想起来，那怪物不知有没有给柯特妮·范·惠顿吃过东西。

一想到昨夜的声音，她就无法呼吸。不管是什么时候，她脑海中都会无意识地一再响起，那遭到殴打后所发出的凄厉的尖叫声，就像是对她情绪的一次伏击。但是要与那女人自从被绑架以来，在男人手下所承受的折磨相比，这些根本无法相提并论。索菲亚几乎不敢细想。

然而，正是这件事让她力量倍增。她将那笔盖夹上粗糙的边缘插进去，开始再次磨挫木头。那金属经常会撞到木头中的凸起物，弯折下来。虽然每次她都会将其重新拉直，不过却很担心凿到半路上，那金属会断掉，那样就难掌握，甚至可能会完全派不上用场。

最好把担心点放在这里，而别去想那怪物何时会返回。

那天清晨早些时候，她又呼叫过另外那个女人，但是没有回应。意识到再呼喊也是白费力气，她便开始储存体力。也许是范·惠顿吓坏了，也许是因为受了伤，无法回应。但是想到她正在附近的某个地方遭受折磨，索菲亚从斑斑点点的光线将室内逐渐照亮以来，就一直在长时间地工作。

只要不去想如果这个尝试失败了，等待着她的将会是怎样的命运，而是将注意力集中在其他的某件事情上，她就能更加充满力量，所以她便开始回忆调查工作。她和参与本案的每一位探员私底下都认识，她信任他们。

但最重要的是，索菲亚相信统领本案的那个人。

虽然他们的关系以那样的方式告终，但她可以确信，任何事情都不能阻碍卡姆来寻找她。她不会坐等救援，不能只指望这个。但是确信他会为了她而拼命，她体内某个地方就会感觉到温暖。

只消想到他这个人，她脑海中就不请自来地涌上许多回忆。其中会浮现出卡姆的面容，他方方的下颌写满坚毅。或是他受到一点干扰，眼神就会涣散的样子。

他懒散和得到满足时的样子，他嘴唇上一条细细的弧线。他的手指沿着她的脊柱久久爱抚的感触。

这时失去的痛苦向她袭来，就和她擦伤的肋骨所发散出的疼痛一样尖利和烧灼，她眨眨眼，咽回那叫她双眼刺痛的泪水。现在不是后悔或怯懦的时候，她将用尽全部的力量，来智取那个绑架她的人。

但是，啊，如果索菲亚放任自己，那她可能很渴望重新享受曾经同卡姆·普雷斯科特在一起的软弱时光。

她手指抽筋的次数越来越频繁。她暂停动作，伸展伸展手指。细细查看那正不断扩大的孔洞，她发现其宽度已经将近是节孔之前的两倍了，直径已经有大约一英寸半了。

她放下笔盖夹，走到牢室的另一头。那孔洞差不多在木板的中央，从长度来看，在木板从上往下数的四分之三处。她估计木板的这块区域应该是距离墙外支撑柱最远的、最薄弱的地方；她重新瞄准目标，跑起来冲过去，使出全身力气一脚踢在上面。当她脚跟撞到木头的时候，耳畔突然传来一声尖利的碎裂声，她感到很满足。

她试了一遍又一遍，全然不顾脚跟因为不断撞击那坚固的木料而感到的疼痛。与那个女人昨晚所承受的痛苦相比，这根本不值一提。

而且还有一件事在提醒着她，那就是一旦她失败，几个小时之后，她将会面临怎样的命运。

想到这里索菲亚浑身充满力量，又朝着她所凿出的那个孔洞重重踢了一脚。

然后，她高兴得说不出话来了，因为她看到那木板终于一分为二。

从总部到农场服务局的路程只有几英里远，所以卡姆便亲自前往。但办事柜台前，有几个身穿牛仔装的农民正与接待职员商谈事务，完全看不出想迅速办完事的迹象，卡姆只得在等候区坐了几分钟冷板凳。

最终，他绕过前面的顾客队伍，走到柜台前，找到一位正在电脑前忙碌的年长职员。

"抱歉打扰。"

女职员看他的眼神锋利到简直像是能刺穿他好几层皮肤。

"您必须排队，先生。您前面还有其他人。"

卡姆拿出盾形警徽晃了一下："我想和你的主管谈谈。"

女职员嘴唇抿成薄薄的一条线，以示不赞同。

"那我去看一下，他有没有时间。"

她说完站起身，走向几英尺外一扇关着的房门口，敷衍地敲一下门后走进去。

卡姆扫一眼这地方。除了柜台前有个年轻女人在招呼之外，近处只剩下一名员工，不过还有几张空桌子，说明有些工作人员不在。

稍后那年长女职员从主管办公室门口走出来，脸上一股失望神情："杰弗里斯先生现在能见你。"

卡姆开始往主管办公室走去，见到一个应该是主管的人，只不过他看上去完全像是个十四岁的孩子，他身上穿着的是码头工人①牌休闲裤和马球衫，胡子该刮了。

"您是普雷斯科特探员？我是贾斯汀·杰弗里斯。"那看起来年轻些的主管让到一边，招呼他进办公室，然后不顾那位通知卡姆的女士流露出的强烈好奇，关上房门。

近距离观察之下，卡姆改变了自己之前的推测。这位主管实际年龄看上去应当快满二十了。虽然依然年轻得有些不相称，但却让卡姆感觉好了一些。

"我必须得说一句，这还是第一次有DCI探员来访。"

考虑到这主管还这么年轻，卡姆心想他之后还会碰到许多个人生第一次。他在杰弗里斯提供的椅子上坐下，等待着对方在自己的办公桌前安顿好。

"我们正在寻找一个犯罪场所，有证据表明，那里最近或曾经养殖过鸵鸟。"他开门见山地说道，"有可能是在乡村地区，我想着联邦应该会有农场项目，让经营者都能报名参加的那种。"

主管摇摇头："就算有，在没有传票的情况下，我们也不能让你看记录。不过并没有针对畜牧业者的项目，只有乳业项目。"他说话间，露出一口堪称完美的牙齿，"就我对鸵鸟的了解，我想那方面的养殖并没有资格。"

"但是你们确实有波尔克县所有养殖场的记录。"

杰弗里斯再次摇头："我们的记录中只有当下和过去曾报名参加

---

① Dockers，李维斯旗下的一个副线休闲品牌。

过联邦农场项目的商品生产者。"他指向墙上张贴的一张巨大的县境地图，"这是我们最新的地图。上面应该标出了绝大多数养殖场的位置，不过具体面积就没有说明了。黄点突出显示的就是生产者。"

卡姆心里已经觉得，这一行是浪费时间，但还是起身打量地图："你曾经听说过，你们县有谁在养鸵鸟吗？"

杰弗里斯也站起身："我知道布恩县有一座养殖场，因为他们县长以前曾提起过。但是波尔克县的话，从我小时候起，就没听说有过。"

卡姆的注意力被吸引了，于是留在原位："那应该是很久以前了吧？"

杰弗里斯露齿笑了："我是1985年生的。知道爱荷华州农村地区八十年代最重要的问题吗？"

"和你不同。"卡姆冷冷地说，"我对八十年代的记忆还很清晰。你指的是农场危机？"

"没错。农场因为要承担的银行还款义务太多而纷纷倒闭，通货膨胀引发的利息高得惊人。家畜和庄稼价格暴跌至谷底。大量农民都急于扭亏为盈，也就在这时，有些人转而饲养鸵鸟和鸸鹋。现在都还有一个市场专门经营这两种鸟的羽毛、肉和皮革。我祖父有个邻居以前就养过一群。你听说过，这些鸟什么东西都吃吗？我和我哥以前就去他们养殖场看过一次鸵鸟。当时我把我的梳子伸进围栏里面，一只鸵鸟立刻把它从我手中叼走吃掉了。我们甚至看到那梳子顺着它的脖子，一路落下到肚子。"那年轻主管想起这段记忆笑了起来，"它们本应该是很聪明的鸟，但那天看到这场面我很难相信。"

"你说的这个养殖场在哪？"

杰弗里斯看上去很惊讶的样子："你说鸵鸟养殖场？就在我祖父家农场的旁边，在镇东的北面，距离这里大约有八英里。"

"你能给我画个地图吗？"

"当然。"杰弗里斯拿出一叠便笺纸，开始描画，就在这时卡姆的手机震动起来，"那里已经没有房子了，那地方遗留下来的只有一座非常巨大的老仓棚。不过以前放牧鸵鸟的草地已经被开垦成田地了。现在不同于八十年代，现在的生产商已经不再抱怨谷物价格了。他们许多人都在篱笆围起来的田地里耕种，环境保护都是见鬼。"

卡姆心不在焉地听着，看了一眼电话屏幕，看到来电的是珍娜。

"抱歉。"他对杰弗里斯说了一句，然后半转过身子接电话，"我是普雷斯科特。"

"卡姆，你现在要赶去KCCT电视台。"

"我？"他接过主管递过来的潦草的手绘地图，"为什么？"

女探员的口气与平素相比显得有些发抖："一位新闻主播收到一条手写信息，发信人应该是索菲亚。随信附送的纸条上说，如果今天不播送这封信，索菲亚就会被杀死。"

漂亮的拉美裔新闻主持人露丝·塞万提斯看起来正心烦意乱。电视台经理和律师似乎在轮番安慰她。听完卡姆的提问，这位新闻女主播深吸一口气，开始重述她显然已和同事们分享过的故事。

"我清晨六点上节目，一般是在凌晨四点四十之前做完妆发。但今天我迟到了。我们新养了只小狗，昨天它一直吵了半夜，我们多熬了会，去安抚它。之后我去睡觉，一定是睡过了头，没听到闹钟。所以……"她颤抖着深吸一口气，拿起面前的瓶装水，"我匆匆忙忙收拾完毕，出门走进车库，却发现有人砸碎了我车子驾驶室的窗户。车库可是上了锁的！座椅上到处都是碎玻璃渣，而且那个——"她冲一叠卷起来的文件点点头，"也在座椅上。但我真的没注意到文件什么的。我被车子弄得心烦意乱，想着一定有人闯进了我们家车库。于是我把丈夫叫醒，准备开他的车去上班，同时让他清理这烂摊子，打电话报警。他打开那卷纸，还以为是一团垃圾，不过他看到上面的笔迹，以为是我潦草做的一些笔记，于是就放在一边。两个小时之后，他处理完报警和保险公司的事情之后，又看了一下那纸卷。"她说到这里，停下来喝了一大口水，之后她放下水瓶，继续说，"然后他就给我打了电话，并把纸卷送了过来。"

"这么说他摸过那纸卷？"冈萨雷斯问道。

塞万提斯愧疚地看了一眼律师："他不知道那是什么东西。不过他在过来的路上，把那字迹读了一些给我听，所以我立刻就告诉了德鲁和莫利。那之后就没有任何人碰过那东西。"

"那么说不够准确。"哈珀的微笑一如他脖子上系的色彩柔和的丝绸领带一般优雅，"我把纸卷展开阅读之前，先从车里找了双驾驶手套戴上了。显然，在咨询你们之前，我们不敢轻举妄动。"

卡姆心想，很明显，律师和电视台经理在给他们打电话之前，已经对手上的选项进行过长时间讨论，并仔细研究过纸条内容。不过他会把这档子事交给玛丽亚去处理。他更担心的是，那张平整的白色餐巾纸上的潦草字迹。

如果这封信今天不能播送出去，索菲亚天黑前就会死。

他用戴了手套的手指将那叠纸拿起来，小心地放进一个透明的证据袋中，封上口。

律师清清嗓子："我们当然会尽一切可能合作。不过我们显然也要为公众着想，观众应该知道这一进展。"

"能允许我们失陪片刻吗？"那几位电视台工作人员惊讶地看着玛丽亚，"当然。"因为玛丽亚和卡姆谁都没有出门的意思，电视台经理便拉着律师的袖子，对露丝说："让我们给你找个地方休息一下，好再处理后面的事情。"一行人都急匆匆离开了房间。

玛丽亚走到证据袋旁，盯着里面的文件看了片刻："是钱宁的字迹吗？"

"看起来像。实验室会给我们确定答案，不过肯定是她的。"卡姆也开始看那几张纸，试着回想那次他们打脱衣金罗美的时候，她写的记分单。他原本想用另一种方法计分，但她却坚持同时也记下点数。等她大败他之后，他才明白其中的原因，"我之前只看过她写的几个字。不过这些看起来应该是她写的。"他抬起头，目光与玛丽亚汇合，"但读起来不像是她会写的，如果你明白我的意思。"

"或许是因为，是那不明嫌疑人口述的，她只是负责记录而已。"

他慢慢点头："有可能。但里面用到的专业术语……那些看起来更熟悉。里面有些句子和她之前在简况中用过的很像，只是……"

"词句之间似乎缺乏节奏感。"冈萨雷斯替他说完。

"正是如此。看起来，那人是想要她把之前写的那份有关他的简况改正一下。"

"我推测，里面对那人的智商所做的同情性描绘，是出自她的主意。"指挥官又读了一分多钟。

"你打算怎么处理这封信？"卡姆觉得自己已经知道答案了，但这问题必须提出来。他本以为，他对玛丽亚的个性了如指掌，一如他对之前的所有同事的了解一样。但她发布第一份简况文件的做法，却证明他大错特错。

"我会完全按照这不明嫌疑人的要求行动。"这句直白的答复让卡姆胸中的某些地方放松下来，"我会让电视台在节目中播送这封信。"

得梅因市区和郊区范围内共有十一家布莱森斯得来速餐厅，卡姆用了两个多小时来拿到调用每家店铺安保监控视频的搜查令。无法得知那位不明嫌疑人是在多久以前去的餐厅，甚至也不知道是否是他亲自买的食物。但是如果是他，而且如果时间刚过去不久，录像还未被覆盖，那他们就碰对运气了，能拿到那凶手的照片。

卡姆已了解到，该连锁餐厅旗下的所有分店，全都由一家安全保卫公司提供统一的监控服务，但是每家店主会自行选择安保等级。冈萨雷斯已为本案重新调拨了额外的探员，卡姆已即刻为他们分配了任务，调取摄像头拍到的影像副本，带回总部查看。如果找到任何驾驶白色厢式货车的司机的影像，他都会将其交给实验室，做影像质量增强处理。

在等待这一任务完成期间，卡姆还接到芬顿的一个电话，得知索菲家浴室采集到的血液确实是她自己的。之后他便转移精力，阅读邮件中发来的毒理学报告，他迅速浏览一遍，在有疑问的地方就放慢速度。他抓起手机，按下一个号码。接着将那份报告打印出来，等待弗兰克斯到来。

弗兰克斯过来后，卡姆将报告递给他。没过多久，弗兰克斯抬头盯着他，表情也和他一样阴沉。

"埃托啡？那东西据说对人有致死效用。"

"如果注射的是治疗动物的剂量的话。"卡姆纠正道。但是前提是，那不明嫌疑人懂得该怎样降低剂量，以适应人类使用。恐惧犹如冰河，从他体内流过。他只能认定这样一个事实，那凶手没有立刻执行杀戮。他发现自己突然很感激早上出现的那份简况文件。至少那让他不再折磨自己，担心绑架者已经用那药物将索菲杀死。

"有针对人类的解毒剂。"弗兰克斯小声说，他还在继续阅读。

"让珍娜帮你联系本地区所有的兽医诊所，针对大小动物的一律查一遍，看是否有人突然上门买过药。再拿到他们供药代表的名单。如果是会登门拜访医生的兽医药物代表，那他们一般手里就会有药品样本。"他不确定此类代表是否会发放强效药物的样品，不过曾经有一次，他让一个医生给了他一种新的抗生素，用来测试药物样品的状态。

"然后再弄一份本地区有协会许可的兽医名单，查查他们过去的被捕记录。"

"我正在查。"汤米还是一贯沉默寡言的样子，但表情中有一丝兴奋，"我也会联系禁毒执法部，看他们有没有该药品遭窃的信息。"

"好想法。"曾经有一度，禁毒部是在DCI的管理下运转，不过数年前成立了政府禁毒执法部，该部门就独立于DCI单独运转了。卡姆在成为探员之后，最初就被分到了那个部门。在转调到DCI之后，因为在职业生涯初期积累下来的人脉，他曾经又被借调回禁毒部，参加一个联邦跨部门特遣部队，在其中工作了两年。

他并不怀念这段经历，于是便用说话来打断回忆："让我们祈祷，他不是网购得到的药物。"网上有些地方据称可以无需通过处方购买兽医药品。如果那名不明嫌疑人是从网上买的那毒品，那他们追踪到的可能性会很小。

考虑到国际禁毒机构的压力，他只能寄希望于，对那凶手来说窃取毒品会更容易。事实已经证明，那人在破门而入方面，拥有让人惊讶的创造力。区区一个兽医诊所对他来说又能带来多大的额外挑战呢？

"我随时向你汇报。"

弗兰克斯离开后，卡姆的视线落回到和那份新的罪犯简况文件上，然后将其原件转交给实验室负责可疑文件的部门。那里的分析师将会确认，这字迹是否出自索菲之手。

他希望这份文件能证明她还活着，他想要相信，这字迹是出自她的手。如果真是她写的，那卡姆就难以想象，她会浪费机会，不向他们传递线索和透露绑架她的人的身份甚至她被关押的地点。他草草写下信中每句话中的第一个字母，最后一个字母；其中的奇数单词，每两个词之后的那个单词。

但那些单词都没让他想起任何东西。

他揉揉额头，想着自己可能是在浪费时间。索菲正处于胁迫之下，或许还在受刑。想到这里，他胸中似有一条邪恶的蟒蛇在扭曲拧动。她首要的考虑将是安抚绑架犯，活下去。如果那男人怀疑她在字迹中嵌进了什么代码，进而勃然大怒，比起冒这样的风险，活下去要重要得多。

此外……文件的段落中，有一些很笨拙的措辞，她说话时都没用过那类词汇，更不用说写进简况报告了。例如"智商的计分"和"情绪振奋物"，这些词汇的选择让人疑惑不解。她是从那不明嫌疑人的说话模式中借用的吗？如果是这样，那文中又点缀有索菲在专业著作中经常会用到的词汇。还包括有一些她一般不会使用的太过业余的语言，而且还差点犯了一个拼写错误。比如她第一次写genius（天才）这个词的时候，她把e写成了i，因此不得不在上面改正。句子结构中也有些地方让他困扰。

指责天才，这是一个可悲的社会嗜好。

这份简况的写作目的显然是为了吹嘘那罪犯的自负。两个差点拼错的词，genius和intelligence（智力），每一个在这封信中都出现了超过六次。

指责天才。这听起来根本不像是索菲会说的话。Knock a genius. Knock a ginius[①].

敲打。金罗美。

卡姆几乎无法呼吸，他使劲盯着那两个词语，难以置信。他们只打过一次金罗美，当时他们打的是脱衣金罗美，而且她还把他打

---

① 即"指责天才"的原文，ginius 即是上文中所说的 genius 的错误拼写。但这里有双关含义，knock 更常用的含义是"敲打"，这里可理解为打金罗美牌获胜。而 ginius 去掉后半部门，就是金罗美的意思。

了个落花流水。见鬼的是，他当时根本就不在意。那次打牌结果可谓双赢，规则都见了鬼。

规则。他的注意力过了片刻才重新集中。打金罗美的规则是怎样的？要把手里的牌组成套牌和顺子，手里要保持有十张牌，要打到一百分。亮牌喊出"我赢了"的人会额外多得二十五分。

关注点转移后，他在那简况文件上俯下身来，将里面的每第十个词潦草摘出来写成一列，每第二十五个词写成另一列。

之后他浏览一遍两列词语，第一列很快就被证明毫无意义。但他写下的第二列词语中，却有罪犯、计分（标记）、振奋物（举重）、嘴、缺失、下方、右边、赤裸、头顶、颜色、吹、不是、素描这些词语。

卡姆看着这些词，惊愕了一阵子，接着难以置信地大笑起来："该死，索菲。你真是天才。"

因为她还活着。她一定还活着，这封信就是证明。而且这个女人即便是在她生命中最危险的景况下，仍然有勇气，将绑架她的人的外貌描绘嵌在了那份简况中。

索菲亚没用多久时间，就让长木板的底部松动了。她使出全身力量，将松动处前后摇晃，上面生了锈的铁钉发出一声抗议。多晃几次后，木板掉落了。她眨眨眼，看着手中的木板呆了一会，然后将其放在一旁，去掰另一半。

结果证明，这一半比之前的那半掰起来要难。她一直不放手，掰着木板上下用劲，然后又推又拉。汗水顺着她脊背淌落，这番动作让她用完了力气。最后，那木板猛地脱落，她被反推到栅子门上，仰靠在上面。

之前的擦伤疼痛起来，她坚定勇气，缓缓站起身，拾起这一番辛苦所收获的奖品。

终于，她拿到了撬开头顶铁丝网所需要的楔子。

她拿起一根木板，沿着铁门，爬到铁丝网所能允许的最高的地方。然后将那楔子插进铁丝网与牢门连接处的狭窄缝隙，把它当作过去的压水井手柄一样，上下撬动。

当她看到头顶的铁丝网被推得向上弯折，但随着消失的杠杆作用力重又落下来时，心都提了起来。她忙了一个多小时，才撬出一个她觉得应该能钻过去的口子。接着她便将那木板撑在牢门顶上，把铁丝网抬高，在那里等了片刻，看木板没有落下来，便顺着门往下爬了一半，又等了一会。

直到这时她才允许自己看了一眼照进这座建筑的暗淡光线。她意识到时间一定已是下午晚些时候了，心下一沉。之前她并未注意到，自己的逃跑计划走到这一步用了多久时间。

而且她也不想去思考，在那怪物返回之前，她留下的时间还有多少。

在付诸尝试之前，她还具备先见之明地返回地面，取来被子从门柱的缝隙间扔过去。接着她便把注意力集中在铁丝网撑起后留出的那条通路上，确定要穿越过去只有一个办法。她必须头部向前，爬出那条缝隙，过去之后再用双手支撑起身体的重量，沿着门爬下去。

她最擅长的运动就是健走，但这项壮举需要的力量和灵活度却要多得多。

而且还需要极大的运气。

她心中怀疑更多的是，她的脑袋和肩膀能否钻过牢门和铁丝网之间撬开的那条口子。但是到了现在这个时候，比起更改计划，奔向自由要容易得多。急迫感逐渐累积，在她脑海中除了无穷无尽的噩梦之外，又钻出了绑架犯提前返回的画面。

或许那简况没被播送出去，于是更加激怒了他。

或者还可能更糟，也许他更加仔细地研读了她的文字，解读出了她蕴含在其中的线索。

这恐惧的画面如一道冰冷的瀑布，连绵不绝地倾泻在她身上。但是即便她想加快速度，也无法做到。她手脚笨拙地抓住牢门外侧铁柱上的下一级横档，努力将臀部钻出那缝隙。在她扭动着往外爬时，铁丝在她皮肤上刮擦，但她仍在稳步往下爬。

现在轮到腿钻过门顶了。这时它们仍踩在牢室内侧的铁柱上，承担着身体的大部分重量。等两腿也离开横档后，承担体重的将不得不换成她的手腕，就像做倒立那般。索菲亚感觉像是失了足，于是拼命抓住下一级横档。但她的双腿翻过来的冲力太大，让她无法控制。她失了手，一路摔在混凝土地面上。

当肋骨撞到地面上时，她的呼吸几乎都停止了，眼冒金星。她用力地吸一口气，然后嘶嘶喘息。她感觉肺部似乎搅在了一起，剧烈起伏争夺氧气。她就那样躺了很久。

后来她小心地、慢慢地侧到一边，接着四肢着地撑起身来。爬了短短一段距离，到达那扇无情的铁门前，她拉扯着将自己撑起来，查看这次坠地有没有增添新的伤口。

她的肋骨又发出了熟悉的抗议，髋部那叫人咬紧牙关的疼痛是新添的。左手虽然没使劲，只停在胸部，但手腕也传来一阵阵疼痛。

但是手放开门后，双脚还是撑住了。她笨拙地将被子围在身上，跌跌撞撞地朝罪犯平常来的方向走去，朝着大门走去。

索菲亚现在能看清了，建筑的这一侧排满了牢室，就和她之前被关的那间一样，只是其他的顶上都没有盖铁丝网。她蹑手蹑脚地前行，因为光线太暗，所以速度比设想的要慢。她往每间牢室里面都看了一眼，但里面都没有床垫。

而且哪一间里面都没有她昨晚听到的那个发出尖叫声的受害者。

最后她来到一间设有一座巨大的双开门的牢室。那牢室的顶上也有铁丝网。她能分辨得出，那牢室一角的充气床垫上蜷着一个女人。

"柯特妮？"

听到她这一小声的叫唤，牢室里的女人费力地朝她转过身。

"回去。"她的声音低沉沙哑，"他回来会惩罚你的，他会惩罚我们俩。"

"等他回来，我们就不在这里了。"索菲亚坚定地说。她挪动到牢室的一侧，想找到钥匙打开牢门。但那建筑里面实在太过昏暗，无法看清。

于是，她转移目光看向头顶五英尺之上的大门。如果能把它打开一英寸的缝，那她就能有足够的光线去寻找钥匙了。只要救出了那个女人，或许她就能从那缝隙里观察一下周围环境，然后再试着从那里逃走。

那位不明嫌疑人也住在这里吗？他就住在这附近吗？

想到这些，她踉跄的脚步就停下了，甚至不想去触碰那个通往自由的出口。但这里没有其他出路。

索菲亚挺起腰背，沿着牢门一路摸索门把手，然后使出全身力气去推，但那门纹丝不动。她把门往怀里拉，还是不动。绝望间，她先试着往这边拽，然后往那边，但都没有反应。

恐慌和沮丧在她体内厮杀。索菲亚任由那股情绪爆发出来，用身体的重量往那巨大的出口撞去。一次，两次，再一次。

她的脑海和心里此时都一片混乱，终于靠在门上，肩膀挫败地耷拉下来。

不知为什么，在思考如何逃出牢室的这整段时间里，她从未想过，通往自由的出路可能被锁上了。

第14章

"我以前从未见你留过头发。"索菲亚入迷地看着照片中的卡姆和另一个男人。那照片看上去拍的时间离现在相当近，但发型却不是他和其他探员所青睐的短发，而是卷曲在他耳朵的上方，绕在他的后领上，比她所能想象的要浓密，而且深浅不一的金黄色让他看起来更显不羁，"是卷发。"

他继续在厨房抽屉里翻找，一直没抬头："我不是卷发，只是有些弧度而已。可能会有些小卷，但不是卷发，卷发没有男子气概。"

她又看了看照片："好吧，可在这张照片里，你的头发可一点也不阳刚。我喜欢，这个发型让你看起来少了些严肃。"

"你想要严肃？我可以让你看看什么叫严肃。只要你帮我找些……"这时他才抬起头，其余的话语则吞了下去。但他的目光很平静，心却关闭起来了。

索菲亚看到他情绪的变化已经反映在表情上了，心里像是被打了结。她不知道具体原因，只感觉像是踮脚走在一块地雷田里。

"和你一起的这人是谁？"

"我的表亲。"他掉转注意力重新开始搜寻。她不知道，为什么现在看起来像给烟雾报警器寻找更换电池的样子，突然就成了一个便利的掩饰借口。

"我记得你有一次告诉过我，你和你母亲都没有任何在世亲属。"

他关上正在搜寻的抽屉："我去商店买些回来，省得麻烦。"

但她仍穷追不舍。她作为一个心理学家，一向知道尊重他人的界限，只有当她觉出需要更了解顾客的最佳利益时，才会竭力劝说。但这时她脑海中并未想过卡姆的最佳利益，就连平素对他人隐私的考量也没有。

她脑中的警戒之声正越来越难以平息，她拿起照片："他怎么会是你的表亲？"

卡姆眯细眼睛，明显是恼怒的信号："我也不记得具体的关系了，我们没有任何亲密的亲属。他是我母亲叔祖父的孙子还是什么，我不确定。这样我们就是……第三还是第四代表亲？我不清楚。我一直都弄不清那种东西。"

她将照片慢慢放回之前打开来帮他找电池的抽屉。关上抽屉后，她感觉自己就像是正在为一个重大决定而摇摆不定。

她真是太可笑了。然而，把那些话在脑海中当念祷文似的，一遍又一遍地重复并没有让她感觉更好。卡姆当然有权决定哪些话题想和她讨论，哪些不想，他完全有权宣布哪些话题是禁区。

但他并未那样做。取而代之的是，他撒了谎。从事她的职业后，就会很善于辨别一个人是否诚实。以前如果她离别人隐私太近，受到提醒之后便能轻松离开。至少她一般并不会靠别人太近。

但她正越来越难以平衡他们在床上的亲密与床下的不亲密。

这是她自己的问题。她走到他放在皮革沙发旁用来装杂志的那个藤条篮子边，漫无目的地翻了翻里面的杂志和宣传页。她不擅长假装随意，也很难跨越界限和不成文的规则。如果说在这个过程中，她感觉丧失了一些自我的话，那一定不是他的问题。

毫无来由地，昨晚那个未开封的箔纸包装袋闯进她的脑海。在最近所做的一些决策中，索菲亚甚至根本就没有意识到自我的存在。卡姆面对照片这类小物件沉默寡言的态度犹如一盆凉水，正是她所急需的。无论什么时候，只要她靠得离他的隐私太近，他都可以毫无问题地筑起隔离墙壁。

她才是那个难以保持防御的人，难以维持那支持了她一辈子的健康的谨慎意识的人。她只是不知道，究竟是什么让她表现得这么不像自己。

"这里找不到的，算了吧。换电池又不是什么要紧事，我晚点儿换也没关系。"

她站起身，感到自己的那番想法有些伤人。于是她并不看他的眼神，走向放手袋的地方。

"反正我也想喝无糖汽水。我替你去商店跑一趟。"

"你没必要那么做，我们可以一起去。等我拿上我的——"

"不。"说这个字的语气比她预想中的重了一些，于是她便有意让语气温柔下来，并露出一个微笑，"我有点头痛，出去一趟可以帮我清醒一下。"清理掉这不同寻常的犹豫，试着一劳永逸地理清，自己是否有能力维持这样一种不具约束力的亲密关系。

她抓起钥匙，匆匆走上门廊，走出大门的那一刻，她感觉怅然若失。

因为在她的心中，其实已经知道答案了。

"快回去，趁他还没来。"范·惠顿似乎用尽了全身力气，才挤出这句话。听到她嗓音中的沙哑刺耳感，索菲亚推测那罪犯掐过她的喉咙，想到这里她立即感到极大的痛苦。

"没关系，我们要从这里逃出去。"她的声音比她的感觉更加笃定。能逃脱牢室，在外面自由行走，这形势中有某种东西坚定了她的目标。只要品尝到自由的些许滋味，她就再也不想失去。

她将一只手扶在门上，探索着这座建筑的边界。走到墙角的时候，她差一点被那里胡乱堆放的一堆物料绊倒。根据拂面而来的蛛网推断，那东西已经在那儿放了有一阵子了。索菲亚把它们一一拾起来，或是拿到距离缝隙中漏进来的光芒最近的地方看个清楚。现在她明白了，整座建筑的墙壁都是用她牢室后墙的石灰岩筑成的。

但是当她将找到的那一堆东西放在微弱光线下一一打量时，她的心几乎沉下去。全都是无用的垃圾。一些看上去就像是某座机器上剩下来的金属残片；一卷生锈的铁丝；一个半腐烂的木桶。她听到桶里有什么东西在蹦跶，于是小心地往后退了几步。

虽然她想象不出，这些物件中有哪一件能帮助她打开大门，但仍倍觉鼓舞地继续搜寻。关押她的那间牢室之前是空置的，但建筑并非空无一物，至少没有被完全清空，显然有些东西被落在了这里。

她紧贴着墙壁，继续寻找，每次撞到陌生的物体，就停下来查看。后来她找到了一些很长的管子，于是便死命地拿起一根。如果无法找到出路，那至少也能用作武器。也许可以趁绑架犯进门时，杀他个措手不及。

想到挥舞管子，朝他头上砸去的画面，她心中既恐惧又满足。索菲亚这一生中还从未攻击过别人。她觉得要对付这位不明身份的性虐狂，一切都再简单不过。

她把那管子拖在身后，每当找到别的东西需要查看时就将其放在一边。她的左手已无法抓取任何东西，一直在钻心地疼痛。但事已至此，她根本无暇顾及。

进度比她预想的要慢，她敏感地发现，就连那一丝光线也正在逐渐褪去。意识到这一点后，她加快了步伐。这时她突然想到，任何建筑都可能设有第二出口，即便这么古老的也不例外。

她在毗邻自己待过的那座牢室的墙壁中央找到了它。索菲亚丢掉管子，用双手去试探那扇粗粝的大门，当她发现上面有一条门缝，将整座大门一分为二的时候，她放缓了速度。现在她弄明白一个问题了。她们是被关在一座仓棚里。

但是全州范围内有多少这样的仓棚啊，想到这里她便意识到，想得到救援是多么的不切实际。

她用双手划过粗糙的木板，没有发现门把手或手柄。然而在门缝旁边的木板上却有两个一样大小的洞，证明那里曾经有过把手。

这时一个新的计划在她脑中成形，她继续沿着墙边往前摸索，试着寻找其他被落在里面的物件。仓棚的另一头的一堆管子中，有一根直径有半英寸。她也许能把它用作撬棍，将门框从她刚刚发现的门上撬掉。

不过接下来在距离牢室有二十英尺远的墙边，她发现了一件宝物，她知道那将是她通往自由的门票。

是一把长柄叉子。

她欣喜若狂，以一种新发现了某样宝物的心情将其紧紧抓在手里，然后才开始触摸查看。叉子的金属手柄松动了，而且只有两根耙齿，但是摸上去都很坚韧。更棒的是，它们都比之前找到的最细的管子还要细。

索菲亚退回到之前发现的对开门旁，放弃了之前的计划。她将叉子放在地上，用手指沿着门的一边触摸，然后移到另一边，直至找到她想找的东西。

合页。

"你确定想这么做吗？"卡姆说完后，贝克特的话语中透露出疑惑，就和布恩县律师之前的反应如出一辙，"今天早上你还对杰里·普莱斯的说法不屑一顾。"

"因为今天早上我没有任何办法能证实他的说法的真伪。现在，我有了，而且很有希望证实。你不必担心。"他说着动了动身体，坐得更舒服些。此刻他正坐在治安官会议室一张伤痕累累的木桌前，那只狭小的木头椅子坐起来算不上舒服，"你和县律师都不用担心，我不会和这个人渣做交易。普莱斯很可能是在放烟雾弹，他不想再被武器持有控诉送进牢里。"如果他之前遇到的每一位刑满释放者，在面临再次入狱时都突然宣称掌握有这类信息的话，那这个国家就将不会存在罪案无法侦破的情况了，"但是万一……我们只是做个假设，那就绝了。"卡姆冲他咧嘴笑笑，"这可能是你上一任女友甩掉你后，你所听到过的最短的谈话。"

贝克特看起来像是被逗乐了："你指的是说'因为你太大'的那个女朋友？"

"我指的是说'我值得更好的人'的那个。"

那治安官不为所动地拿起对讲机："你又不认识我上一任女友。如果你认识，你就会觉得，那话简直是在毁谤我出身的不足。"他说完往对讲机里说一句，"好了，欧文斯，把他带进来。"

卡姆在等待杰里·普莱斯走进房间的时间里，相当确信贝克特是对的。这样的对话十有八九是浪费时间。为了避免因为自己的行动而入狱，罪犯们没有什么是不肯做的。

但是在KCCT电视台这会儿正当作突发新闻播送的那份虚假的简况中，索菲想办法嵌进了罪犯的容貌描绘，有了这些细节信息，他只消和普莱斯聊上几分钟，就能知道那家伙是否想糊弄人。

门开了，一位身穿制服的副手把着门，让普莱斯进来。普莱斯正在转狱，手腕和腿上都挂着锁链。与被捕那晚相比，他的黑色头发油腻了些，络腮胡都冒出来了，泛出丝丝灰白。但是被捕却并未挫平他的势头。

"哎呀，看起来像是去购物了啊。"那男人冲卡姆咧嘴一笑，缓缓坐在副手指给他的椅子上，"这套西装比我上次见你时看到的那身更有型。"

"真是愉快的回忆。"卡姆态度和悦地说道，"我也很喜欢你这身行头。不是每个人都能穿好橙色囚服的。不过这连体衣看上去就像是为你量身定做的。"

普莱斯握紧双手放在桌子上，这动作让锁链叮叮作响："既然你来了，那我想治安官应该是跟你说过我的建议了。我的条件是，只要你撤销对我持有武器的控诉，我就提供给你能带你找到那个绑架和掩埋了所有女人的家伙的信息。"

卡姆笑了，他真的是被逗乐了："你可以给我画张去他家的地图，但武器控诉不会撤销。你能和布恩县律师谈到的最好的结果就是，让他向法官申请减刑，而且仅限于你提供的信息能带领我们抓捕到罪犯的情况下适用。而这一点我深表怀疑。"

"我猜你不会去验明真伪。"普莱斯打量着这间监狱，一边故意惹人嫌地轻轻敲击一根关节的背面，"那是我开的价，而且我不是什么宽宏大度的人。"

"那就抱歉耽误你的时间了。"卡姆说着站起身，椅子在地上刮擦出声音来，"谢谢你，治安官。"

"不用介意。"贝克特说着和他一同往门口走去。

普莱斯转身看着他们离开的背影，从椅子上半站起身来："嘿，听着。"那副手用一只手按住他的肩膀，将他牢牢地按回椅子上坐好。卡姆在门口回过头，皱着眉头说："还以为你没什么可说的了。"

"你们这些家伙需要学学谈判的艺术。"普莱斯突然换上一副愿意和解的口气,"做交易就是,我给你一些,你也要给我一些——"

"这一点你误解了,这里没有什么谈判。"卡姆退回到桌前,但并未落座,他用双手撑着桌子,俯身向前,"你的信息是否值得我烧油开车前来,我对此深表怀疑。我只有一个建议。要么你说,要么我走人。就这么简单。"

那男人脸上露出叫人熟悉的蛮横表情:"任何称职的律师为我提供的交易,都会比你这个好。"

"那么,或许你想像你的律师一样,重新考虑自己的行为。"贝克特挖苦说。

普莱斯没作回应,他的目光定在卡姆身上:"你是留下来,还是怎么说?"

"你能给我一个留下来的理由?"

普莱斯耸了耸肩膀,权且作为回应。卡姆在椅子上慢慢落座,同时也注意着时间。

"好了,事情是这样的。我和这家伙一起蹲过监狱,他是我上次服刑期间的第一位室友。他经常喜欢唠叨。你知道,就像是我们东拉西扯消磨时间,说些天衣无缝的犯罪之类的,都是些纯粹的理论。"

"你就是在那时候,积累了这一番词汇量吗?"

"我不是傻子,这家伙也不是。"普莱斯看着卡姆说道,"他当时是因为第二次强行闯入他人住宅,而被判刑五年。重点是,他告诉我说,他已经有上百次入室行窃的历史了,但他们从未查过他。而且如果他闯入时,那家里的婊子在家,事情就远远不止这么简单了,如果你懂我的意思的话。"

"我还没听到你说的事情中,有什么东西值得我关注。"

普莱斯挥了挥一只手掌："听我说。当时我们是在内布拉斯加服刑，后来我知道，他小时候有很多夏天是在爱荷华度过的。我们很聊得来。他靠行窃，收入很是可观，电子产品啊、珠宝啊诸如此类的，不过他却表示，自己有比这大得多的计划。他说正在合计一些事情，等出去后不会再登门入室，而是要绑架那些富有的婊子，榨干她们的银行账户。"

"你喜欢看电视是吗，杰里？"卡姆注意看一眼手表，"我猜你喜欢。因为你这个故事，从头到尾都是从新闻上看来的。里面没有一点是新信息，而且你的时间耗尽了。"他准备起身。

"我不是从电视上知道的这些，我对上帝起誓。"普莱斯将拳头重重捶在桌上，"我说的那些，有关于他绑架富裕女人的，是他的营生。所以当我看到新闻报道的时候，嗯，我就想到了他。"卡姆看上去依旧是不感兴趣的样子，普莱斯于是接着说，"我知道他名字。你可以查一下我在监狱的室友，我敢打赌你在内布拉斯加找不到他。知道为什么吗？他说过，等他出狱了，可能会去爱荷华。他外祖父在安克尼附近，他以前曾去拜访过。他说老头子以前靠农场为生，是养鸵鸟的。"

卡姆脑内一切声音都静止了。普莱斯不可能知道实验室测试的结果，那消息不可能会泄露给媒体。

"对啊，我外祖父还养渡渡鸟呢。我们以前会让它们赛跑，给它们套上狗拉雪橇，赶着它们穿越风雪。"

贝克特的讥讽打破沉默。普莱斯将目光从他身上移到卡姆身上："就算那是他撒的一个谎，那你也可以去查他。我想说的是，无论绑架这些富有女人的人是谁，他的行径都和我那室友计划的一模一样。"

"说名字。"卡姆尽量让语气听起来充满厌烦，其实他脑海中齿轮已经在加速运转。鸵鸟的事太不一般了，不容忽视。

普莱斯的表情变得狡黠起来："法官会慎重考虑我的案子了，对吗？公诉人同意了吗？"

"这么说就太过了。"治安官绷着脸说道，"那个狱友叫什么名字？"

"梅斯·万斯。全名梅森·万斯，但大伙儿都叫他梅斯。"

"我需要他的外貌特征。"

普莱斯听到卡姆的要求皱了皱眉头："我不记得了。我猜是一头金棕色的头发，毛发有些浓密，蓝眼睛，和我一样高，但很结实。我们在监狱时，他挨过揍。我一直觉得他是个硬汉，但总有人比他更硬。在里面的时候，他练得壮了点。说他一旦出狱，就会认真着手这档子事。"

卡姆听到的已经足够了："他为什么来爱荷华？"

"他说外祖父要把地产留给他。不是那个农场，而是这附近一个小镇上的一座房子。我不记得是哪儿了。以前从没听说过的一个地方。"这时他停下话头，靠在椅子上，"这都是实打实的信息。你用得上的，对吧？跟法官说说。"

"他有没有可能是听到副手们说过实验室的结果？"

两人回了办公室。卡姆坐的椅子比之前会议室的舒服不到哪去，他将笔记本电脑放在膝盖上，正在梳理数据，以证实普莱斯的说法。

"有可能，但很难说。我知道这事，欧文斯也知道，因为他和我一起去查的四方鸵鸟牧场。主人夫妇够和善的。"他语带讥讽地说道，"一定要我们出示搜查令，才肯允许我们踏足他们的地产。我不能确定，欧文斯有没有跟其他副手提过我们的行踪。所以……"他耸耸肩作为回答，没有办法确定。

"好吧。"卡姆说着扫一眼电脑屏幕上搜出的信息,"他说的第一部分是真的。"在梅森·万斯的五年刑期中,他俩住上下铺。

"最聪明的谎言总是以事实为核心。"治安官转头看向自己的电脑,"你有他的出生日期和地点吗?"

那人的被捕记录中包括了这些信息,于是卡姆就念了出来。接着他调出一张万斯的照片,连同他被释放的条款文件。没有假释期,因为他服完了全部刑期。这就意味着,他获释后就自由地离开了内布拉斯加,可以随心所欲地去任何想去的地方,没有人会监视他。

他仔细研究起那男人的面部照片。和珍娜画的穆勒在伊代纳的公园看到的那个男人的素描完全匹配不上。但是和索菲在上封简况信件中秘密传递的也一样对不上。根据索菲所言,他们要找的是一个秃顶的男人,这种变化很容易实现。同样,这男人出狱后也随时可能会失去牙齿。这些特点在男人的外貌描绘中均没有出现。

但文身是有的。每根手臂上都有半臂的图案,右后肩上有一条喷火龙。出狱后给他两年的时间去健身,这样他就能成为索菲描绘的那人。

但麻烦在于,她的描绘也可能适用于其他几十个人。

然而卡姆还是拿起了电话,拨通珍娜的号码。当珍娜回应后,他对她简述了与普莱斯的那番谈话。

"你相信他?"他二人都知道,这类家伙的可信度有多么的低。

"正在查证他讲的事情中的细节信息。"卡姆不表态地说道,"根据钱宁医生在那份纠正版的简况文件中秘密传递的信息来看,这位不明嫌疑人经常举重。打电话给得梅因及郊区所有的健身房和健身中心。看看他们的会员名单中有没有一个叫梅森或梅斯·万斯的家伙。"

挂断电话后,他迅速上网搜查一番,但无论在爱荷华,还是在内布拉斯加，近期的名录上都没有查到梅森·万斯。但他没有灰心，又查了车管局的记录。那个名字和年纪的人没有驾驶执照记录。

"我没看到有叫那个名字的人名下登记有白色厢式货车。"贝克特一边小声说着，一边滚动鼠标将页面往下翻。

卡姆想了片刻，登陆一个提供一个月免费信息订阅的家谱网站。他输入万斯的名字、出生地址和日期。对于私下侦查来说，这些信息已经足够了。

他用了几分钟时间注册，然后键入搜索，接着小声说道："找到他了。找到那狗娘养的了。"

"万斯？"治安官从椅子上转过身来看着他，"怎么找到的？"

"当我对他的外祖父发起一项搜索的时候，他的名字出现在后代栏中。我搜的是出生在波尔克县的人氏。"他的血液真正沸腾起来。他无法忘记索菲在她之前写的那份地理简况中提到的信息。她说凶手之所以会出现在该地区，是因为有什么熟悉的东西将他锚定在了那里。

如果普莱斯所说为实，万斯继承了他外祖父的财产，那么锚定物就是那老人的房子。

"伊万·斯坦福德。"他念出网站上的信息，"有一个女儿，伊芙琳·玛丽·斯坦福德，已故。她嫁与沃特·万斯为妻，后者也已故。有一个在世的外孙，梅森·万斯。老人最后一个登记住址是在爱荷华州的阿莱曼。"

"阿莱曼？"从贝克特脸上的表情可以看出，他正在努力回想那里的位置，"一个很小的镇子，在安克尼附近的某个地方，对吗？"

卡姆没有回答。他正忙着在电脑上搜索另一个信息。查找他想要的电话号码，接着他站起身，合上电脑，打了个电话。

"贾斯汀·杰弗里斯。"电话一接通他就招呼道，当那位年轻主管回应后，卡姆开门见山地问道，"你今天跟我说的那个地址。八十年代养过鸵鸟的那家伙，他叫什么名字？"

"斯坦福德。"那边答道。卡姆抓起笔记本电脑，小跑着朝门口奔去。电话那头继续说："伊万·斯坦福德。最后我听说他退了休，住在这附近的一个小镇子上。可能是在阿莱曼吧。"

扁平的合页将门扇固定在门框上，比起索菲亚牢室里的木板，应该要更容易撬开。然而这一次，她是单手劳动，所以动作比平常要慢。奇怪的是，当她把合页撬掉后，对开门低处的部分依旧没有移动。所以她就用叉子的耙齿将老朽的木板从门框上撬了下来。那木板饱经风霜已经腐烂，很快就断了。她将门扇低处的一大部分都拉掉下来。大量阳光穿透缺口倾泻进来。那景象让她心跳加速。

外面就是自由。

距离自由如此之近，这纯粹的喜悦让她眩晕了片刻。挡住出口的有两块宽四寸厚两尺的木头。她放下叉子，拾起结实的金属管，拿它当锤子将最低处的木板向外敲。这块木头新一些，比仓棚门要更加结实。索菲亚把它砸开时，已是浑身大汗，气喘吁吁。

她在转身走向那个女人之前，犹豫了片刻。她不知道绑架者距离这里有多近的距离，他可能就住在关押她们的农场对面的一座房子里，他可能就住在路对面。某个距离足够贴近，一旦她们离开仓棚，立刻就能够发现的地方。

她迅速打量一番砸开的门外。前面是一片杂乱的农家庭院，绵延至一条很深的沟渠。碎石路那边除了一片被带刺铁丝网拦起来的绿海之外，别无他物。

现在已近六月底，玉米苗只齐大腿深。这宽阔的田地无法起到任何遮蔽作用。如果她们朝那个方向逃跑，而那施虐狂返回的话，她们立刻就会被发现。她伸长脖颈，四处都打量一遍。左边是玉米地，右边则是场院，边界上是另一片田地。

索菲亚不想再浪费时间返回去拿被子，她就那样钻过砸开的孔洞，贴着仓棚墙壁向右走，看了看那角落里的情况。那里生长着更多的杂草和灌木。有一辆木头马车坏在那里，生锈的钢轮摇摇晃晃地歪在一边。前面有一块大豆田，豆苗才只有几英寸高。她几乎不敢出气，一路沿着仓棚迅速移动，身体紧紧贴在墙上，稍稍歪一下头，看了看另一个拐角处。

什么也没有。没有房屋，没有汽车，除了玉米地之外一无所有。

她松了口气，身体里涌现出力量，然后她用了片刻时间才确定，双腿还能支撑着她站稳。接着她原路返回那扇被她砸开的门边，留心看了看有没有车辆驶来扬起的尘土。

地平线一片静谧。天空蓝得让人心碎，一片云也没有。太阳已经西斜，已经是下午晚些时候。周围的一切都是那么的安宁，一如美国文物中的油画。

这景象与仓棚中的邪恶景象对比是那么的强烈，她觉得有一股寒意正从脖颈蜿蜒爬下脊柱。索菲亚能做的就是强迫自己钻回建筑内部，她不会丢下另外那个女人。她不能确定，在那怪物返回之前，救援能否来临。

但那实在太过艰难。要站在那相对较凉爽的仓棚内部，压抑住再次奔向自由的冲动，是如此的艰难。

她下定决心，一路走到范·惠顿的牢室。这一次，有了从门口倾斜照进来的阳光，她轻而易举就发现钥匙挂在牢门两英尺远的一个钉子上。拿到钥匙后，她有些笨拙地将其插进锁孔，转动。牢门比她预想中的要沉。当她推开门时，那女人正坐在床垫上观望，在她饱经摧残的脸上，希望与恐惧交织。

"我们自由了。但必须抓紧时间。我不知道什么时候……"他什么时候会回来，她差一点就把这话说了出来，但还是咽了下去，"周围没有人。我也没看到有房子。"她试着挤出一个安慰的微笑，但是当范·惠顿好几次试着站起来都失败后，那笑容褪去了。

"我很抱歉。"那语声如此沙哑，要说出来一定是忍受了极大的痛苦，"我不能……我想我不能……"

钥匙还紧紧握在索菲亚手中，她拾起被子走进牢室，将被子轻轻盖在那女人的肩头。"你是柯特妮·范·惠顿？"她轻声问，然后双膝着地跪在那女人面前，髋部的疼痛让她抽搐了一下。

那女人猛地点一下头，就算作回应了。

"我是索菲。"这个昵称不假思索地脱口而出，"用你的胳膊抱住我的肩膀，让我来搀扶你站起来。"那女人的体重让她摇晃了几下，但她还是站了起来。这时她才第一次想到，这女人有没有内伤，会不会因为挪动而更加严重。

她迟疑片刻，用一只手臂环住柯特妮的腰肢，试着尽可能多地支持住她，两人一同走出牢室，那金属管此刻则成了拐杖。

穿过仓棚的过程极为缓慢。

"会没事的，用不了多久了。"她一路上一直在小声安慰。不过她心里已经改变了原有的计划。出去后，这女人不可能立即逃往安全地带。索菲亚甚至不能确定，自己能扶着柯特妮站多久。她必须找片树林，将她藏在里面。一丛灌木，或者也可以不用灌木，而把她用被子包起来，到碎石路边找条深沟，用高草把她稍稍盖住。

帮助那女人钻过她砸开的那半扇门耗去了她大量的体力。她在心里责备自己的无能，那番煎熬削弱了她的意志，她挣扎着协助柯特妮，几乎拼尽了全力。擦伤的髋部妨碍了她的移动，每次碰到左手腕，那里都会发出钻心的疼痛。

但是当她看到那女人完全置身于日光中时，她的心似乎被一只老虎钳揪住了。

柯特妮的容貌几乎无法辨识。她脸上、身上到处都是淤伤，简直像全身都布满了文身。她的鼻子肿了，角度很奇怪。干涸的血迹将她的头发缠在一起，在她全身的伤痕上糊结成痂。一只胳膊无力地垂在身侧。

索菲亚眨眨眼睛，咽掉同情的泪水，小声说道："现在已经不远了。我只需要在我寻求帮助的时候，能把你藏起来。"这女人是怎么逃出这么远的，实在是一个奇迹。一定是希望为她们提供了急需的力量，但很显然，那力量此刻正在迅速衰退。

"我有个主意。"索菲亚强迫自己让语气中充满鼓励，"我们只需要把你挪到那条沟渠里去。你能走到那里吗？"

那女人试着想说话。索菲亚俯身，将耳朵凑到柯特妮的嘴边。

"谢谢……你。"

愧疚犹如一把把匕首，在她的胃里翻搅。她是最配不上这个女人的感激的。昨天晚上，她在无知的情况下，将那罪犯的性侵犯行为转向了柯特妮身上。她知道，为此，她将需要很长一段时间来学会原谅自己。

"别出声。积蓄力量。"索菲亚凭借着这口气，半搀着范·惠顿走了三十码左右，到达最近的一条沟渠边。然而，在爬下陡峭的坡壁时，她失了足，两人一路滚下去，摊开四肢躺在沟底。

杂草和草料长得很高，她们是索菲亚在几英里范围内唯一能找到的遮掩物。她用了几分钟时间找到那根用作拐杖的管子，接着让柯特妮躺在被子中间，将管子放在她边上。然后她用两手抓住那女人头部两侧的被子角，拖拽起来。她拉着那女人沿沟底缓缓移动，受伤的手腕让她疼痛难忍，她咬紧牙关。那里看不到一个人影，还要多久才能抵达一座农舍？一英里？还是两英里？

这问题让索菲亚犹豫了几分钟，后来她看到了前面有一条农场车道。其用途是供农民从公路接近田地。很多部位下面都有排水管，以免水在沟渠里汇聚。

车道之下有什么金属物在反光，就像是在回应她的祈祷。

"现在已经不远了。"她咬紧牙关说，同时仍尽最大努力迅速往前拉，"就快到了。"

涵洞口宽度不到两英尺。但空间已经足够柯特妮藏身了，只是还需要再往里面去一些。里面是幽闭的。索菲亚用管子清干净之前可能寄居其中的生物，然后帮助那女人坐起来："你还有力气再往里爬一些吗？"柯特妮伤痕累累的脸上写满疲惫。索菲亚甚至不知道她是怎么逃到这么远的，"你在里面会很安全。从外面看不见那里。然后我可以跑出去，找到最近的房屋。"她嘴角泛出一丝笑意，"也许说跑会显得太过野心勃勃，但至少我可以——"女人突然往后退缩了一下，她停下话头。女人的视线越过索菲亚的肩头，恐惧和希望在她的脸上对抗。

索菲亚转过身，看到了柯特妮所发现的东西。在碎石路几英里开外的地方，扬起了一团灰尘。

索菲亚小心地趴下身子，心里已经盘算好了，该怎样及时爬到沟渠的边上，等车子经过时向司机招手。

只是那车子一直没有靠近她们，而是在离这里很远的地方就减了速。恐惧在她喉咙里打成结，她惊恐地瞪大了双眼，她看见有一辆白色的厢式货车拐上那条车道，消失在仓棚后方。

第15章

　　卡姆一直等到门在索菲身后关上，才大步穿过房间，打开桌子抽屉，取出他与马修·鲍德温的那张照片。他甚至自己也无法解释，为什么会在将整个信封转交给迪特里希探员之前，将这张照片复印了一个彩色版留下。原因不仅仅在于他现在已经相信，迪特里希那家伙就是个满口谎言的杂种。

　　这张照片是一个提醒。

　　他盯着看的时间越长，浮出水面的记忆就会越多。过去的两年里，他大部分时间都用来处理那些记忆。但是漫长的卧底岁月中也有一些明亮的时刻。那样的记忆曾短暂地点亮了一直生活在危险和身份曝光的威胁下所感到的沉重情绪。

　　而这个人出现在所有那样的记忆之中。

　　带卡姆去那家餐厅，从而点燃了他对克里奥尔食物热情的就是马特。和他一样，马特也热爱棒球的一切，不过他最爱的球队是奥克兰运动家队。对墨西哥籍美国裔妻子的爱，让马特同锡那罗亚州贩毒垄断集团的一个强势成员纠缠不清。

　　马修·鲍德温。这个男人在上一次贩毒集团剿灭行动中没有被捕，因为卡姆确保行动开始时，他不会出现在现场。

卡姆将照片放回抽屉，转过身，脑内思绪万千。那个照片袋可能就是他之前的这个朋友寄来的，他们曾经是朋友，但那是在另一个地点和时间的事了，除此之外没有别的词语能用来形容他们之间的关系。

或者也可能来自于锡那罗亚州垄断集团内的其他某个成员。当组织的许多中层管理人员被捕后，集团头目的第一反应就是将损失降到最小。改变贩毒的路线、方法和运送方式，所以就算被捕成员中有人背叛，损失也能控制在最小层面。

他们第二优先将会是加罪于相关责任人，并对他们实施报复。

他们首先会寻找那些本该在那次宿命的突袭行动中被捕，现在却显然失踪了的人。

其次他们会进行搜查确定，所有被捕人员最后都进了监狱。

因为卡姆确保了马修没有出现在最后那次战略会议中，所以才导致他成为集团追索目标的吗？那次突袭让执法机构找到了一个珍贵的宝库。他们缴获了贩毒集团曾使用过的大量路线图，一个足以装备起一支小型军队的武器库，一辆装满毒品正准备运走的装甲汽车。那次卧底行动最大的收获，就是抓捕到垄断集团八大最高头目中的一位。

鲍德温逃离了被捕命运。

如果有人不嫌麻烦肯查一查，卡姆的卧底身份埃里克·金森，并没有出现在墨西哥任何一座监狱的名单上。

这就意味着，如果有一天他和马修不得不回应垄断集团的疑问的话，那他们都将有许多严肃的问题需要解释。

他又看了眼照片，心想它是否预示着，自己必须为此作出解释了。

"保持车子安静。"卡姆用对讲机向其余探员发布命令，这时候他的车距离仓棚还有两英里远。弗兰克斯在仓棚的另一面，距离也差不多。珍娜跟在汤米背后半英里处，博格斯则跟在卡姆身后，"如果我们找的地方没错，万斯还在里面，那我们要避免出现挟持人质的情况出现。汤米和我进入目标四分之一英里处，近距离审视该地区情况。你们后面的保持这个距离不变。"在那个距离，他们可以借助望远镜的帮助，观察到目标周围动静的细节。

他给汽车挂上挡，开出他之前停靠的农场小路，上到碎石路上。从这里已经能看见斯坦福德家巨大的老仓棚了。根据珍娜的信息，该地已经没有房屋，但这并不能保证没有拖车或其他临时居住地停靠在此。卡姆在启程前往此地之前，已经分派比彻姆和罗宾斯前往斯坦福德在阿莱曼镇的住所。给他们的任务是有万斯的任何迹象都要汇报，如果形势需要，还必须跟踪他。这时候，那两名探员发回报告，嫌犯外祖父所有的那座平房附近，没有任何活动的迹象。他们向当地人做了些咨询，得到的结果是，伊万·斯坦福德患了痴呆，住在附近的一座养老院。

卡姆将车子开到距离仓棚更近的地方停下，然后从身边副驾座上的工具包中掏出一只高倍望远镜。他直觉中对这条线索仍抱有的一切怀疑此刻都散去了。

一辆白色厢式货车停在仓棚外面。

他感到激动万分。如果他们得到的信息不错，索菲和范·惠顿可能就被关在那座仓棚里，或是斯坦福德家的房子里。这里位于人迹罕至的乡村地带，是他们怀疑万斯做过的残忍施虐行为的合理场所。他给爱荷华州侦查队和波尔克县治安官办公室打了电话，要求增援，然后再次用对讲机向探员发布命令。

"特纳和博格斯，跟到我们车子后面的八英里处来。我想在车队后面的公路上设置一道路障和拦截带。"他拿起望远镜再次研究那建筑。从他们所在的道路上，能清楚看见仓棚前面有一扇对开门。打横钉了两块木板，但是下面的那块已经被砸断，低处的门板掉了下来。

卡姆试着克制看到此情此景心里翻腾起来的希望。门上被砸烂的部分可能是为了通风。如果有需要，万斯也可能把它当成是第二出口。

但是门上打横钉了木板，这就意味着仓棚在另一面还有一个入口。如果两条路都被堵死，那万斯想逃走就会更加困难。

车内有空调，但他还是感到汗水正沿着脊背流淌，身上的防弹背心让他喘不过气来。

"汤米，我们把车停在车道上，拦住出路，下车步行靠近。你负责面对公路的那个入口。"

"明白。"对讲机传来一声简洁的回答。

卡姆扫视一眼仓棚周围绵延数英里的玉米和大豆田，意识到如果万斯驾驶货车撞击带刺铁丝栅栏，穿过田地逃走，那里将没有任何阻拦。在穿越高低不平的田地时，他可能会撞断一根轮轴，但是他们不能指望这种情况的发生。"我继续往谷仓那边绕，把他的车子弄瘫痪。准备好，开始行动。"他把车子背靠在路边停下。

"卡姆，你后方一百码外南部的那条沟渠里有动静。"

博格斯的声音透过对讲机传出来，卡姆将视线转到后视镜上，同时熄火停车。那边的高草里有个难以辨明身份的东西在移动。他一只手伸向手枪，另一只手则在摸索望远镜。他将镜头举到眼睛位置。片刻之后，他认清了那移动的物体，一时惊呆了。

是一个裸体女人正动作笨拙地爬出沟渠。

索菲。

喜悦犹如尖利的长矛穿透了他。如果说她伤得有点厉害的话，那她至少还活着，还能动。

活着。

"我们已经看清，是钱宁医生正试图从南部的那条沟渠里爬出来。博格斯，停车去救援，召集医务护理人员。"对讲机里一时充满了其他探员听到这消息后爆发出的兴奋回应。卡姆不得不停了片刻稳定情绪，"如果她还有能力，给她对讲机，博格斯。她也许能告诉我们，在仓棚里会遭遇什么。"

看到这场景在远处展开，他就像是在天堂和地狱之间徘徊。索菲挣扎着从沟渠的陡壁爬上来。她似乎在小心地避免使用左手手腕，那样子让他感到痛苦的忧心。卡姆不允许自己去思考，那不可能是她唯一所受的伤。他不能沉溺于伴随这个想法而来的恐惧的泥淖。

她活了下来。此刻这就是全部的意义所在。

博格斯将车开到她旁边，然后下车将她扶上公路，脱掉自己的西装上衣包裹住她赤裸的身体。但是当他试着想把她往车子的方向引时，她却冲着沟渠的方向连说带比划。

卡姆皱着眉头，他必须分散注意力，一面盯视眼前仓棚的动向，一面注意身后正在发生的事情。弗兰克斯在车道上，等待下一步行动的命令。仓棚周围没有动静。他将注意力转回索菲身上，看到博格斯陪着她走到自己的车上，将她安置在副驾座上，然后再次小心地沿着沟渠向前走去。

"索菲。拿起对讲机。"

一段很长的静默，这段时间内，他看到博格斯沿着沟渠往那条很短的农场车道走去，他双膝跪在地上，似乎在下面的涵洞里找什么东西。

"是柯特妮·范·惠顿，卡姆。"她的声音传来，让他松了口气，向那经常缺席的上帝祈祷一句，"她已经没有反应了。或许我不该移动她。她伤得很重。我只是太过担心，不敢把她留在那里——"

"救护车就要到了。"他突然安抚地说道，"她是仓棚里除你之外唯一的一名受害者吗？"

"是的。那个不明嫌疑人现在已经回去了。大约十分钟之前，我看到他的货车停在那里，于是我们便藏了起来，我担心他会来找我们。"

"他总是一个人行动吗？有武器吗？"

"他一直是一个人。我不知道……我没有看到武器，但里面一直很黑。"她的声音中有稍稍的颤音。除此之外，她讲话的语气都极为稳定，"他危险性很高，如果被逼急了，会冲动行事。他性情乖戾，怒火不定期发作，但是一直都很凶残。哦，他和珍娜画的那幅素描对不上。"

"我从你后来写的那封简况信中隐藏的描述里，知道这一点了。没关系，我们再重新做描绘。你待着别动，等护理人员来了，让他们给你做个检查。"

"哦，可是柯特妮……"

他的视线落回仓棚那边："他们也会照顾好她的。还有，索菲……听到你的声音真好。"

"听到你的也是。"她的声音听起来有些浓稠，"小心。"

他发动车子，向前驾驶占据有利位置。整段对话时长不超过一分钟，但却减轻了一些他对她的担忧。

不仅如此，她给予他的宝贵信息将影响他们逼近仓棚中嫌疑人的方式。卡姆将车停在地界边缘，伸手去拿放在工具袋上面的耳麦。戴上话筒后，他拉上工具袋的拉链，拿着袋子下车，然后轻轻关上车门。他绕过车子，跳下沟渠靠近仓棚，并看到汤米也下了车，采取了同样的行动。卡姆尽可能待在靠近栅栏的地方，绕过矮树丛和一些快被埋没的旧农场设备的金属残片，直至抵达仓棚最远端。

他停下脚步："我们找到一扇滑动的双开门，其中一扇开着。"他用近乎耳语的声音对话筒中说道，"门上似乎有一个闪亮的新挂锁。"一根看上去原本是用来横在门上起固定作用的木板腐烂了，斜靠在仓棚墙壁上。

卡姆转移视线，看到那辆白色货车。那车停在一个能看到门口的位置。如果万斯还在仓棚里，那么根据他所在位置的不同，他很有可能看见货车周围的所有动静。

但是如果像索菲证实的那样，那嫌疑人十分钟前就已经抵达，那他应该已经发现囚犯逃走了。那么让他继续待在仓棚里的原因是什么呢？

弗兰克斯的说话声传来："仓棚东侧的顶棚附近，有一扇很大的方形大门。"

这就意味着，这是一座储存干草的棚子。原本的主人需要有开口来通风，同时装卸供家畜食用的草料。

"有办法从那里逃生吗？"

"不能，除非那人肯冒险，从那里跳下来摔断十几根骨头。"

"远离那个出口。"如果万斯占据了那个高处的有利地形，那他就有了一个完美的狙击位，"里面有任何动静吗？"

"没有。"

卡姆蹲下身子，沿直线往那货车冲去。他钻到车底，用刺棍戳破每一个轮胎的侧面，然后快速滚出来。他看向仓棚位置："我要进去了。殿后。"

他掏出枪，弓身冲向那敞开的门扇，接着放下工具袋。

"梅森·万斯，"他大声喊道，"我们是DCI的。将双手举到脑后，走出仓棚。"里面没有回应。除了一只鸟儿的鸣啭之外，那里别无声音。几近彻底的寂静为那场景增添了一丝怪异色彩。他又喊了一遍："万斯！你被包围了。现在立刻出来。双手举到脑后。"几分钟时间过去，他对弗兰克斯说："我们进去。"

卡姆放下枪，绕过门洞，扫视一眼内部的阴暗。那里一边排列着畜栏。满是灰尘的混凝土地面上，有一个摇摇晃晃的梯子，通往头顶仓棚中央附近的一个开口处。

卡姆向左走，弗兰克斯向右。他查看了每一间畜栏。所有的隔间都带有栅子门，那是他所见过的最高的畜栏门。第一个隔间的门大开着。里面只有一个充气床垫，一个揉成一团的布莱森斯餐厅的外卖食品袋，角落里有个纸杯。他的目光在那看起来很熟悉的包装纸上停留了片刻。索菲的改正版简况就写在类似的纸张上。那畜栏顶上严实地覆盖着一面铁丝网，由此就造就了一间无法逃离的牢室，显然，万斯把受害者关在那里面。

不过，说无法逃离显然并不准确。索菲和范·惠顿就找到了办法，从里面逃了出来。

想到这里他差点大笑出来。那嫌疑犯是很狡猾，但他也严重低估了索菲所受过的培训和智慧。

他继续走。里面空间很大，总计有十间牢室，但只有第一间和第八间被使用过。卡姆在第八间牢室门口停了片刻，被索菲的足智多谋惊呆了。至少据他推测，索菲之前就是被关押在那里。里面的一个角落里有个杯子，但没有纸袋。根据刚才的情况，柯特妮·范·惠顿完全无法靠自己的力量逃走。

那畜栏的一面侧墙上缺了一块木板。其碎片被用在牢门顶上的两个地方，将铁丝网楔出一个口子，让一个身材纤细的人足以从中逃出。那畜栏里面也是空的。

卡姆用了片刻来想象，万斯看到自己的囚犯逃走后，该是怎样的反应。索菲曾说过，那男人很容易暴怒。可能会突然爆发出暴力和冲动行为，性情游走不定。

他发现牢室里空无一人，于是便转身朝向弗兰克斯，指指头顶，弗兰克斯点点头。卡姆沿原路返回放工具袋的地方，蹲下一只膝盖，拉开袋子，找出一顶写有"DCI"字样的深蓝色头盔。之后他同谷仓另一边的弗兰克斯汇合，简单解释一下自己的意图。弗兰克斯弯腰取出一根很长的加重管。

"那个行。掩护我。"他回到梯子位置，重新掏出枪。然后他将帽子放在管子顶部，用空着的那只手抓住一根弯折的铁丝横档，开始往上爬，那管子一直举在他的头顶上方。

"我上来了，万斯！"他高喊道，往上爬到足够高的位置，让上面的人都能看到管子顶部帽子的一部分，期待着能听到往帽子方向射击的枪声。

但他没想到的，听见的却是一个女人的啜泣声。

"他不在这！他不在这！哦，求求你了上帝啊，赶在他回来之前，救我出去吧。"

根据货车中手提袋里的身份证件显示，这个女人名叫朗达·安·克劳森，她和万斯一贯的受害者简况并不相符合。根据她自己的坦白，她并没有钱。经过一番快速的搜查，这女人在十年前曾两次被捕，一次是因为教唆罪，另一次是因为袭击罪。在梅森·万斯入狱前后，她都与其有长期的合作。

"他现在何处？"卡姆已同派去阿莱曼的两位探员联系过。万斯依然不见踪迹。而洛林探员已经发现，一个总部设在安克尼的健身俱乐部承认，旗下有叫这个名字的会员，与洛林交谈过的俱乐部职员称，这天该会员已经来健过身了。

克劳森此刻正坐在达斯丁·杰克森驾驶的那辆由县政府配备的

福特探险家汽车的后座上，揉搓自己的手腕。她的手腕一片通红，还明显能看出卡姆刚割断的束线带紧束过后留下的痕迹。她的双脚之前也被同样的东西绑在一起。

"我不知道。他逼我把车开到这里来，跟我说了方向。他从来不让我多出门，如果要出门，就是让我开车。"

这女人骨架很大，但身形瘦削，穿一条牛仔短裤、一件T恤衫，脚穿一双人字拖。她的头发是淡黄色的，妆粉很浓，但实际面貌看上去却比驾照上的照片老很多。已经用便携式指纹检测装置采过她的指纹，结果几分钟后就返回了。她的话确实属实。

只是她同万斯的关系仍不明确。

"他跟你说什么了？"

"什么都没说。"治安官伸手在前座上拿了些东西，克劳森却躲闪着，似乎害怕会挨揍，"梅斯……他是个很刻薄的人。他脑子里盘算的没一件是好事。我知道的。只要他脸上露出那种让人讨厌的似笑非笑的表情时，我就知道要发生让我不舒服的事了。你要学会，别问梅斯太多问题。所以我就只管开车，身体已经吓得直发抖了。可是这地方……"她指指仓棚，"这到底算什么？他让我在货车里等他，要是我敢走开，他就杀了我。"她伸出一只胳膊，上面有一条刚刚才愈合的伤疤，"我知道他说到做到。所以我就只待在货车里。"

"但是我们找到你的时候，你并不在货车里啊。"就在这时，两辆救护车开了过去，卡姆的目光跟在它们背后。珍娜的车子跟在后面。卡姆叮嘱她和那两名受害者待在一起，等医生给她们做过检查，就向他汇报情况。范·惠顿依然没有恢复意识。

克劳斯开始发抖："梅森进去不到两分钟就冲了出来，又是喊又是叫的。他把我从货车里拖出来，扔进仓棚，狂骂所有的女人都是一文不值的婊——"她说着目光低垂下去，"他说了好多遍带婊的那个词。

他一直骂个不停，说要找到两个贱人，然后把她们带回来，把我们都关进去，把那仓棚烧成平地。"说到这里，她眼眶涌满泪水，"就在那时，他强迫我爬上梯子。他把我绑起来。我一遍遍地哀求他。"她说着指向自己的嘴，"于是他就打我，要我闭上他妈的臭嘴。之后他就离开了。当我听到你们的声音时，一开始还以为是他回来了。他有时候喜欢玩游戏。伪装成别的什么人，想让我大声求救，而如果我真的求救了……好吧，如果你们想摆脱梅森·万斯，这就是下场。"

她在座椅上稍稍转了转身，将手伸到背后，拉起衬衫的下摆。在她右肩上，有一连串歪歪扭扭的圆形伤疤，与他们在墓地找到的其他六名受害者身上发现的一样。有些伤口看上去是新落下的，叠加在之前已经愈合的伤疤之上。

"他喜欢烫别人。"她说着声音有些哽咽，"我总是在想，总有一天，他不会再满足于此，那时他就会杀了我。如果不是你们过来，我想今天本该是我的临终之日了。"

"你相信她说的话吗？"

"难说。"听到汤米的问题，卡姆若有所思地回答道。两人这时正坐在卡姆的车中，车子就停在斯坦福德家正对的一条路边。"她可能是帮凶。钱宁医生在案子一开始就说过，这可能是团队作案。"但是卡姆之前却以为，如果是两名罪犯合作，那么另一名应该是个男人，容貌和珍娜在伊代纳所绘那张素描吻合。这个案子到目前为止，没有一处符合他的设想。

"或者她也可能是万斯的第一个受害者。她说在万斯入狱前，他们在一起生活过一段时间，实际上她当时是作为他的俘虏。万斯入狱后，她花了十天时间才鼓起勇气，逃出他们生活的公寓。"

"受害者被迫成为帮凶，这不是新鲜事。"汤米说道。

"棘手啊。"卡姆沉思地看着那地界周边栽种的桦树投下的长长的影子。时间已近黄昏，还是没有万斯的影子。他发现自己心里在希望，能听听索菲对克劳森的看法。但这事永远也不可能发生了，因为如果要他说的话，索菲将永远也不能再被提醒想起这个案子。"如果克劳森所说的属实，那么她将接受的审问就无疑会让她再受一次心理创伤。她说过，她经常被链条锁着关在地下室里。刚才我们进去的时候，也确实看到了锁链。"搜查令拿到后，他们靠着后门上一根撬棒的帮忙，进去快速搜查了一番。那番快速的行动搜出了一支步枪、一把格洛克手枪和一个银行账户号码的列表，还在卧室一个衣柜里的一个粗呢包里发现了一万两千美元的现金。卡姆给玛丽亚打了电话，告诉她案件的最新进展，玛丽亚这会儿正忙着冻结那些户头里的资产。

但是到目前为止，他们所发现的最确凿的证据，是一双网球鞋，其鞋底图案和今天早上芬顿发给他的脚印报告完全吻合。那鞋底上仍留有泥土的痕迹，卡姆希望那将会和索菲公寓中的泥土一致。

他派了两名副手驻扎在房屋近旁的灌木丛中。与那个位置相比，坐在车里监视简直就是小菜一碟。

"这里位置不像仓棚那么偏僻，不过住在这样的小镇边缘，他也不用担心邻居多管闲事。"汤米说道。最近的房屋也隔着两百码的距离。

"对这样的杂种来说，堪称完美。"卡姆恶狠狠地说道，"那货车登记在克劳森的名下。她说过，车子是梅森再次闯入她生活的两年前买的。她称梅森将车子据为己有，此外再无别的车辆。"

"他已经意识到，两名受害者失踪后，会有人来找他。我们跟那杂种就错过了几分钟。"汤米的语气中也映射出卡姆的挫败感，"钱宁医生说过，那货车开进仓棚大约十分钟后，她就向博格斯的车子打了手势。这一点也和克劳森给出的时间线相吻合。"

尽管卡姆已经到了阿莱曼，但他仍在接收有关万斯的调查的最新情况。而且那一区域的调查一直没有进展，让人沮丧。之前和那人已经近在咫尺了，却还是错过了他，这简直可以说是错失最佳良机。

"考虑到仓棚所处的地理位置，他可能会觉得，很快就能找到范·惠顿和索菲。他不知道，我们会紧跟他身后抵达。因此他没有选择再杀掉三名受害者，而是选择了自己逃亡。"卡姆思考着路对面的那座房屋。对于万斯来说，最明智的选择就是离开这个地区，但是他可能也想要找到探员们在他家里的那些东西，或者他只是把它们当作纪念品放在那里。卡姆想着，这个施虐狂会不会也是收藏癖呢，很多这样的变态杂种都是。

弗兰克斯疲惫地动动肩膀："跟他就错过了几分钟。我想侦察机应该能发现些东西，不过田里一般都有水渠。我猜他应该是藏在哪条沟里的草丛间了。然后沿着沟渠走个几英里，到达下一座农场。"

或者也有可能，卡姆郁闷地想，那人早就逃了。他可能搭了便车，现在已经在离开州境的路上了。他已经查过这片地区车辆被盗的报告文件，但是当天最近的一起盗窃案发生在安克尼，就在U-Fit健身俱乐部的接待员说万斯一直在健身的那段时间里。那位接待员根据一张传真接收到的照片，认出他就是他们一直在找的嫌犯。

"我们还要等多长时间？"

"再等几个小时。"如果万斯一直到午夜都不出现，卡姆就将重新审视自己的选择了。一旦等到天黑，他们就将取消仓棚周边区域的地面搜查。不过，他会将副手和波尔克县治安官留在原地，驻守在最近的几座农场。万斯可能就藏在仓棚附近的某处，等待天黑以后……

他的思绪突然之间停止。这时候一辆汽车从街对面的车道前开过来停下，不过发动机并未熄火。

"亲爱的,我到家了。"一个男人低声唱了起来,弗兰克斯在他旁边的座位上坐直身体。从那车上走下一个身穿运动短裤和T恤衫的大块头男人。

"你看得清他的车牌吗?"

"我年纪可能是比你大,不过眼睛却并无问题。"弗兰克斯从西装口袋里掏出一个笔记本,在上面潦草地记下来。

万斯拿出钱包,抽出几张钞票,递给司机。车子离开,他走上车道,每走一步都能看出他的愤怒。

他们等他走进屋子。等到灯光亮起,卡姆才脱掉上衣,扯下领带,把掖在裤子里的衬衫拉出来放松。

"我看起来怎么样?"

弗兰克斯看了他一眼:"好一个猛男,像是等了几个小时,迫不及待要去踢烂某人的屁股了。"

这还是保守说法。

"我正是这么想的。"卡姆将手枪套系在衬衫下,枪则夹在背后,然后伸手关掉车厢顶灯,"该上场了。"

他们同时打开车门,卡姆向那房子进发,弗兰克斯则绕了很远一圈,最终将抵达斯坦福德房产的后部。届时另一位执法人员也将随着他的靠近,做好准备。

卡姆想给万斯留出时间,足够他走进门去,但又不足以走进浴室、打电话或是做其他会阻止他应门的任何事情。

他捶响前门的力道可不算轻柔。接着卡姆又捶了一通,万斯拽开房门时脸上的表情也一样充满威胁。

"你有问题吗,伙计?"

"说实话,是的。"要让声音中充满泄气感并不难,"我来镇上探访我的祖母。你认识汉娜·巴奈特吗?她住在橡树街和第三街的交口。"他说着转身指指身后,"两个小时前我就想走来着,但是那该死的车老是打不着火。我电话没电了,老婆拿走了车载充电器,祖母家里的电话又打不了长途。"他说着还咧了咧嘴,活脱脱一个走投无路的人的模样,"这镇上八十岁以下的人似乎都不会修车,我想着也许你会。或者如果你也不懂,至少能让我借用你的手机,找个拖车来把车子拖走离开这里,这样我就不用一整晚都睡在那该死的东西里面。"

索菲说得对。那家伙块头很大,手臂上肌肉块块分明,垂下来时与腰侧并不拢,这让他看起来像是猿猴。当他看向卡姆身后时,表情中浮出一丝狡黠:"是什么车?"

"道奇挑战者。我想可能是点火继电器烧了,但是这种新车型里有那么多该死的电子装置,我他妈的怎么知道在哪里才能找到那东西。"

"新车型吗?"卡姆演的戏奏效了。万斯双脚登上网球鞋,可能一想到要染指一辆新车子,他已经垂涎欲滴了。当然,他首先要摆脱掉卡姆,说道:"让我看看。我这双手干活还是相当有两下子的。"

"就在路对面。"卡姆让万斯打头走下台阶,等到那男人一转过身用背对着他的时候,他就掏出了枪。"趴在地上。趴下,趴下,赶紧的!"其他探员和副手都从藏匿的地方冲出来,挤满了那场院。

以万斯那么大的块头,他做出那种下意识的动作是毫无问题的。只见他旋过身,朝卡姆猛扑过来,肥壮的拳头嗖嗖划破空气,险些就要砸到卡姆的太阳穴。卡姆一个闪身,稍稍有些失去平衡,接着一脚狠命地朝那男人的膝盖踢去,想把他的膝盖骨踢脱臼。踢中之后,万斯发出一声女孩般的尖叫,重重倒在地上。他一把抓住卡姆的脚踝,想将他拉倒在地。虽然有六支枪对准了他,但他还是想伸手掏枪。

卡姆躲闪开来,一只脚找到万斯那只受伤的膝盖,男人发出惨不忍闻的哭号。弗兰克斯和杰克森治安官赶上来将其制住，卡姆让到一边，枪仍指着那男人没动。

"梅森·万斯。"当他叫出这名字的时候，胸中是满满的满足，"你因八起绑架案和六起谋杀案而被捕。"动用了四名执法人员的力量，才让梅森站起身。对于卡姆来说，这真是个超现实的奇怪时刻，这个施虐强奸犯和谋杀犯明明曾对多名妇女实施过暴行，此刻却因为腿部的疼痛而痛哭流涕。

"我跟你一起去波尔克县监狱。"卡姆告诉杰克森，于是那治安官及其副手便押着万斯离开。卡姆打电话呼叫来一支刑事调查队，其余DCI探员也返身往凶犯的住宅走去。

只有弗兰克斯还站在卡姆的身边，静静地看着治安官驾驶的那辆探险家掉头，朝镇子外围驶去，直至车尾灯变成远处的两个红点。

"你刚刚用来对付万斯的那几下子是功夫吗？"

"是陆军的战斗训练招式。"卡姆无法再多说话，那股不熟悉的情绪仍在他体内奔涌。他想放下武器，朝躺在地上的那男人扑去，用从前所学会的每一个致死招式来对付他，这股渴望刚刚是那么的强烈，那么的压倒一切，以至于为了压抑那股冲动，他的身体此刻仍在颤抖。

这感觉很不专业，是一种本能的情感，与他加入组织时许下的誓言无关，与停尸房的六具尸体无关，也与此刻正躺在医院里的那两个女人无关。

它完全是因为索菲而起。

弗兰克斯一只手搭在他肩上："有后援当然好，不过有时候这么多人围观，会让人感觉惭愧，不是吗？"

"你的口袋里一定装着个水晶占卜球，汤米。"卡姆开始朝自己的车子走去，"因为你完全读懂了我的心思。"

第16章

　　她本可以找个简单的解决之道，一通电话或一封电邮了事的。但是比起一想到即将发生的场景，她胃里就打起了结，那样做会让她更加羞愧。

　　索菲亚在传奇餐厅室外挑了个角落里的位置，希望那里只偶然会有灯光照过来留下的阴影，能赋予她一些她极为需要的勇气。但到目前为止，似乎并未奏效。她的心在胸膛里轻轻叩击，和着急速跳动的脉搏的节拍。面前的玛格丽特酒并未对因为紧张而干渴的喉咙起到一丝湿润的作用。

　　她并不擅长此事，这并不让人惊讶。过去的一段时间里，她发现自己有许多事情都无法适应。例如非弦乐的性爱插曲。当她有史以来第一次，允许自己任由激情引领时，她甚至都无法保持清醒。

　　而且她也不擅长当众吵闹。曾经在讨论起结束婚姻的时候，道格拉斯表现得随和又礼貌，但有某种东西告诉她，卡姆不可能这样。不过卡姆和她前夫本就没有任何相似之处。

　　而这很有可能就是她在一开始就偏离了自己平素对男人的安全之选的原因所在。

　　她为两人都点了单，还付了账，但却几乎没动自己的饮品。她为他点的是啤酒，在这温暖的空气中，杯壁上已经有水汽凝结起来。索菲亚的眼神密切地追溯着水滴的滑落路径，如果那份用心转向内心，应该会发挥更大的帮助作用。如果是那样，那么在十二天之前，她就会因为那份专注而受益；或者在那之后的任何一天都好，她就能避免即将发生的事情。

但那样就会错过与卡姆·普雷斯科特一同度过的每一个甜蜜的、令人愉悦的瞬间。

这时她抬起头，看到他正朝着那将餐厅露台与人行道隔开的铸铁栏杆走来，她的心里一片焦虑。卡姆身穿的是牛仔裤配衬衫，袖子半卷到手肘位置。因此索菲亚相当清晰地回忆起来，具体是什么让她将平素的谨慎抛到九霄云外。

当他走到她身边后，她露出一个微笑，说道："你的啤酒都温了。"

"那我最好还是先干为敬。"他并没有绕到入口，而是跨过栏杆进到露台来，引得一个女侍者匆匆赶来想要阻止。他在索菲对面的椅子上落座，举起啤酒喝了一口，"这里的停车状况糟到离谱。"他将一只前臂撑在桌子上，环视一眼四周，"我喜欢这一片的景色，但讨厌在这里停车。没有必要两人都开车出来啊，让我去接你更合理。"

"我觉得这样更简便，我们需要谈谈。"

他原本准备将酒瓶举到嘴边的，听到这话手臂停在半空中。接着他慢慢地、小心地将啤酒放在身前桌子上，看着她的眼睛："以这句话开头的对话中，我想不出哪一次曾让我高兴过。"

要看着他，结结巴巴地说出那段她练了一个下午的话，真难，太难了。

"我担心，我们的关系可能会在下次我为政府工作提供咨询时，对工作造成负面影响。"

他的目光充满警觉："本州有将近三十六名重案组探员，你我只不过合作过几次而已。”

"但还是……当我提供咨询的时候，我们是在为同一个政府部门工作。"即便在她自己听来，这样的争辩也很站不住脚，"那样看起来不好。"

"对谁不好？"

她有点烦乱地想到，他正在把事态复杂化。他为什么要把事情复杂化呢？

"我很享受我们在一起度过的时光。"她结巴得厉害，"我只是觉得，该结束了。"

卡姆一言未发，只是拿起啤酒，长长地喝了一口，接着他放下瓶子，依旧没说话。

"问题不在你——在于我。"

他嘴角露出一个毫无笑意的微笑："你这算是在发好人卡了吗？亲爱的，那借口还是我发明的，你大错特错了。"

她感觉脸颊在发烧，让人难以置信的是，她眼眶蓄满了泪水："是啊，我很抱歉。"她说着站起身，笨拙地拿起钱包，"你一定会觉得……我很抱歉。"

她匆忙离开，泪水模糊了视线。她听见他在身后小声念叨："再见，索菲。"

而在那一刻，她觉得很后悔，不想和索菲这昵称告别，同样的，她也并不想结束与卡姆之间的关系。

卡姆等了两分钟，门才打开。

"你们换了安全密码。很好。"他绕过珍娜，走进索菲家的客厅。珍娜在他身后关上门，锁好。重置警报系统。

"我们也重置了车库的键码。洛林帮忙把阁楼上可以爬进来的空间从里面用钉子钉起来了。"珍娜脸上浮出一整日忙碌后的疲态。卡姆的视线越过她，看向沙发上的一堆抱枕，看上去她在那里睡过一会儿。

他视线向主卧转去："她怎么样？"他的声音和珍娜一样轻。时间已过凌晨三点。他之前一直待在拘留所，直等到结果显而易见，他们从万斯口里什么话也套不出来。那家伙唯一肯说的话就是，要找医生和律师，他说的顺序就是这样。针对所有的问题，他的答案都是变着法地提出这一要求，而且音量越来越高，所以卡姆只得返回阿莱曼，去查看在万斯家取证的刑事侦查组的工作进展。他们接下来还要继续工作几小时。

他不能忍受要再等几个小时才能看到索菲。

"我没想到医生会让她回来。"因为突然感觉双手怎么放都不对，他只能将它们塞进裤子口袋，"医生有没有向你汇报她的伤势？"

"是钱宁医生不肯住院。至于伤势，我还是让她自己和你说。不过我可以告诉你的是，范·惠顿还是没有醒来。医生担心她受了内伤，正在给她做脑出血检查。"珍娜移开视线，神情紧张，"她那个样子……我都惊讶她还能活下来。"

卡姆走到沙发前，重重地坐下。他已经不记得上次完整睡上一个夜晚是什么时候的事了，"我真是难以相信，她竟然做到了那一步，两人一起逃出了仓棚。"

珍娜走过来坐在他身边："索菲想了个办法，用一条毯子类的东西拖着她走。我难以相信，案子就这样结束了。"

他将脑袋向后仰在沙发上，闭起眼睛，就那么短短的一分钟。

"是啊，结束了。"至少紧迫的部分结束了。至少不再会有受害者，但现在痛苦的部分才刚开始，要将所有证据系统有据地串联起来，构建一次无懈可击的审讯，让万斯永远都不可能侥幸逃脱，"我还派了一个侦查组去仓棚。"他小声说道,"我得过去一趟。"

但这一刻,他给了自己片刻时间,来尽情享受索菲自由了这个事实。她回了家,待在自己的房间里,睡在自己的床上。

不过,他却不能欺骗自己,假装整件事对她来说已是过去式。他仍然不知道,万斯让她遭受了什么。一想到这里,他的心就抽紧了。她还得被治愈,身体和情绪都需要。根据个人经验,他知道有时候身体的恢复会比情绪快得多。

手机在口袋里震动。卡姆突然睁开眼,看清号码后,他站起身接通:"局长。我想你应该接到我发送的语音留言了。"

来电的是伊代纳的警察局长保罗·博林,他听起来很受鼓舞的样子:"收到了。范·惠顿女士被活着找到了,真是天大的好消息。"

卡姆走到厨房那边,声音放得很低:"她情况很糟,保罗。命悬一线。"

博林声音中的欢欣消散了:"听到这些我很抱歉。她的女儿此刻正在赶往医院的路上。"

"具体细节我也不清楚,不过她此刻还活着。"这是唯一可以依靠的事实,对范·惠顿和索菲都是如此。不管她们经历了什么,她们至少都活了下来,她们是安全的。

"而且我们这里的调查也取得了突破,说不定能帮你把那杂种的棺材钉得再紧一点。"局长的声音中透出一丝满足,"我想着,既然所有出城的交通监控器中都没看到绑架范·惠顿的那辆货车的影子,那他必定是计划了别的路线,一路走小道前往得梅因。"

"我也是这么想的。"考虑到卡姆已经检查了所有从明尼苏达州边境南下前往得梅因的道路监控,这一想法并未得到证实。

"那么长一段路,他沿途一定需要加油。我想到检查城里加油站的监控视频,于是就召集当地警察,帮忙查看南下沥青路两旁所有镇子里的加油站。"

卡姆来了兴趣:"在加油站监控中找到他的影像了?"

"是的。而且影像中他没有佩戴在银行时戴过的面罩,在监控影像中,清晰地看到柯特妮·范·惠顿的脸出现在货车后窗中,而他则负责驾车离开。"

"天哪!"拼图中缺失的部分安放到位了。当所有的碎片都找寻到后,万斯罪行的完整画面将足以判定他的罪行。但是博林接下来说的话,却让卡姆由此而来的沉甸甸的满足感一扫而空。

"你们那位探员画的罪犯素描真是太赞了。"

担忧开始在卡姆的心里积蓄:"你说什么?"

"我说的是特纳探员在这里根据卡尔·穆勒的描述画的那份素描。实话告诉你,我开始还觉得穆勒只是在耍我们玩,但没想到那份素描和驾驶货车的司机几乎毫厘不差,实在是惊人的相似。"

珍娜也走到厨房边上,皱眉望着他,想弄清电话中讨论事情的重点。几分钟过去,当卡姆挂断电话后,两人面面相觑。珍娜面色惨白。

"难道万斯还有从犯?"

卡姆咽下那已经窜到喉头的怒火:"他有搭档。"

珍娜重重地倚在厨房柜台上:"我们不能告诉索菲亚,她此刻不应该知道这消息。"

"我此刻不该知道什么?"

听到索菲的声音,两人转过脑袋。索菲已经走出客卧,正把睡衣带子系在腰上。她看着两人的脸,停止了动作。

"我此刻不该知道什么?"

最先反应过来的是卡姆。他向她走去,迅速换了个表情。她看上去太过苍白和脆弱,仿佛言辞稍有不慎,就会将她击碎。

“你需要睡眠。”

她眼神严肃地看着他，就像是在审视一个陌生人：“我不想睡觉。”

卡姆稍显无助地看向珍娜："医生开过镇静剂吗？"

“我不想睡觉。”索菲重复一遍，“我想听你们告诉我，刚刚你们在讨论什么。”

“是博林局长打的电话。”看到她一言不发地等待着，卡姆又补了一句，“范·惠顿的女儿们正在赶往医院的路上。”

她目光闪烁了一下：“那很好。有她们的陪伴……也许能帮上忙。”这时她目光看向沙发，然后说道，“珍娜，你不用待在这里。我没事的。”

“我现在太累，没法开车。”珍娜用轻松的语气说道，“你不介意我再多待几个小时的吧？”

“当然不介意。我去给你拿褥子。”

“不用了，这样就好，真的。”为了证明自己的说法，珍娜回到沙发前躺下，摊开四肢，“不过知道你还没睡着，我也睡不着。”

“我好像有点困了。”索菲看着卡姆，她那双平时总是充满灵气的蓝色眸子此刻却毫无神采，“你能和我过来几分钟吗？”

他跟着她走进客卧，关上门。之前他虽然探头进来看过几次，但还从没走进来过。明白她为什么会选择在这间卧室休息后，他的心感觉像是被什么东西拉紧了。

她的卧室里、浴室里有太多的回忆，还会时时提醒她上次在那里发生的噩梦般的画面。

“也许你今晚该去酒店住。”

她坐在床边，转过身面对着他，双手交叠在膝头，背挺得直直的。那姿态让他立刻想起，她言辞小心地将她自己从他的生活中摆脱出来的那个夜晚。

"我没有被强奸。"

她很艰难地说出这句话，而他不确定该怎样回答，于是便说：
"为了你考虑，我对此感激不尽。但是你受过虐待，无论是情感上，
还是身体上。"她一只手腕上缠着一块软夹板。下颌上能看到擦伤留
下的鲜亮的紫色阴影，下嘴唇开裂了。卡姆不想去想象，在她的睡
衣下还隐藏着多少的伤口。

他更担心的，却是隐藏在她内心的伤痕。

她像是没听见他的话般，继续说道："我告诉你了，所以你现在
应该知道。我没有受苦，没受过柯特妮所经历的那种折磨。心理创
伤是有，我吓坏了——比我这辈子任何时候都更害怕。但我不会被
听到的坏消息所击垮，我不会因为听到骇人的细节就崩溃。请告诉
我，博林局长说了什么，让你和珍娜都那般惊吓。"

他试着露出一个笑容："今天本就是让人心惊胆战的一天，但是
我想事情已经在我们的控制之下——"

"我看得出来你在撒谎。"她的语声听起来不带丝毫感情色彩，
打断了他接下来想说的话。要面对她那炽烈的眼神很难，"我希望自
己看不出来，但我知道你现在是在撒谎，而这比你所能告诉我的任
何真相都更让我沮丧。你走了以后，我会坐在这里担心，你隐瞒我
的到底是什么事情。这并不利于我的情绪健康。所以我想你应该直
截了当地告诉我。"

这话听起来很像是她平素的作风，是钱宁医生实际、专业的典
型做派，他几乎要微笑起来，但这样的时刻并没有任何可乐之处。

他在她身边坐下来，眼神直盯前方。

"你本来有可能被害死的。"滚烫的情绪如波浪般涌上了他的喉
头，"这事让人太难忘却。"

"我知道。"她伸出手指，够到他的手，捏了捏，"谢谢你今天带

救兵来。"

听到这里他强呼出一口气："你当时似乎并不需要任何帮助。当我们弄清楚该去哪里找你的时候，你已经在去往安克尼的半途中了。"

"不尽然。"她低下头，发丝掩住了她的面庞。要不是他的手还被她握着，他可能会举起来，帮她拨开脸上的头发，"我隐约听到些只言片语，你能不能告诉我剩下的事？我和你在对讲机通话后发生的所有的事。"

因为这似乎对她很重要，所以他便简要地概括了今天发生的情况。但最让她惊讶的，似乎是朗达·克劳森的事。

"她现在哪里？"

"波尔克县拘留所。"看到索菲脸上迅速的表情变化，他皱起眉头，"在不起诉的情况下，我们最多能拘留她四十八个小时，我们需要时间来查证她所说的话，在确定她不是从犯之前，我们不能释放她。"

"那目前为止，你们有什么发现？"如果她语气里的关切是冲着自己的健康，将能更好地发挥作用，但至少她不再是几分钟之前面无表情的样子了。

"她和他有很长一段历史。她整个背上都有烟头烫出的疤痕。有些已经愈合，有些相对较新。她说自己大多数时间都被锁链拴在地下室里，我们在其中也确实找到了脚镣。全部发现就这些。"

"那些疤痕……有数目吗？"

卡姆试着回忆，他很烦恼自己之前怎么就没想着数一数。

"我记不清了。但是全都排成一行。"

这时他们看着彼此，异口同声地说道："一。"

"她是第一个，"索菲亚吸了口气，"是他一开始用来磨炼技巧的对象，她的生活方式属于高危受害者吗？"

他缓缓点头："很有可能。她曾两次被捕，一次是因为教唆罪。"

"我想面访她。"

"不行。"他语气坚决，然后用手紧紧按住她的手，"不行。"他又说了一次，这时她质疑地看着他，"你在这个案子中的工作已经结束。我会确保冈萨雷斯也站在我这边。"

"我想她也会同意，我能从克劳森身上得到的信息，将具有宝贵的意义，能帮助勾勒出万斯更清晰的简况。但是如果你坚持，我不会要求与她通话。"她停了片刻，"如果你肯告诉我，你刚才和博林在谈什么的话。"

他眯着眼看向她："该死。我又中了你的圈套了。你以前就这么干过，该死的是，没人会想到你竟然会这一招，因为你脸上完全是一副天使般无辜的表情。"

她转过头，波澜不惊地说道："我不是天使，我自己给冈萨雷斯打电话，我想我能说服她。"

"服了你了。"他深吸一口气，希望自己不会为这个决定而后悔，"博林追踪到那辆用来绑架范·惠顿的货车的影像了，是通往爱荷华州路上的一座加油站的安保摄像头拍到的。里面能清楚看到司机的样子，后窗中还能看见范·惠顿的身影。"

她体内似乎有什么东西放松下来。他真希望接下来能够搀着她。"这么说是好消息了，"她说道，"一项可用来针对万斯的更有利的证据。"

"但那司机长得和珍娜画的素描一模一样。就是卡尔·穆勒在伊代纳的那座公园里看到的男人。"

有那么一刹那，她的身体似乎要瘫倒了一般，好似所有的力量都蒸腾一空。他放开她的手，搂住了她的腰，忍不住骂了一句。

"不，我没事。"但对他来说，她的抗议声太过微弱。

"并不是，但你会好起来的。你明白我的意思吗？"他弯起一根手指放在她下巴之下，抬着她的脸转向自己，"我再也不会让任何人伤害你，没人可以再接近你。"

她颤抖着露出微笑："团队作案，表现得很明显了。受害者死前和死后所受到的袭击方式截然不同。他在抛尸前对尸体所做的处理，部分是为了掩盖证据，是没错，但我想还有更深层次的含义。"

而这一点正是他不希望她去思考的。

"你会得到监护。你可以去让你感觉最舒服的地方，我们会派一个人一直陪伴你。随便你想选择谁，无论你想去什么地方。是酒店，还是我们哪个人的家里。在我们抓住万斯的同伙之前，会派人保护你。"

"住酒店对所有人都不方便。有个不速之客无限期地住在家里也一样。"如果不是感觉到她有些瑟瑟发抖的话，他原本会觉得她这番话合情合理。她听到这个消息并非毫无触动。该死，他自己也一样。

"你来我家里住。"话说出口，他才后知后觉地感觉到，应该少些命令语气的，"那里你熟悉。而且我有一间次卧。此外，我还会把家里的办公室借给你用，交给你处置。你知道你是想去的。"

听到这里，她笑了。这场景点燃了他心里的某种东西。

"啊，又是著名的普雷斯科特式的双赢提议。我怎么能拒绝呢？"

"你不能。"他说着用嘴唇擦过她的发丝，动作非常轻盈，让她觉察不到，但在那一刹那，那动作对他来说，却是必须的。早在之前他就发现她对自己的无法抗拒，但现在情况并不相同。当时……好吧，他不知道之前的那段关系究竟算是什么。但是这一次却无关私人。而是他的工作，而且卡姆不相信，有任何人能做得和他一样好。

因为下次要是再有人想接近索菲·钱宁，都必须先过了他这一关。

致　谢

　　如果我的小说都是根据自己所了解的专业技能来写的话，那我的书可能会很短。和往常一样，在这本书的最后，我也想要对一些人大声表达我的感激，为了让故事情节具有可信性，我向他们提出了无数的问题，而他们都给予了容忍。

　　我要郑重地向禁毒执法部的指挥官约翰·格雷厄姆表达我的谢意，对于我无休止的骚扰，他都立即给予了回应。我要感谢他所有深刻的洞见，而且由衷地表示赞同，所有小说中最酷的角色往往都是缉毒特警。

　　我还要感谢FBI的法医艺术家丽莎·贝利，感谢她为我付出的时间，感谢她的才华和学识，感谢她为我的一个角色提供了创作灵感！感谢约翰和贾斯汀，他们是我在生活中认识的两位食品标准局的工作人员，帮助回答了所有农业相关的问题。实验室管理员布鲁斯·里弗为DCI刑侦实验室工作相关的问题提供了详尽的解答。还有suretyCAM Security公司的莱恩·博德，他帮我想出办法，让我书中的罪犯得以进入他不该出现的地方。我感谢他们每一个人的帮助！

　　和往常一样，书中的任何错误责任都在我自己。